KB074602

청춘,
덴데케
데케
데케~

청춘, 덴데케 데케 데케~

아시하라 스나오 지음
이규원 옮김

청어람미디어

청춘,
덴데케
데케
데케~

1

It's like thunder, lightnin'!

내게로 왔어, 천둥처럼 번개처럼!

Eddie Floyd ; 〈Knock On Wood〉

안지름이 족히 육 척가량 되는 커다란 고무타이어 안쪽에 올라타고서 힘겹게 바닷가까지 다다랐다.

타이어 안쪽에서 쳇바퀴 돌리는 생쥐처럼 열심히 달린 탓에 숨이 턱까지 찼다. 손발이 진흙덩어리마냥 무겁다. 게다가 타이어가 모래사장으로 들어선 탓에 더는 한 바퀴도 구르지 않는다. 하지만 괜찮다. 이제부터는 바다다. 저쪽도 더는 도망가지 못한다.

그런데 그게 아니다. 나의 사랑스러운 여인을 낚아챈 검은 옷의 괴인은 벌써 이물과 고물이 초승달처럼 튀어 오른 배를 타고서 해안에서 꽤 멀어져 가고 있다. 새파란 바다에 뜬 그 배 위로 얇은 푸른색 비단 터번을 두른 연인의 뒷모습이 보인다.

나는 타이어에서 모래사장에 내려서서 목이 터져라 연인의 이름을 부른다—고 버둥거렸지만 목소리가 나오지 않는다. 아무래도 이건 꿈이야, 하고 나는 깨달았다.

꿈인 줄은 눈치 챘지만, 슬픈 건 슬픈 거다. 여기서 연인과 떨어지면 앞으로 오십 년은 만날 수가 없기 때문이다. 게다가 나는 아직 그녀의 얼굴도 본 적이 없다. 나는 울며불며 팔을 휘두르고 발을 굴렀다.

연인과 괴인을 태운 초승달 같은 배는 파란 바다 위를 미끄러져 금세 멀어져 간다. 마침내 검은 옷의 괴인이 쓰윽 일어나며 구부렸던 몸을 쭉 폈다. 엄청나게 큰 키다. 족히 십 미터는 되어 보인다. 어딘지 우리 집 불단 구석에 걸어놓은 아미타불 그림을 떠올리게 하는 얼굴로 섬뜩하게 씨익 웃으며, 그 긴 왼팔을 가볍게 구부려 올려 반월도처럼 오른쪽 가슴에 대는가 싶더니 풀을 후려베듯 오른쪽에서 왼쪽으로 쌩 내휘둘렀다. 그 순간 구름 한 점 없는 창공이 갑자기 검은 비로드 장막 같은 캄캄한 밤하늘로 바뀌더니, 그 장막을 커다란 면도칼로 내리 찢듯 벼락이 내리쳤다.

덴데케데케데케~~~~!

정수리부터 발끝까지 짜르르 전기가 흐르는 느낌에 퍼뜩 잠에서 깨어났다. 감전된 듯한 느낌이라고 했지만 각성제 같은 것하고는 아무 관계도 없는 일이었다. 일렉트릭 기타의 트레몰로 글리산도 주법이 나에게 준 충격을 말하는 것이다. 책상 위에 올려놓은 라디오에서 벤처스의 〈Pipeline〉이 흐르고 있었다. 베이스 소리에 따라 심장이 둑, 둑, 둑, 둑, 하고 요란하게 뛰고 있다. 왠지 사타구니가 움찔움찔한다. 그것은 한 번도 느껴본 적이 없는 강렬한 느낌이었다.

그때가 1965년 3월 28일 오후. 내 나이 열다섯. 오는 4월부터 가까운 가가와현립 캉온지제일고등학교에 진학하기로 결정되어 있어서 느긋하기 짝이 없는 봄방학을 보내고 있었다.

때마침 집에 형이 만지던 고물 바이올린이 있어서 얼마 전부터 교본이나 초급용 바이올린 악보를 사다 놓고 혼자 익히고 있었다. 〈하얀 도화지에 해바라기 그리고〉나 〈붕붕붕 꿀벌이 나네〉 같은 노래를 그럭저럭 떼고, 그때는 〈호프만의 뱃노래〉에 매달려 있었다. 연습을 하는 나조차 졸음이 오는 곡이었다. 나는 한 시간쯤 미묘한 음정과 씨름하다가 긴 의자에 앉아 무릎 위에 바이올린을 올려놓고, 라디오에서 흘러나오는 라틴 피아니스트 페페 하라미조의 〈The Breeze And I(산들바람과 나)〉를 무심코 듣다가 어느새 꾸벅꾸벅 졸기 시작했다.

벤처스의 〈파이프라인〉이라면 그때 처음 들은 것은 아니었다. 당시 나는 매주 토요일 심야에 한 시간짜리 팝송 신청곡 프로그램의 열렬한 청취자였다. 그래서 벤처스뿐만 아니라 오리지널인 셴티스의 〈파이프라인〉도 벌써 듣고 있었다. 당시 폭발적으로 인기가 치솟고 있던 비틀즈의 곡도 여러 곡 알고 있었다.

그래도 나는 팝송은 그저 팝송일 뿐이라고 생각했다. 음악의 진정한 즐거움은 클래식 음악에서 찾아야 하며, 팝송은 어릴 때는 좋아해도 어른이 되면 질리고 만다, 하지만 클래식은 여든 살이 되어도 즐길 수 있다, 진정한 예술이란 그런 거다, 라고 생각하고 있었다.

하지만 이때의 '덴데케데케데케'는 끝내 줬다. 정말로 끝내 줬다. 그 어리석은 속물근성은 깨끗이 날아가 버리고, 머릿속에서는 〈파이프라인〉이 자꾸자꾸 흐르고 있었다.

왜 그때 〈파이프라인〉이 그토록 강렬한 인상을 주었는지 나도 잘 모르겠다. 앞에 소개한 이상한 꿈이 가져다 준 멜랑콜리하고 감미로운 기분과 관계가 있는지 어떤지, 그것도 잘 모르겠다. 잘은 몰라도, 발이 시멘트 속에 박힌 채 바닷물로 내동댕쳐지는 것과 같은, 그야말로 빼도 박도 못할 체험이었다.

"흐미, 환장하겄네!" 나는 애절한 한숨을 내쉬며 중얼거렸다.

나는 거의 무의식적으로 바이올린을 들고 〈파이프라인〉의 멜로디를 켜 보았지만 잘 되지 않았다.

다음으로 바이올린을 우쿨렐레처럼 껴안고 G현을 엄지 안쪽으로 트레몰로 했다.

뿅뽀꼬뽀꼬뽀꼬…….

나는 사시사철 깔려 있는 이불 위에다 바이올린을 내던지며 소리쳤다.

"역시 일렉 기타가 아니면 안 돼!"

이것은 그야말로 일렉트릭 리빌레이션—전기적인 계시였다.

내 이름은 후지와라 다케요시. 아버지가 “대나무처럼 곧게 자라다오.” 하시면서 붙인 이름인데, 나는 별로 마음에 들지 않는다. 센스가 없다. 친한 친구들은 ‘칫쿤’이라고 부른다.

이렇게 덴데케데케데케 계시를 받들어 록에 뜻을 두고 새로 고교 1학년이 된 칫쿤이지만, 우선은 기타와 앰프부터 구해야 했다. 악기 없이는 애당초 얘기가 안 되니까.

조 카커라는 가수는 테니스 라켓을 들고 기타와 노래 연습을 했다지만, 이때만 해도 나는 그런 걸 통 몰랐다. 알았다고 해도 라켓이 없었으니 어쩔 수 없었을 것이다.

요즘 고교생이라면 열심히 아르바이트를 해서라도 원하는 것을 구입하겠지만, 당시 나 같은 시골 고교생한테는 아르바이트를 한다는 것이 너무나 힘들었다.

무엇보다 먼저 일할 데가 없었다. 맥도널드도 미스터 도넛도 우리 동네에는 없었다(지금도 없다). 있는 거라고는 우동집이나 빈대떡집 정도인데, 쓸 만한 가게에는 대개 아주머니나 아저씨가 버티고 있었다. 까까머리 고교생이 아르바이트 하는 것은 생전 본 적이 없었다. 있다고 해도 아마 모두들 “에? 저게 뭐야, 던적스럽게.” 하고 생각했을 것이다. 나라도 그렇게 생각하겠다.

또 부모님도 선생님도 고교생이 아르바이트 하는 것을 좋게 보지 않았다. 내가 들어간 고교는 더없이 널널한 곳이었지만 그래도 명색이 인문계 고교라고, 상담을 해 본들 대답은 뻔히 정해져 있었다.

"그럴 시간 있으면 공부나 해라, 얼빠진 놈 같으니!"

그리고 당시 내 용돈은 한 달에 이천 엔으로 정해져 있어서 저금 같은 것은 아예 꿈도 꿀 수 없었다.

결국 여름방학, 겨울방학, 혹은 봄방학 때 어떻게든 일자리를 찾아서(선생님과 부모님을 구워삶아서) 아르바이트를 하는 수밖에 없을 것 같다. 계시를 내려 주신 '일렉' 신께는 죄송한 일이지만 아무래도 얼마 동안은 계시를 받들지 못할 것 같다. 계시만 내리실 게 아니라 그 참에 돈도 좀 내려 주셨으면 얼마나 좋아, 하고 나는 생각했다.

그 대신, 이라고 하면 좀 뭣하지만, 나는 머리를 기르기 시작했다. 록 뮤지션이 '까까머리' 라면 그림이 안 된다고 생각한 것이다.

그런 내 머리를 보고 담임인 우스다 선생님은 매일 아침 조례 시간에 출석을 부를 때마다 이렇게 말한다.

"후지와라, 이놈! 넌 어디 사는 비렁뱅이 아들이냐?"

처음 얼마 동안은 이 시시한 농담에 꼬박꼬박 "안랴케에 사는 비렁뱅이 아들인데요." 하고 넙죽넙죽 대답했지만, 스스로 생각해도 썰렁해서 곧 아무 대답도 하지 않게 되었다('안랴케' 는 내가 사는 바닷가 마을 '아리야케' 를 말한다. 이 지역, 즉 캉온지에서는 우리 동네를 '안랴케' 라고 발음하는 사람이 많다. 캉온지(觀音寺)만 해도 정식으로는 '칸논지' 가 아니라 '캉온지' 인데, 실제로는 '카온지' 라고 발음하는 사람도 적지 않다).

또 영문법을 가르치는 데라우치 선생님은 교실을 어슬렁어슬렁 돌아다니면서 수업을 하시는데, 내 옆을 지나갈 때마다 목덜미께 난 머리카락을 슬쩍 잡아 뽑는다. 들길을 가다가 아무 생각 없이 풀잎을 잡아 뜯는 식이다. 딱히 경고를 하려고 그러는 것도 아닌 것 같다.

"가정법이란 것은 말이다, 그짓뿌렁을 말하는 거다. 쪽(머리카락 잡아 뽑는 소리). 그리고 내 눈으로 똑똑히 본 진짜는 말이다, 직설법으로 말하는 것이, 너, 영어 문법이라는 것이다."라고 하면서 데라우치 선생님은 교단으로 돌아가 칠판의 왼쪽에서부터 오른쪽까지 꽉 차게,

'가정법=거짓말, 직설법=참말' 하고 큼지막하게 썼다.

데라우치 선생님의 수업은 알아듣기 쉽다고 해서 학생들에게 인기가 좋았다. 아닌 게 아니라 알아듣기 쉬운 것은 분명하지만, 그 알아듣기 쉬움은 구체적인 내용이나 예외 같은 것들을 깨끗이 무시해 버리는 대장부 같은 스타일 위에 성립한 것이었다.

수염이나 머리는, 한창 기르는 동안에는 대개 보기가 흉한 법이다. 요즘은 신참 스모 선수들 중에 상투를 틀 만큼 머리가 자라기 전까지는 파마를 하는 선수도 있다고 한다. 제가 보기에도 흉하다고 생각하기 때문일 것이다. 그러나 당시 나는 눈곱만큼도 그렇게 생각하지 않았다. 앞머리가 꽤 자라서, 잡아 내리면 눈썹까지 닿게 되자 나는 너무나 기분이 좋아 하루에도 몇 번씩 거울을 들여다보았고, 그런 내 모습은 봐도봐도 질리지가 않았다. 거울 앞에서 머리카락을 왼쪽으로 쓸었다 오른쪽으로 쓸었다 하고, 우

후후 웃어도 보고 찡그려도 보고. 욕실에서 머리를 감을 때도 머리카락을 찰싹 붙여 보기도 하고 삽살개처럼 머리를 부르르 털어서 물기를 없앤 다음 거울을 쓰윽 째려도 보고……. 솔직히 여자애들만 그러는 게 아니다. 사내아이들도 무엇에 홀린 것처럼 거울을 들여다보면서 살 때가 있는 것이다.

이렇게까지 터럭에 신경을 쓰게 된 것은 음모가 나기 시작할 때부터였다. 여성분들은 어떤지 몰라도, 음모가 나기 시작하는 소년의 거의 칠십 퍼센트는 뿌듯한 마음에 성냥개비로 한 올 한 올 꼭꼭 눌러 가면서 날이면 날마다 음모의 수를 헤아린다.

"이봐요, 애 아빠." 하고 어머니가 저녁 식사 때 아버지에게 말했다. "다케요시가 요새 너무 총각 티를 내서 눈뜨고 못 볼 지경이우."

나는 깜짝 놀라 얼굴로 피가 확 쏠리던 것을 기억한다.

"그래? 어쨌기에?" 아버지가 콩 껍질을 퉷! 하고 접시 옆에 뱉어 내고 물었다.

"머리를 기르고부터는 온종일 거울만 본다우."

"어, 그래? 흥흥흥."

내가 거울을 보는 것은 총각티를 내려는 게 아니라 좀 더 고매한 목적을 위해서라고 항변하려고 했지만, 그럴 수가 없었다. 얼굴이 화끈거리는데다가 어머니 말씀에도 분명 진실이 들어 있다는 것을 부정할 수 없었고, 무엇보다도 그 즈음 나는 집에서 거의 말을 하지 않았기 때문이다. 그렇다고 특별히 가족 간에 무슨 문제가 있던 건 아니었다. 그 또래 사내아이들은 대개 그럴 것이다.

당시 싫증도 낼 줄 모르고 바라본 것이 머리카락말고 또 있었다. 그것은 학교 근처 상가에 있는 '고베야' 라는, 양과자점 같은 간판을 달고 있는 악기점의 쇼윈도였다.

윈도 안쪽 벽에는 일렉 기타 세 대가 포장용 끈에 목을 매달고 걸려 있고, 그 밑에 앰프가 두 대 놓여 있었다. 기타 가운데 한 대는 테스코 제품이고 나머지 두 대는 구야톤 제품이었다. 어느 것이나 반짝반짝 은색으로 빛나는 트레몰로 암이 달려 있었다.

지금 생각하면 한결같이 촌티가 잘잘 흐르는 모델이지만, 나는 단박에 빠져 버렸다. 아무리 봐도 질리지가 않았다. 세상에 저렇게 예쁜 것이 또 있을까 싶었다. 그 세 대의 기타는 당장이라도 일제히 '덴데케데케데케' 하고 울어 댈 것 같았다.

그것들을 번갈아 바라보면서, 산다면 어떤 걸로 할까, 하고 자전거에 걸터앉아 한쪽 발로 버틴 채 열심히 궁리했다. 기타는 구야톤이 좋겠어. 앰프는 테스코 쪽이 좋고. 빅터 쪽은 산호색이 영 마음에 안 들어…….

잠시 바라보다가 마음이 내키면 가게 안으로 들어가 음반매장을 들여다본다. 당시는 구색이 매우 빈약해서 LP, 싱글 합쳐 봐야 이삼백 장 정도밖에 진열되어 있지 않았다. 내가 살펴보는 것은 물론 '팝송 코너' 라고 적힌 섹션으로, 거기에는 벤처스를 비롯하여 애스트로너츠, 비틀즈, 데이브 클라크 파이브, 애니멀스 등의 음반이 있었다. 눈요기만 하고 사지는 않는다. 돈도 없을뿐더러

산다고 해도 집에 플레이어가 없으니 아무 소용이 없다. 재킷만 즐겁게 바라볼 뿐이다.

이때쯤 되면 고베야 주인 아저씨의 눈초리가 점점 싸늘해지는 기미가 느껴지고, 나는 가게를 나와 다시 자전거를 타고 '스릉스릉' 소리를 내면서 집으로 돌아간다. 스릉스릉 소리는 페달 자루가 체인커버에 스치는 소리다. 그 스릉스릉 소리가, 내가 휘파람으로 불고 있는 곡(예를 들면 벤처스의 〈Walk Don't Run〉)의 첫 박에 오게끔 리듬을 타며 페달을 밟았다.

나중에 브루노 월터의 회상록을 읽었는데, 그는 젊을 때 3연부 타이밍을 숙달하려고, 평소 걸을 때도 두 발을 딛는 동안 '하나 둘 셋'을 큰 소리로 헤아리거나, 세 발을 딛는 동안 '하나 둘'을 헤아렸다고 한다. 열정이 넘치는 젊은 뮤지션이라면 걸을 때든 상태가 좋지 않은 자전거를 탈 때든 공부에 도움이 안 되는 것이 없는 법이다.

저녁을 먹은 뒤 열두 시쯤에 잠자리에 들 때까지 학과 예습이나 복습을 한다—라고 되어 있지만, 실은 친구한테 빌린 『평범펀치』의 누드사진을 째려 보거나 『주간실화』 등의 걸쩍지근한 기사를 숙독하곤 했다. 그 친구는 캉온지 시내를 흐르는 사이타천 상류에서 삼십 분이나 걸려서 통학하는 고오다 후지오라는 친구로, 주지 스님의 아들이었다. 우리는 모두 팝송을 좋아해서 점심 시간이면 그런 이야기를 나누곤 했는데, 그러다가 내가 섹스 방면에 거의 무지하다는 것을 알고 친절하게 걱정을 해 주더니, 급기야 그런 잡지들을 잇달아 빌려 주었던 것이다.

하지만 걸쩍지근한 것만으로는 금방 싫증이 난다. 싫증이 나면 하는 수 없이 책상 앞에 앉아 교과서와 노트를 편다. 하지만 공부도 금세 싫증이 난다. 어느새 노트나 교과서 여기저기에 다양한 일렉 기타를 그리고 있다. 크로키처럼 재빨리 그리기도 하고, 세밀화처럼 꼼꼼하게 그리기도 하고, 색연필이나 볼펜으로 색을 넣기도 했다.

어느 날 수학 시간에 옆에 앉은 여학생이 내 노트를 들여다보고는, "어머, 멋있다." 하고 말했다. 우치무라 유리코라는 아이였다.

나는 우쭐해서 노트를 팔랑팔랑 넘기며 보여 주었다.

"정말 멋지다." 우치무라는 작은 소리로 그 말을 연발하다가 마침내 "내 노트에도 그려 줘." 하며 자기 노트를 내 쪽으로 슬쩍 내밀었다.

나는 갖은 테크닉을 다 동원해서 리켄바커 기타를 그려 주었다. 줄감개, 프렛, 픽가드, 포지션 마크를 정확하게 그리고, 덤으로 후광까지 그려 주었다. 수업 후반부를 꼬박 투자했다. 여학생다운 단정한 필체의 수식 사이에서 리켄바커가 찬란하게 빛나고 있었다. 내가 그린 것이지만, 내가 봐도 정말 근사했다.

우치무라는 다시 "우와!" 하고 작은 소리로 환호했다.

만약 영문법 시간이었다면 "이놈들, 지금 뭐하는 거야!" 하는 데라우치 선생님의 대장부 같은 고함을 들었을 테지만, 수학을 담당한 가와사키 선생님은 아저씨면서도 우아한 부인 같은 인상이라고나 할까, 외곬으로 파고드는 노파 같은 분이어서, 오로지 칠판하고만 중얼중얼 대화하며 꾸역꾸역 수식을 적어 나아갈 뿐, 절대로 학생 쪽을 돌아보지 않는다.

"그렇지? 그래, 그러면 여기에 $x+y$를 대입해 보면 어떻게 될까? 자, 딱 맞아떨어지지? 그럼 말이다, A의 값은 뭐냐? 그렇지, 8이니까 결국 $f(x)$는……."

노트를 돌려주면서 나는 '제1호 팬이로군.' 하고 속으로 중얼거렸다.

2

Strummin' my pain with his fingers

그 녀석, 내 가슴을 통통 아프게 쥐어 뜯네

Roberta Flack ; 〈Killing Me Softly With His Song〉

이 장에서는 시라이 세이치와 만나게 된 사연을 이야기하겠다.

시라이와 나는 처음 만난 그날로 의기 투합하여 밴드를 결성했다. 나에게 시라이는 그냥 친구가 아니다. 음악, 특히 기타의 스승이자 정신적 지주이며, 무엇보다 둘도 없는 동무였다. 벌써 몇 년이나 만나지 못하고 있지만, 만나지 않아도 여전히 친한 동무다.

그 친구와 만나던 날을 나는 지금도 또렷이 기억한다. 장마철 중간의 활짝 갠 무더운 날인데다가 나는 아침부터 속이 좋지 않아 내내 끙끙거리고 있었다. 이런저런 일들이 많아서 진저리도 내고 화도 내고 낙담도 하고 미친 듯이 기뻐하기도 했는데, 막판에 미친 듯이 기뻤으므로 아주 괜찮은 날이었던 셈이다. 역사적인 하루라고 해도 좋았다.

그날은 중간고사 마지막 날이었다. 시험이 끝난 뒤 같은 반의 오카시타 다쿠미라는 아이한테서 우리 학교에 경음악부라는 것이 있다는 말을 들었다. 오카시타는 큰북주자를 노리는 브라스밴드부원인데, 4층 음악실 옆에 그 브라스밴드부 방이 있고, 또 그 옆에 경음악부 방이 있다는 것이다. 나는 그 방을 향해 1층에서부터 전속력으로 뛰어 올라갔다.

정말 있었다. 한데 브라스밴드부 방에 비하면 얼마나 허름하던지. 꾀죄죄한 유리문에 '경음' 이라고 도화지에 매직펜으로 써서 붙여 놓았다. 덜컹거리는 문을 열어 보니 어둑어둑한 것이 꼭 운동부 방 같은 냄새가 났다. 그냥 나갈까 하다가 생각을 고쳐먹고 안으로 들어서서 다시 덜컹거리며 문을 닫았다.

"실례합니다." 하고 말하고 보니 이상한 인사라는 생각이 문득 스친다.

"예." 하고 안쪽에서 가느다란 목소리가 들린다. 눈이 겨우 어둠에 익어 갔다.

"저어, 여기가 경음악부 방 맞습니까?"

"네, 그런데요." 하며 읽던 잡지를 옆의 종이박스 위에 내려놓으며 대답한 인물은 로이 오비슨처럼 각진 검은 테 안경을 쓴 소년이다. 빼빼 마르고 혈색이 좋지 않다. 와이셔츠 칼라에 '1 5' 배지가 달려 있으니까 내 옆 반 아이였다(나는 1학년 6반).

"저어, 여기 가입할까 하고 왔는데." 하고 말했다.

"2, 3학년 선배들이 아직 오지 않았어. 오늘은 두 시부터 연습이 있거든." 하고 검은 테 안경은 계집애 같은 목소리로 말했다. 아직 한 시도 안 되었다.

"연습하는 거 구경해도 괜찮을까?"

"그야 상관없지만 구경해 봐야 별 영양가가 없을 텐데."

"왜?"

"보면 알 수 있을 거야." 검은 테 안경은 찬물을 끼얹는 듯한 말을 부드러운 목소리로 말한다. "넌 어떤 음악을 하려고 왔는데?"

"록." 나는 자랑스럽게 대답했다.

"록?" 소년은 피식 쓴웃음을 지었다. "그거 안됐네."

"어째서?"

"선배들은 록이 뭔지도 모를 테니까."

"정말? 그럼 어떤 걸 하는데?"

"부원은 전부 여섯 명. 3학년이 둘, 2학년이 셋, 1학년은 나 하나. 그 여섯 명이 〈알로하오에〉를 연습해."

"〈알로하오에〉? 노래를 하나?"

"아니, 노래는 안 해. 모두 모여 합주를 하지. 오르간 한 대, 콘트라베이스 한 대, 만돌린 두 대, 리코더 한 대, 그리고 기타 한 대."

구식 오르간, 옆에 누워 있는 콘트라베이스, 그리고 그밖에 악기 케이스를 하나하나 가리키며 그는 따분하다는 듯이 말했다.

"그 밖에 또 무슨 곡을 하지?"

"〈후니쿨리 후니쿨라〉라든지 〈아름다운 천연〉(메이지시대에 해군 군악대장 다나카 호즈미가 작곡한 창가. 일본 최초의 왈츠 곡으로 평가되며, 흔히 예전에 서커스의 배경 음악으로 연주됨—옮긴이)라든지."

"진짜?!"

"진짜야. 그리고 〈물빛 왈츠〉(1950년, 클래식 작곡가 다카기 도로쿠가 만든 가요곡—옮긴이) 〈알프스 1만 척〉(미국 민요. 원곡은 미국 남북전쟁 당시 많이 불려 미국 제2의 국가라 불리는 〈Yankee Doodle〉이며, 우리나라에는 〈팽이치기〉란 노래로 번안됨—옮긴이)도 해."

"세상에!" 나는 기가 막혔다. "요즘 고교 서클이라고 할 수가 없군."

"〈고교 3년생〉(1963년에 작곡된 가요곡. 이른바 '청춘가요'의 대표곡으로서 크게 히트함—옮긴이)도 해." 하고 그는 다시 쓴웃음을 지으면서 말했다.

"노래도 없이 〈고교 3년생〉을 합주한다구?"

"그래. 노래 없이."

"믿을 수가 없군!"

"안 믿어지겠지. 가입하지 않는 게 좋을걸."

"아!" 나는 바닥에 주저앉았다.

"근데 너는 무엇을 하는데?" 내가 물어 보았다.

"기타."

"서클 활동에 만족하니?"

"전혀. 실은 오늘부로 탈퇴하려고 온 거야."

"흐음."

낙담하는 내 얼굴을 보고 검은 테 안경은 위로하는 투로 말했다.

"록을 하고 싶다고 했지?"

"응."

나는 한숨을 지으며 대답했다. "그게 아니면 하고 싶지 않아."

"실은 나도 그래. 경음악부에 가입한 것도 회장 오카다 선배가 '너 기타 칠 줄 알잖아.' 하고 애원해서였어. 사촌형이거든. 하지만 더 이상 못 참겠어."

"너, 기타 잘 치냐?" 나는 몸을 앞으로 내밀었다.

"잘은 못 치지만 그럭저럭 내 식으로 치는 거지."

"조금만 들려 줄래?" 나는 눈알을 반짝이면서 부탁했다.

검은 테 안경은 벽에 세워 둔 기타 케이스에서 쇠줄을 맨 클래식 기타를 꺼내 익숙한 동작으로 빠르게 음정을 맞추었다.

"뭘 할까?"

"록! 자신 있는 걸로." 나는 갈라진 목소리로 외쳤다.

"오케이!"

말라깽이 소년은 맹렬한 속도로 기타를 뜯기 시작했다. 벤처스의 〈Driving Guitars〉였다!

아아! 나는 한숨을 흘리며 가슴속으로 말했다.—생 기타의 이 박력이라니! 일렉트릭 기타였다면 오죽할까!

"어땠어?" 연주를 마친 검은 테 안경이 감상을 물었다.

"밴드를 만들자." 나는 감상 대신 제안을 했다. "응? 나랑 록밴드 만들자!"

"오케이!" 말라깽이 소년은 너무나 깨끗하게 동의했다. 얼굴이 꽤 상기된 탓인지 아까보다 혈색이 훨씬 좋아 보인다. "만들자, 만들자. 처음 네 얼굴을 볼 때부터 나도 그 말을 하려고 했어."

"으아, 신난다아!" 나는 너무나 기뻐서 미친 듯이 소리쳤다.

"오케이!"

그는 애니멀스의 〈The House Of The Rising Sun〉의 도입부를 연주하기 시작했다. 이 녀석, 물건이었다!

이 장 앞머리에서 말한 것처럼 그 친구 이름은 시라이 세이치다.

머리를 길렀지만 장발이라고 할 정도는 아니었다. 그 머리는 가르마를 탈 것도 없이 적당히 칠 대 삼으로 나뉘어져 있다. 새치가 비치게 된 지금도 그 모습이니까, 이마가 벗겨지지 않는 한 이 헤어스타일은 변하지 않을 것이다.

말라깽이라고 썼지만, 시라이의 체중은 대략 오십 킬로그램 안팎이 아닐까(키는 백칠십 센티미터 정도). 당시 호리호리해지고 싶었던 나는 시라이가 부럽기 짝이 없었다. 예를 들면 시라이는 의자 뒤쪽으로 깊숙이 앉아서도 다리를 꼬는데다가 위로 걸친 다리로 아래쪽 다리를 휘감는 거의 곡예 같은 포즈를 무의식중에 취할 수 있었다. 나도 가끔 흉내를 내 보지만 도저히 되지 않았다.

어떻게 그렇게 마를 수 있는지가 궁금해서 시라이에게 입맛에 대해서 물어 보니 생선말고는 특별히 가리는 것 없이 잘 먹는다고 했다. 왜 생선을 싫어하느냐고 물으니,

"우리 집이 생선가게거든. 남들이 평생을 두고 먹을 양을 한참 어릴 때 다 먹어 버렸어." 하고 대답했다.

결국 시라이가 살이 찌지 않는 이유는 타고난 체질 덕분인 듯했

다. 그는 특별한 병이 있는 것은 아니지만, 태어날 때부터 모든 장기가 시원치 못해서 내내 고생해 왔다고 한다. 그 이름처럼('시라이'의 한자는 '白井'이다—옮긴이) 피부가 새하얀 것도 그 탓인지 모른다. 중학교에 들어갈 즈음에는 꽤 튼튼했다고 하지만, 나랑 만날 무렵에는 내내 배앓이를 했다.

"또야?" 하고 내가 걱정스럽게 물으면,

"으음. 이삼 일 동안 상태가 좋질 않아." 하고 대답한다.

"큰일이네."

"뭘, 남들이 한 번 누는 거, 대여섯 번에 나눠서 누는 건데. 결과는 마찬가지잖아."

이렇게 무슨 스토아 철학자 같은 소리를 하며 쓴웃음을 짓는다.

말 나온 김에 말하면, 나는 시라이가 씁쓸하게 웃는 얼굴이 너무 좋았다. 쓴웃음이라고 해도 비아냥거림이나 악의의 흔적은 물론 응석부리는 구석도 전혀 없다. 조금 멋쩍은 듯 쓸쓸해 하면서도 자기 이름처럼 깨끗한, 그리고 이상할 정도로 밝게 웃는 얼굴이었다.

시라이한테는 일곱 살 연상의 매우 씩씩하고 오지랖 넓은 누이가 있어서, 그 누이 영향으로 시라이도 외국 팝송을 좋아하게 되었다고 한다.

그 누이는 캉온지상고를 졸업한 뒤 가업인 생선가게 일을 돕고 있다—라기보다 이미 시라이 생선가게의 기둥이었다. 기다란 고무장화에 앞치마를 두르고 생선을 토막내고, 흥정하고, 굵은 알토 목소리로 장보러 나온 아주머니들을 상대로 호객을 할 뿐만 아니라 '다이하츠 미제토' 라는 소형 삼륜오토바이를 몰고 다니며 물건을 떼오기까지 한다. 시라이처럼 어딘지 허약해 뵈는 아버지와 태평스런 어머니는 그런 딸에게 마음놓고 기대고 있는 모습이다.

그리고 이 누님은 남정네 못지않게 서글서글해서 주변 사람들은 친근감을 담아 '언니' 라고 부르고 있었다. 앞으로 나도 그렇게 부르기로 한다.

"가게 걱정은 하지 마. 내가 데릴사위 얻어다 뒤를 이를 테니까 너는 대학 졸업해서 양복에 넥타이 매고 살아라."

언니는 생선장수가 될 소질이 별로 안 보이는 동생에게 종종 그렇게 말했다.

"고마운 언니라니까." 하고 내가 말하면,

"응." 하며 시라이는 또 씁쓸하게 웃었다. "하지만 언니한테 미안해. 나는 생선장수도 괜찮다고 생각하는데 말야. 생선 팔면서도 기타는 칠 수 있잖아."

그 언니의 낙이 서양 영화와 팝송이었다.

언니는 '싱에이칸(新映館)' 이라는 영화관에 들어오는 서양 영화는 거의 빠짐없이 본다. 다만 〈유럽의 밤〉이니 〈491〉이니 〈쇼크〉니 하는 '징그러운' 영화는 안 보는데, 그런 영화는 간판만 봐도 '웩! 할 것 같다' 고 한다.

언니가 좋아하는 남자 배우는 그레고리 펙과 버트 랭카스터, 여자 배우는 오드리 햅번과 크리스티네 카우프만이다. 클라크 게

이블은 '잘 생기기는 했지만 좀 느끼한 데가 있어서 싫다.' 고 하고, 제인 맨스필드 같은 배우는 '물어 보나마나 수준 미달.' 이라고 한다.

그리고 언니가 좋아하는 가수는, '달콤한 목소리' 의 팻 분, '남자다운' 해리 베라폰테, '늘 좋은 노래만 부르는' 페티 페이지나 다이나 쇼어 들인데, '모든 게 다 좋은 가수' 가 넷 킹 콜이며, 특히 그의 〈Lonely One〉은 '들으면 눈물이' 나오고, 〈Nature Boy〉는 '몸이 둥실 떠올라 어딘지 모르는 먼 곳으로 데려가는 것 같다.' 고 한다. 그 넷 킹 콜은 그 해 2월에 마흔일곱이라는 한창 나이에 세상을 떠났는데, '생각하면 생각할수록 아깝고 슬퍼서 못 견디겠다.' 고 언니는 정말로 눈시울을 적시며 말해서 나를 놀라게 했다.

반대로 끔찍하게 싫어하는 것이 엘비스 프레슬리인데, 시끄러울 뿐만 아니라 너무 야해서 속이 메스껍다는 것이다.

요컨대 이 언니라는 사람은 결벽하기 짝이 없는 아가씨로, '야해서 좋아.' '섹시해서 반했어.' 라고 공언해 마지않는 요즘 아가씨들하고는 대체로 이질적인 여성이었던 것이다.

그 언니의 영향으로 시라이가 팝송에 눈을 떴다고 했지만, 나랑 알게 되었을 때는 벌써 언니하고는 취향이 꽤 달라져 있었다.

무엇보다 그는 언니가 시끄럽고 속이 메스껍다며 증오하는 프레슬리를 아주 좋아했다. 그리고 다른 로큰롤러들, 예를 들면 제리 리 루이스라든지 로이 오비슨이라든지 에디 코크란 들도 좋아했다. 그보다 더 좋았던 것이 척 베리인데, 이 사람은 아마 시라이 세이치 평생의 아이돌이었을 것이다.

새로운 가수로는 역시 젊은이답게 벤처스, 비틀즈, 클리프 리처드와 쉐도우스를 좋아하고, 비치보이스나 애니멀스도 좋아했다. 그리고 '요즘 한창 땡기는 것이 롤링 스톤즈야.' 하고 시라이는 말했다.

그의 입에서 나오는 아티스트 중에는 당시 내가 모르는 사람도 꽤 있었다. 당시 캉온지에서는 그 친구가 팝송에 가장 해박한 사람 가운데 하나였을 것이다.

시라이는 언니한테 물려받은 전축을 가지고 있었다. 예전의 78회전식 음반도 걸 수 있는 것으로, 레코드 회전수에 맞게 바늘을 째깍째깍 돌리면 두 종류의 음반을 다 들을 수 있었다. 제조사는 아마 콜롬비아였던 것 같다.

레코드 컬렉션은 태반이 싱글판으로, 칠팔십 매 정도. 내용을 들여다보면 태반은 언니가 구입한 것이고, 나머지 절반쯤은 시라이가 고른 판일 것이다(그 가운데 〈후쿠치야마온즈〉〔후쿠치야마 지역에 전해 내려오는 민속춤을 추면서 부르는 민요로, 후쿠치야마시의 무형문화재—옮긴이〕라는 것도 있는데, 왜 이런 게 섞여 있는지, 언니도 모른다고 했다).

마침내 나는 시라이네 집을 뻔질나게 드나들게 되었다. 그리고 계속 레코드를 듣거나 시라이한테 기타를 배우기도 했다. 가게가 한가할 때는 언니가 매대에서 팔던 붕장어구이를 가끔 들여보내 주었다(길이 이십 센티미터 정도의 작은 붕장어지만, 맛이 진한 것이 감칠맛이 났다. 이 지방에서는 양념장을 발라 구운 것을 잘게 다져서 바라즈시〔해물 위에 밥을 덮어서 내는 생선초밥—옮긴이〕 위에 뿌린다).

시라이의 기타는 앞에서 말한 저 쇠줄을 맨 클래식 기타인데, 그는 그것을 고토히키바시 초입에 있는 다케다 전당포에서 발견하고 삼천 엔에 샀다고 한다. 그는 그 기타로 나에게 끈기 있게 레슨을 해 주었다.

지금 생각하면 너무 심한 기타였다. 나일론 줄이 아니라 쇠줄을 맨 탓에 네크가 많이 휘어서 12번 플랫 근처에서는 현과 지판 사이가 일 센티미터는 떠 있었던 것 같다. 그래도 시라이는 〈Johnny B. Goode〉 도입부를 거의 완전하게 쳐 냈으니 말라깽이치고는 손가락 힘이 대단했던 것이다.

물론 그런 짓거리만 하고 있어서는 밴드가 될 수 없지만, 제대로 악기를 갖추지 못했으니 도리가 없었다. 이번 여름방학에는 어떻게든 함께 아르바이트를 해서 악기들을 사기로 다짐했다. 그리고 그때까지 다른 멤버를 물색하기로 했다.

시라이는 당연히 리드 기타 담당이고 나는 사이드 기타를 맡기로 했다. 남은 것이 베이스 기타와 드럼인데, 이 두 파트는 어느 밴드나 멤버를 구하느라 애를 먹는다. 기타 연주자가 압도적으로 많기 때문이다.

"누구 적당한 아이 없을까?" 하고 시라이는 말했다.

"으음, 글쎄……." 나도 머리를 갸웃거렸다. 그때 문득 두 소년의 얼굴이 눈앞에 떠올랐다. 이 역시 '일렉' 신 '덴데키 님'의 계시인지도 모른다.

"잘하면 찾을 수도 있겠는걸. 동시에 연습실까지 생길지 몰라." 하고 나는 말했다.

"정말?"

"음." 나는 가슴을 펴고 대답했다.

"그 녀석, 멱살을 쥐어서라도 끌어들여야지!"

3

Let's have a party!

쿵짝쿵짝 한번 놀아 보자구!

Wanda Jackson ; 〈Let's Have A Party〉

베이스맨과 드러머를 어떻게 영입했는지 말하기 전에 우리 집안 이야기도 조금 해야겠다.

나의 아버지는 공업고교 생물 교사였다. 왕년에 젊을 때는 매우 학구적이어서 파래나 우뭇가사리 같은 해조류라든지 해삼이나 새우 같은 해양 동물을 연구하고 열심히 논문을 써서 연구회지에 발표했다고 하는데, 내가 어릴 때에는 다 그만두고 보통 사람들은 잘 이해하지 못하는 하이쿠를 짓게 되었다.

아주 초기의 작품 중에는,

물 젖은 손에 그리운 파래런가

라는 식의, 얼핏 하이쿠 같은 것도 있기는 하지만, 점차 난해하게(혹은 뒤죽박죽으로) 변해 가서, 이게 과연 하이쿠 맞나? 하고 할 말을 잊게 만드는 것들만 짓게 되었다.

바닷가 소나무, 의 가지. 비쳐 드는 석양. 뛰는 물고기련가.

이 정도는 그래도 나은 편일 것이다('바닷가 소나무' 라든지 마지막의 '련가' 같은 곳에 하이쿠다운 분위기가 남아 있지 않은가). 그렇다면 이런 것은 어떤가.

앞뒤 보나 안 보나 해변의 폴리에틸렌 용기

여하튼 아버지는 나 같은 사람보다 훨씬 전위적인 정신을 가진 분이다.

이 전위적인 정신은 저녁 식사 후에는 늘 아무렇게나 뒹굴며 텔레비전을 본다. 제일 좋아하는 것은 프로 레슬링 중계방송인데, 이것은 지금도 변하지 않았다. 내가 고교 1학년 때 아버지가 좋아하는 레슬러는 자이언트 바바였다. "인품이 좋아 보이거든."이라는 게 그 이유이다. 그리고 "프로 레슬링 같은 걸 좋아하다니, 참 딱하슈." 하면서도 어머니도 종종 함께 보았다.

어머니도 예전에는 여학교 가정 교사였다. 교직에 있다가 아버지를 만나 결혼했는데, 장녀(어려서 죽었다)를 낳고 삼 년 뒤 장남(내 형)을 낳을 때가 마침 새로운 학제로 변경되던 시기여서, "에잇, 귀찮다." 하고 퇴직하고 전업주부가 되었다.

이 전업주부는 잠시 가사와 육아에 전념했지만, 차남인 내가 초등학교에 들어가면서 여유가 생기자, 장기인 다도나 꽃꽂이를 일주일에 사흘 정도 이웃 아주머니나 아가씨들을 모아 놓고 가르치게 되었다.

어머니가 진행하는 강좌의 진수는 무엇이든 '싹싹 재빠르게' 라는 것으로, 이 점은 이해하기가 쉬워서 평판이 꽤 좋았다. 다도에서는 비단보를 들었다 하면 한 십 초 정도면 다 끝내 버린다. 말차를 싹! 뜨고, 끓는 물을 콸! 붓고, 찻숟가락으로 삭삭! 젓고, 네, 드시면 됩니다.

시원시원한 어머니의 손놀림은 보기에도 유쾌해서, 어린 나는 처음 얼마 동안은 싫증도 내지 않고 종종 강의를 견학했다.

어느 날 나는 난로에 얹은 솥을 '부글부글 차솥' 이라고 부르고, 끓인 물을 붓는 주전자를 '뚱보 주전자' 라고 불렀다. 그러자 어머니와 아가씨들이 와락 웃었다. 그리고 "즈이 아빠를 닮아서 못 말리는 개구쟁이라니까." 하고 어머니는 말했다.

내가 강의를 견학한 이유는 또 있어서, 차에 곁들이는 과자를 얻어먹을 수 있었기 때문인데, 언제나 불단에서 물린 밤만주나 다식(요란하게 채색한 대형 다식)만 나왔다. 초등학교 2학년이 될 즈음에는 결국 질려서 강의도 별로 들여다보지 않게 되었다.

꽃꽂이도 역시 '싹싹 재빠르게' 였다. 우리 집 근처에는 들판도 있었고 잡목이 무성한 야산도 있었으므로 재료에는 부족함이 없었다.

"꽃 같은 건 없어도 상관없어요."라는 것이 어머니의 입버릇으로, 여기저기서 모아 온 소나뭇가지나 수숫대 따위를 싹둑싹둑 잘라서 순식간에 만들어 버린다. 그래도 꽤 볼 만한 것이 만들어지므로 어린 마음에도 꽤 감탄했던 것이다.

어느 날 나는 아직 이삭이 비치지 않는 푸릇푸릇한 수수를 한 아름 베어다가 꽃병에 가득 채우고 그 줄기와 잎을 가운데쯤에서 싹둑싹둑 전부 잘라 위를 편편하게 만든 것을 들고 어머니가 강의하는 방으로 가져갔다.

"뭐니, 그건?" 하고 어머니가 물었다.

"마사이 짱이야." 하고 나는 자신만만하게 대답했다.

아가씨들이 폭소를 터뜨렸다. 어머니는 쓴웃음을 지으며, "하여간 못 말리는 개구쟁이라니까." 하고 말했다. 마사이 짱은 근처 두부가게 형인데, 내가 만든 꽃꽂이 작품처럼 늘 머리 위가 편편하게 되도록(양 옆이 각이 지도록) 이발을 했던 것이다.

모두들 웃음을 터뜨리자 나는 득의양양했는데, 특히 내가 웃기려고 한 사람은 내가 아주 좋아하던 미치코 누나였다.

미치코 누나는 상냥해서 내 머리도 자주 쓰다듬어 주고 때로는 도망칠 뜻도 없이 달아나는 나를 붙잡고 등 뒤에서 꼭 껴안고 번쩍 들어올려 주었다.

"여엉차. 어머, 무거워졌네, 다케요 짱, 무거워졌어!"

향긋한 냄새가 나는 미치코 누나한테 안기면 뭐라고 말로 하기 힘들 만큼 기분이 좋고, 가슴이 아플 정도로 두근거렸다. 그 미치코 누나는 내가 2학년 때 마루가메에 있는 커다란 전통복가게 아들한테 시집갔다. 그 새색시의 모습을 보면서 "신랑은 미치코 누나가 좋아하는 벳토 가오루(1940년대 말부터 1950년대에 활약한 유명한 프로 야구 선수로, 일명 '그라운드의 신사'라 불림—옮긴이) 같은 사람일까?"라든가, "누나가 신랑도 뒤에서 꼭 안아서 번쩍 들어줄까?" 하고 생각하던 기억이 난다. 지금은 아줌마가 되어 '싹싹 재빠르게' 녹차를 타고 꽃꽂이를 하고 있을 것이다.

어머니의 교육 방침에 대해서는 내가 다도나 꽃꽂이에 문외한이라 별로 시비 걸 건 없지만, 다만 어린 마음에도 저래도 되나 싶은 점은 있었다. 여름에 강의할 때, 어머니의 옷차림을 말하는 것이다. 배우러 온 아가씨들은 단정하게 원피스를 입고 있는데 어머니는 언제나 달랑 슈미즈 하나만 입고 가르쳤던 것이다.

하지만 지금 돌아보면 이것은 전혀 탓할 일은 아니었다. 생각해 보면 당시 아줌마들에게 슈미즈는 매우 일상적인 여름 평상복이어서, 가까운 곳으로 장보러 갈 때도 슈미즈 한 장이면 충분했다. 따라서 집안에서 다도나 꽃꽂이를 가르치는 데 슈미즈 차림이면 안 된다는 법은 없다는 것이다.

이것을 좀 더 보편적으로, 사회문화사적으로 살펴보자면, 슈미즈 한 장 차림으로 돌아다니는 것에 대한 부끄러움을 극복했을 때 아가씨는 어엿한 아줌마가 된다는 뜻이 아닐까?

어쨌든 이 우아한 여름 풍경도 경제가 고도로 성장하고 시골이 도시화되면서 (어머니 말을 빌리면 '되바라져 가면서') 점차 사라지고, 내가 고교에 들어갈 즈음에는 옷차림에 전혀 개의치 않는 어머니도 원피스를 입고 가르치게 되었다. 그 편이 보기에는 좋지만 왠지 서글픈 기분도 든다.

내 누이는 '나데시코'라는 묘한 이름을 가지고 있었는데('패랭이꽃'이란 뜻과 함께 '어루만지는 아이'라는 뜻으로도 읽힘—옮긴이), 채 두 살이 되기 전에 폐렴으로 죽었다. "나데시코는 정말 똑똑하고 귀여웠어." 하고 어머니는 지금도 착 가라앉은 목소리로 입버릇처럼 말한다. "가슴이 아파서 이제 더는 안 낳겠어요." 하고 작정했지만, 어머니의 어머니, 그러니까 나의 외할머니께서, "아서라, 얘야, 그런 소리 마라. 마음을 편하게 가져야지." 하고 끈기 있게 설득했다고 한다. 그 보람이 있어서 (행인지 불행인지) 장남 스기모토와, 네 살 터울의 차남 다케요시, 즉 내가 태어난 것이다.

이렇게 형제의 이름을 써 놓고 보니 역시 아버지의 작명 감각은 조금 이상해 보인다. '나데시코'나 '다케요시'는 그래도 나은 편이다. 딱한 것은 형인데, '스기모토'는 조금 심하다. '후지와라 스기모토'라고 써 놓고 보면 성만 두 개 나란히 붙여 놓은 것 같아서 너무 이상하다. 전위적인 하이쿠 시인을 아버지로 두면 이런 낭패를 본다.

어릴 적 친구들한테 놀림을 당했는지, 형이 이름을 바꿔 달라고 하자 어머니는, "무슨 소리니, 이름만 좋구만. 쎄고 쌘 이름도 아니고."

하고 깔깔 웃으며 들어주지 않았다.

형은 "쌔고 쌘 이름이 더 좋단 말야." 하며 엉엉 울었다.

어머니도 상당히 전위적인 정신의 소유자인지도 모른다.

그 스기모토는 그런 이름에 굴하지 않고, 나하고는 딴판으로 공부를 썩 잘해서 도쿄의 어느 대학 이학부에 너끈하게 들어갔는데, 공부는 제대로 안 하고 마작에 빠져 살았다.

그래도 사 년 만에 무사히 졸업하고 미국에 유학하여 미무지, 아비, 주주 같은 이름의 여자친구들을 줄줄이 거느리며 삼 년간 즐겁게 지내다가 귀국해서, 결국 지금은 규슈의 한 대학에서 수학을 가르치고 있으니, 저래도 되나 싶은 것이다.

마작은 대학 4학년 때 손을 뗀 모양이다. 마작을 하느라 허구한 날 책상다리를 하고 앉아 있다가 허리가 안 좋아져서 결국에는 걷지도 못하게 되었기 때문이라고 한다. 그 지경이 되도록 마작을 했다면 기본적으로는 역시 어리석은 인간임에 틀림없다.

언젠가, "요새는 무슨 연구를 하누?" 하고 물었더니 "군론(群論)." 하고 대답했다. 어떤 학문인지 알 수는 없지만 흥미가 없어서 더는 묻지 않았다.

그런데 내가 멤버로 끌어들이려고 한 사람은 나에게 『평범펀치』나 『주간실화』 같은 잡지를 잇달아 빌려 준 고오다 후지오와, 경음악부의 존재를 가르쳐 준 저 오카시타 다쿠미였다. 후지오는 대단한 팝송 팬이고, 오카시타는 브라스밴드부에 가입한 만큼 음악을 좋아할 것이 틀림없기 때문이다.

우선 최신호 『평범펀치』를 돌려 주면서 나는 후지오에게 말했다.

"할 얘기가 있는데."

"알았어. 한 단계 더 쎈 걸로 보여 줄게."

"더 쎈 거?"

"갑자기 엄청난 걸 보면 충격을 받을 것 같아서 지금까지는 초급, 중급을 빌려 주었던 거야. 내일 가져다 줄게. 너무 무리하지는 마, 짜식."

"에로 책 말하는 거야?"

"실컷 재미 본 주제에 자꾸 에로 책, 에로 책 하고 무시하지 마. 인생의 보물이라고. 에로틱 매거진이라고 불러 줘."

"그게 아니고, 아니, 그건 꼭 빌려 줘. 근데 내가 말하려고 한 건 그게 아니라 밴드에 관한 거야."

"그래? 드디어 결성하는 거냐?"

"응. 그런데 네가 멤버가 되어 주었으면 해서 말야."

"흐음."

"너, 팝송 좋아하잖아."

"그야 좋아하기는 하지만, 내가 가지고 있는 악기라는 게 하모니카하고 목금밖에 없거든. 그거라도 괜찮냐?"

"그건 좀 곤란하지."

"아, 참, 피리도 있다."

"아니, 네가 베이스 기타를 맡아 주었으면 하는데."

"베이스?"

"응, 전기 베이스 말야."

"전기 베이스! 멋있겠다. 폴 매카트니 같겠는걸. 누가 악기를 빌려 준데?"

"아니, 이번 여름방학에 함께 아르바이트를 해서 악기를 살 생각이야."

"노래도 부르나?"

"얼마든지 부를 수 있지."

"으음, 근데, 어쩌나, 벌써 장기부에 가입했는데."

"꼰대들이나 하는 그런 놀이는 집어치워."

"뭐, 꼭 꼰대들만 하는 놀이라고 보지는 않지만, 으음, 어쩌나, 내가 빠지면 서클 녀석들의 실력이 죄다 형편없어서……."

이 고오다 후지오는 정말로 묘한 소년으로, 절집 아들이라고 앞에서 말했지만, 성에 관한 지식이 풍부할 뿐만 아니라 대단한 독서가에다 공부도 잘하고 장기도 엄청나게 고수고, 게다가 팝송에도 나보다 훨씬 밝았다. 그의 집, 그러니까 조센지(淨泉寺)라는 절의 본당 지붕에는 그가 세운 커다란 FM 안테나가 있었다. 무슨 일이 있어도 꼭 멤버로 끌어들이고 싶은 인재였던 것이다. 나는 열심히 설득했다.

"응? 할 거지?"

"으응."

"응? 응?"

"으응."

"확실하지?"

"으~~~~~응" 하고 목소리가 흔들리는 것은 내가 어깨를 붙들고 흔들어 대고 있기 때문이다.

"응?"

"으~~~~응!"

결국 며칠 뒤 후지오는 장기부를 그만두고 밴드에 들어오겠다고 약속했다. 그로부터 한 달 정도 장기부의 3학년 선배들이 후지오를 달래려고 끈질기게 쫓아다녔지만 그는 "미안해요, 선배. 용서해 주세요. 요즘 아버님도 통 기운이 없으셔서요." 하면서 무슨 소린지 모를 핑계를 대며 계속 거절했다. 그것이 운동부 같은 데였다면 뭇매를 맞았을지도 모르지만 '꼰대 같은' 문화부였기 때문에 그럭저럭 무사히 끝났다. 그러나 그때 3학년들의 슬프고 안타깝고, 그리고 원망이 맺힌 얼굴을 나는 지금도 기억할 수 있다. 내가 대단한 인재를 빼낸 것 같았다.

그런데 밴드에 참가하기로 해 놓고도 후지오는 통 머리를 기르지 않았다. 그것은 후지오가 이미 어엿한 스님으로서 병약한 아버지를 대신하여 각종 법회를 주관하고 있었기 때문이다. 말하자면 직업상 필요에 따른 것이었다.

늘 궁금하던 차에 한번은 후지오의 조수가 되어 법회에 따라가서 후지오의 스님 노릇을 내 눈으로 똑똑히 본 적이 있는데, 너무나 익숙한 후지오의 스님 행세에 나는 놀라움을 넘어서 질려 버리고 말았다.

구성진 독경 소리가 훌륭해서만은 아니었다. 그는 사바세계의 '인연'이라는 것에 대하여 일장 설교까지 늘어놓았던 것이다. 그리고 그 뒤 후지오와 나는 술대접까지 받았는데, 그는 아주머니 아저씨들과 술잔을 주고받으며 즐겁게 세상사는 이야기를 나누었다.

예를 들면 마쓰모토 씨네 주점의 장남한테 마침내 새색시가 시집왔다는 것, 시모데 씨 할머니는 변함없이 자리보전 중이지만 음식은 잘 드시고 있다는 것, 얼마 전 이케노시리에서 한참 내려간 곳에 커다란 슈퍼마켓이 생겨서 잡화점을 하는 이치타로 씨의 심기가 불편하다는 것, 그리고 고토 다메이쓰 씨네 아주머니와 딸이 모두 요코모리농기계 공장에 파트타임으로 일을 나가서 돈을 제법 버는 모양이니 아무래도 조만간 집을 전부 새시로 교체할 게 분명하다는 것, 또는 최근 나간료카에 생긴 스낵바라는 술집에 기시모토 씨가 문지방이 닳도록 드나들다가 사단이 나서 부부가 갈라서네 마네 하는 큰 싸움을 벌였다는 것 따위에 대해서 후지오는 아주머니 아저씨들과 정말로 즐겁게 수다를 떨었다. 나는 이 지역의 온갖 사정에 대해서 후지오가 이렇게까지 속속들이 알고 있을 줄은 짐작도 못하고 있었다. 후지오는 때때로 아저씨나 아주머니들의 잘못된 기억이나 착각을 바로잡아 주기까지 했다.

"젊은 스님(후지오를 말함)이 주량도 대단하시고, 이제는 사람들이 아버님보다 더 의지가 된다고들 하더라고요."

내 옆에 앉은 아주머니가 바라즈시를 우물거리며 눈을 동그랗게 뜨고 있는 나에게 말했다. 나는 새삼 대단한 인재를 빼냈구나, 하고 생각했다.

실제로 후지오는 스님들이 다니는 교토의 대학에 아무 망설임 없이 진학했고, 일찌감치 은퇴한 아버지의 뒤를 이어, 졸업 후 바로 주지 스님이 되었다. 법명이 조쿠(淨空)인데, 이 지역에서는 꽤 유명한 스님으로 알려져 있다. 들리는 바로는 그는 아주 어릴 때부터 불도에 뜻을 두었다고 한다.

내가 따라갔던 그 법회가 있고 나서 며칠 뒤, "나, 어렸을 때 벼락 맞아서 죽었던 적이 있어." 하고 그는 진지한 얼굴로 나에게 말했다. "그때 법사님(홍법대사)이 나타나셔서, '이보게, 왜 그러고 있나. 어서 일어나게.' 하며 다정하게 내 귓가에 속삭이셨어. 그래서 나는 잠에서 깨어난 것처럼 다시 숨을 쉬었지. 이것은 나를 다시 살려 내서 불도를 걷게 하려는 대사님의 뜻이라고 나는 확신했어."

"정말이야?"

"그 증거로, 자, 여길 만져 봐."

그렇게 말하며 후지오는 머리를 숙여 내 쪽으로 디밀고 내 손을 잡아 정수리 옆의 돌기를 만져 보게 했다.

"가마가 왼쪽으로 한참 벗어나 있네."

"그런 건 상관 말고. 어때?"

"사마귀 같은 게 있어. 짧은 털이 나 있고."

"거기로 벼락이 떨어졌어. 어때, 전기가 찌릿찌릿 오지?"

"아니, 그냥 까슬까슬할 뿐인데."

"너는 구제할 길이 없는 범부로구나. 어느 시주 아줌마는 여길 딱 한 번 만지고는 빈뇨증이 싹 사라졌는데."

후지오는 그렇게 말하며 눈을 가늘게 뜨고 먼 데를 바라보았다.

이제 다음은 브라스밴드부의 큰북주자를 꿈꾸는 오카시타 다쿠미다.

초중학교 시절부터 친구들은 대개 다쿠미를 코 짱이라 불렀다. 이 이름을 성에 붙여서 말하면 '오카시타코'가 되는 셈인데, 마침내 발칙하게도 그것을 굳이 '아카시노타코'('붉은 문어'—옮긴이)라고 말하는 아이들이 나타났다. 그리고 이것이 완전히 그의 별명으로 굳고 말았다.

때로는 앞에서도 말했듯이 사이타천은 '안개의 도시 런던'을 흐르는 템스강처럼, 혹은 '꽃의 도시 파리'를 흐르는 센강처럼, '우동의 도시 캉온지'를 당당하게 (실제로는 졸졸) 흘러 히우치나다로 흘러드는데, 그 하구께에, 바다를 보고 왼쪽이 항구였다. 그리고 그 어촌 변두리에 아카시, 아니, 오카시타네 집이 있다.

가업은 어업이 아니라 새우나 잡어로 어묵을 만드는 것이다. 즉 도쿄 근방에서 치쿠와어묵이나 사쓰마튀김이라 불리는 것과 비슷한 물건들을 만든다. 굳이 '비슷한 물건'이라고 말한 것은 만들 때의 감각이 상당히 다르기 때문이다. 이름도 다르다. 내가 살던 지역에서는 치쿠와를 칫카라고 하고, 사쓰마튀김류는 뎀뿌라라고 한다. 재료에 새우를 사용하면 각각 새우칫카, 새우텐이라고 한다. 도쿄 근방에서 먹는 것과 어느 쪽이 더 맛있느냐고 묻는다면, 나는 단연 칫카와 뎀뿌라가 더 맛있다고 주저 없이 대답할 것이다.

어쨌든 오카시타는 그런 식품을 제조하는 몇 집 가운데 한 집에 맏이로 태어났다. 듣기로는 아버지를 여읜 어릴 적부터 가업을 도왔다는 기특한 소년이고, 더구나 그 성품도 온순하고 착하고 참으로 친절하다.

그런 아이를 설득하는 데 가장 효과적인 것이 무엇인고 하면, 당연히 우격다짐밖에 또 있겠는가. 나는 새 멤버인 후지오와 작전을 짠 뒤 점심 시간에 오카시타를 체육관 옆 변소 뒤로 불러냈다. 왜 변소 뒤냐 하면, 후지오가 "여자를 불러낼 때는 신사 경내, 남자라면 변소 뒤가 딱이야."라고 말했기 때문이다. 그런 관례가 있는 줄은 몰랐지만, 과연, 하고 감탄했다.

나랑 후지오는 변소의 까칠까칠한 시멘트벽에 기대어 오카시타를 기다렸다(시라이를 데려오지 않은 것은, 이런 경우 그는 전혀 도움이 안 될 것 같았기 때문이다). 벽의 온기가 등에 전해져서 근질근질하다.

"아, 왔다, 왔어. 정말 바다에서 올라오는 문어 같군, 여드름 잔

뜩 달고." 하고 후지오가 말했다.

오카시타가 왠지 불안한 기색으로 이쪽으로 걸어온다.

"머언데?" 하고 오카시타는 경계하는 눈빛과 주눅 든 목소리로 말했다. 그 말이며 말투가 영락없는 오카시타 군이다. 생각해 보면 그다지 로커에 어울리지 않는 성격인지도 모른다. 그러나 어쨌든 그때 나는 오카시타를 드러머로 삼기로 굳게 결심했던 것이다.

"할 얘기가 있어." 하고 나는 말했다.

"돈 같은 거 없는데, 나." 오카시타는 눈썹을 여덟팔자(八)로 만들고 울상을 지었다. 나는 전에 본 적이 있는 『문어 핫 짱』이라는 만화를 떠올렸고, 그런 생각을 한 것이 미안했다. 미안하긴 했지만, 비슷한 데 난들 어쩔 수 없잖아, 하는 생각도 더불어 했다.

"네 주머니 털려고 하는 거 아냐." 하고 후지오가 말했다. "나는 돈이라면 전혀 아쉬운 게 없는 사람이야."

"그럼 머언데?" 하는 오카시타.

"네가 생각도 못해 본 기회를 주고 싶어서." 하는 후지오.

"으응? 기회라니, 그게 머언데?" 하는 오카시타. 아무리 시골 아이라지만 이 말이며 말투, 어떻게 좀 안 될까.

"요컨대 우리 밴드에 들어올 수 있는 기회를 주겠다 이거야, 드러머로." 하는 나.

"으응? 드러머? 으응……." 하고 오카시타는 말했다. 이런 식으로 오카시타의 말을 일일이 적어 나가는 것은 나도 고역이니까 적당히 줄여서 쓰기로 하겠다.

처음에 오카시타는 이 제안을 거절했다. 브라스밴드에서 큰북을 치기로 결심했다는 것이다. 예상한 반응이었다.

"록밴드에서 북을 치면 되잖아." 하고 나는 말한다. "록밴드 드러머는 큰북뿐만 아니라 중간북, 작은북, 심벌까지 친다고."

오카시타는, "이잉? 그렇게까지 많을 필요는 없거덩." 하고 말한다. "난 큰북 하나면 되거덩."

"이봐." 하고 후지오가 진지한 얼굴로 말한다. "록밴드 드러머가 되면 여자들한테 인기가 대단해. 브라스밴드 큰북주자라면 인기하고는 아예 담쌓고 살아야지."

"그런가?" 하는 오카시타.

"두말하면 잔소리지. 브라스밴드 큰북이라면 맨 뒤에 서서 바보처럼 그냥 둥, 둥 치는 거잖아. 차라리 절에서 목어를 두드리고 앉아있는 게 낫겠다. 내가 장담하는데 전혀 인기 없어. 멀쩡한 사내가 할 짓이 못 되지." 하고 후지오는 단언했다.

나도 후지오의 말에 장단을 맞추었다.

"그럼, 그럼. 록밴드 드러머는 얼마나 화려하다고. 위치는, 너 말야, 무대 한복판이야. 기타나 베이스를 양옆에 끼고. 드러머 솔로도 아주 많아. 스틱을 딱딱 때려서 원, 투, 쓰리 하고 구령을 넣는 것도 드러머야. 스포트라이트 쫘악 받아 가면서 우당당 우당당 때려 봐, 그것처럼 멋있는 것도 없지."

"그럴까?" 하고 크게 흔들리는 오카시타.

"너한테 손해나는 얘기 아냐." 하는 후지오. "너, 이 기회 놓치면 평생 여자한테 인기 없을걸."

"서얼마!" 하고 오카시타는 눈썹을 다시 여덟팔자로 그리며 난처하게 웃는 얼굴로 말했지만, 벌써 9할은 우리 얘기를 믿고 있었을 것이다.

"날이면 날마다 오는 기회가 아냐." 내가 장단을 넣었다.

"평생 여자 없이 살래?" 후지오가 오금을 박았다.

이리하여 오카시타 다쿠미는 우리 밴드에 들어와 열심히 록드럼 공부를 시작했다. 드럼 세트를 구할 때까지는 역시 고베야 악기점에서 드럼 입문서와 스틱을 사다가 책상이나 과자깡통, 종이박스를 적당히 모아 놓고 연습했다.

귀가 조금 먼 할머니를 제외하면 가족들은 다들 좋은 표정이 아니었지만, 오카시타는 그야말로 귀신에 홀린 듯 연습에 몰두했다.

오카시타를 그렇게까지 몰아넣은 것은 무엇이었을까.

물론 음악에 대한 한결같은 열정도 있었겠지만, 후지오와 나의 설득(혹은 공갈)이 기대 이상의 효과를 발휘했을지도 모른다.

"영원히 여성적인 것이 우리를 이끌어 올린다." 이 말은 아마 괴테가 『파우스트』에서 한 말인데, 지당한 말씀이다.

여성 얘기가 나왔으니 말이지만, 오카시타의 큰북 집착은 그의 할머니의 영향도 무시할 수 없을 것이다.

이 할머니, 성함이 무메라고 하는데, 신불이라면 뭐든지 다 떠받드는 신심 깊은 부인으로, 바쁜 며느리를 대신해서 어린 오카시타를 키웠다. 그리고 그 시절, 할머니는 우치와북(일련종에서 예불할 때 울리는 부채 모양의 둥근 북—옮긴이)에 열심이었다고 하는데, 어린 오카시타를 업고 매일 아침 일찍 고토히키야마 산기슭에 있는 작은 사당에 올라가서 여러 할아버지 할머니들과 함께 해가 질 때까지 "동또꼬, 동동, 도꼬동" 하고 열심히 북을 치셨다고 하니 필시 북소리가 오카시타의 핏속에 녹아들어 간 게 틀림없다.

말이 나온 김에, 까까머리 오카시타는 밴드에 가입하면서 우리를 따라서 머리를 기르기로 결심했다. 특별히 강제한 것은 아니다. 시라이는 조금 긴 봇 짱 스타일(스포츠형보다 약간 길게 하되 윗머리를 편편하게 쳐서 전체적으로 각이 지게 깎는 복고풍 머리모양—옮긴이)로 깎고, 소년승 후지오는 핀셋이 아니면 잡을 수 없을 정도의 '빡빡머리'였다. 즉 헤어스타일은 각자의 자유에 맡기고 있었던 것이다. 오카시타의 머리는 1학년 말쯤에는 나보다 훨씬 길어져서 땋아도 좋을 정도가 되었다. "음식을 만들어 파는 집안의 아들이란 놈이 그게 무슨 꼴이냐." 하고 식구들은 또다시 비판적이었다.

그렇다고 해서 '붉은 문어'라는 별명이 자연스럽게 소멸했느냐 하면, 유감스럽게도 그렇지 않았다. 누군가 다시 '털북숭이 문어'라는 말을 만들어 내서 그것이 퍼지고 만 것이다.

이에 대하여 후지오는,

"어떤 악연은 평생을 따라다닐 수가 있지." 하고 눈을 가늘게 뜨고 먼 데를 바라보면서 말한 적이 있다. 그런데 나는 '붉은 문어'든 '털북숭이 문어'든 처음 그런 말을 만든 '누군가'가 바로 후지오가 아닐까, 하고 내심 의심하고 있다.

4

There ain't no cure for the summertime blues!

한여름의 블루스는 헤어날 길 없어라!

Eddie Cochran ; 〈Summertime Blues〉

자, 마침내 대망의 여름방학이 찾아왔다. 하지만 우리는 클리프 리처드가 〈Summer Holiday〉에서 노래한 것처럼 '태양이 밝게 빛나고 바다가 푸르른' 곳으로 떠나서, 카테리나 발렌테처럼 '한숨이 나올 듯한' 〈사랑의 바캉스〉를 즐길 생각은 전혀 없었다. 일삼아 떠나지 않아도 내가 사는 곳이 세토나이카이 바다에 잇닿아 있는 남부의 시골 마을인지라 태양은 지겨울 만큼 쨍쨍거리고 푸른 바다라면 바로 코앞에 얼마든지 있다. 수만 리터나 된다. 우리는 노는 것은 포기하고 일을 하기로 한 것이다.

이 마을에는 고교생한테 맞는 아르바이트 자리가 거의 없다고 앞에서 썼지만, 시라이와 나는 후지오 덕분에 일자리를 찾을 수 있었다. 후지오의 입심으로 사이타천 상류, 캉온지 시내를 조금 벗어난 곳에 있는 '요코모리농기계' 공장에서 여름방학 동안 일을 할 수 있게 된 것이다. 이 소년승은 소개꾼 노릇도 잘 했다.

왜 시라이와 나, 두 사람만 공장에 다니고 다른 멤버는 다니지 않았느냐 하면, 우선 소개꾼 후지오의 경우, 여름 내내 오봉(음력 7월 보름의 백중맞이, 설날과 함께 일본의 양대 명절—옮긴이) 불공이니 뭐니 해서 가업인 스님 노릇으로 바쁘다는 사정이 있었다(또 삼복더위에는 엄동설한 못지않게 고령자의 사망이 늘어나므로 거기에도 대비하지 않으면 안 된다).

게다가 애초에 아르바이트를 뛰지 않아도 후지오는 돈이 충분했다. 앞에서 오카시타를 꼬드길 때도 "나는 돈이라면 전혀 아쉬운 게 없는 사람이야."라고 말했지만, 그 말은 전혀 허풍이 아니었다. 아쉬운 게 없는 정도가 아니라, 나중에 알았지만 후지오는 벌써 주식 투자까지 하고 있었던 것 같다. 어쩌면 마누라까지 있었는지도 모르지. 이것은 물론 농담이지만, 세상 물정에 엄청 빠삭한 친구였다.

어쨌든, 후지오네 절의 시주 중에 마침 요코모리농기계 바인더 공장 공장장이 있어서, 시라이와 내가 아르바이트를 할 수 있도록 후지오가 눈치껏 알선을 해 준 것이다.

여름방학 전, 오전 수업만 하던 어느 날 방과 후, 후지오는 시라이와 나를 예의 그 변소 뒤로 불러내서 다음과 같이 말했다.

"구체적인 얘기는 공장에서 설명해 줄 테니까 나는 중요한 것만 말하마. 먼저 급료 문제인데, 일당 팔백오십 엔으로 쳐서 마지막 날 한꺼번에 줄 거야.

8월 14일, 15일, 16일은 오봉 휴가고, 월요일부터 토요일까지 아침 여덟 시 반부터 오후 다섯 시 반까지 작업하는 거야. 희망자는 남아서 잔업도 할 수 있지만, 너희는 초보자니까 잔업은 하지 않는 게 좋을 거야.

점심은 도시락을 지참하면 되지만, 사원 식당이 있으니까 거기서 우동 사리가 두 개 들어간 대짜 우동을 먹으면 돼. 한 그릇에 오십오 엔이야. 싸지? 회사에서 보조금이 나오거든.

그리고 이번에 공짜로 일자리를 알선해 준 내 체면이 구겨지지 않도록 성실하게 일해야 돼. 처음 한동안은 힘에 부치겠지만 일주일쯤 지나면 몸에 익을 거야.

아, 그리고 공장에서 일하는 아줌마 중에 가끔 치근덕거리는 사람이 있으니까 조심하고. 괜히 희롱당하지 않도록 하라구. 칫쿤은 걱정 없지만 시라이는 살결도 곱고 얼굴도 귀여우니까 특히 조심해. 알았지?"

한편, 또 다른 멤버 오카시타 다쿠미는 가업인 어묵 제조로 방학을 고스란히 보냈다. 오카시타도 요코모리농기계에 다니고 싶어했지만, "그럴 시간이 있으면 집안일이나 도와라, 정신 나간 놈 같으니." 하고 어머니한테 한 소리 들었던 것이다(걱정이 돼서 하신 말씀이지만, 말본새보다는 훨씬 상냥하신 분이다).

물론 오카시타는 그렇지 않아도 매일 집안일을 도왔지만, 이제 방학을 맞이하여 풀타임으로 가업에 매달리게 된 것이다. 게다가 배달까지 해야 했다. 그렇게 일해서 부모님한테 하루 오백 엔을 받기로 했다.

오봉에는 사흘을 쉬지만, 그 밖에는 가업에 휴일이란 게 없었다. 그래서 그는 여름방학 동안 꼬박 사십 일을 일하고 이만 엔을 벌었다. 여기에 7월, 8월분 용돈을 보태면 이만삼천 엔. 여기에 캉온지신용금고의 예금을 보태면 삼만이천 엔이 된다. 그리고 후지오한테 만오천 엔인지 육천 엔인지를 빌려서 오카시타는 초심자한테는 넘친다 싶은 드럼 세트를 장만하고야 말았다.

그게 아마 추분 날이었던 것으로 기억하는데, 마침내 주문한 상품이 악기점 고베야에서 집으로 배달되기로 한 날, 오카시타는 아침부터 얼굴이 창백했다. 점심때까지 두 번이나 토했고, "같이 있어 줘."라는 부탁을 받은 나는 그때마다 오카시타의 땀투성이 등을 두드려 줘야 했다.

그리고 드디어 고베야의 용달차가 그의 집이 있는 골목에 모습을 드러냈을 때 그의 창백한 얼굴에는 마치 파도가 모래사장을 훑고 지나가듯 오돌토돌한 돌기들이 퍼져 나갔다. 얼굴에도 소름이 돋을 수 있다는 것을 나는 그날 처음 알았다. 안 그래도 오카시타의 얼굴은 전부터 오돌오돌한 여드름이 한창이었으므로 이건 예사로운 증상이 아니었다. 그냥 오돌토돌한 소름이 돋았다고 쓰는 것만으로는 부족하다. 오돌토돌두둘투둘 돋아났던 것이다.

처음 종이박스를 짐칸에서 내릴 때 오카시타는 글자 그대로 졸도할 지경이었다. 이웃 아저씨 아주머니와 꼬마들 일고여덟 명이 골목에 나와 호기심 어린 눈길로 지켜보고 있다. '칫카집 아들이 이번에 또 뭔 일을 벌이려나?' 하는 얼굴들이다.

우리는 상자들을 메고 튀김기름 연기가 배어서 검게 번들거리는 경사가 급한 계단을 올라가 그의 방으로 다 옮긴 뒤, 심호흡을 두어 번 한 다음 조심스럽게 상자를 열고 드럼 세트를 조립했다. 심벌은 막 발행된 오 엔짜리 동전처럼 반짝반짝 빛나고 있었다. 펄(Pearl)사의 드럼 몸체가 진주조개 속처럼 반짝반짝 눈부시게 빛나고 있었다.

조립이 끝나자 오카시타는 준비해 두었던 빨간 플란넬 헝겊으로 손자국을 꼼꼼하게 닦았다. 그리고 우리는 세트 앞에 정좌하고 하염없이 바라보았다. 드럼은 내부에 무한한 에너지를 감춘 채 위풍당당하게 두 평 남짓한 방 한복판에 떡 하니 자리잡고 있었다. 악기란 것이 어째면 이리도 아름답더란 말이냐, 하고 나는 생각했다.

옆에 앉은 오카시타가 흐르는 눈물을 오른팔로 훔쳤다. 나까지 눈물이 나오려고 했다.

"이거 두드려도 괜찮을까?" 잠시 후 오카시타가 말했다.

"왜?"

"왠지 두드리기가 미안해서."

"그렇겠지." 하고 나는 말했다. 오카시타의 기분은 충분히 이해한다. "진심을 담아서 두드리면 괜찮을 거야."

"그렇겠지." 하고 오카시타는 고개를 주억거리며 말했다. "그러면 괜찮겠지?"

밑에서 기름 냄새가 올라오는 방에서 우리는 정좌한 자세 그대로 하염없이 드럼을 바라보고 있었다.

이상이 오카시타가 드럼 세트를 구입한 전말인데, 나와 시라이 역시 기타를 구입하는 데 오카시타 못지않은 고생을 했다.

마침내 다음날부터 여름방학이 시작되는 날 저녁 식사 후, 나는 부모님께 말했다.

"나, 내일부터 아르바이트 해요."

"뭐라구?" 하시는 어머니.

"아르바이트 한다고요."

"그런 걸 왜 하냐?" 하시는 아버지.

"뭐 갖고 싶은 거라도 있냐?"

"응. 기타 살 거예요."

"바이올린이 있잖아." 하시는 어머니.

"기타가 아니면 안 돼요."

"어째서?" 하시는 아버지.

"기타가 아니면 칠 수 없는 곡이 있어요."

"뭐든지 연주할 수 있도록 바이올린을 더 연습하면 될 텐데." 하시는 어머니.

설명하기가 답답해진다.

"아무튼 기타가 아니면 안 돼요. 친구랑 같이 요코모리농기계에서 일하기로 했어요. 벌써 신청해 놨어요."

"부모랑 한마디 상의도 없이 일을 저지르기냐." 하시는 어머니.

"학교에 물어는 봤냐? 아르바이트를 해도 괜찮은지?" 하시는 아버지.

"네. 벌써 말해 놨어요." 학교에 아르바이트 규정이 있는지 없는지는 모르지만, 나는 거짓말을 했다.

"흐음." 하시는 아버지.

"일해도 괜찮죠?" 하는 나.

아버지와 어머니는 얼굴을 마주보았다.

"뭐, 괜찮겠지." 하고 잠시 뒤 아버지가 고개를 끄덕이며 말해서 나는 안도했다. 생각한 것보다 훨씬 매끄럽게 진행된 것이다.

"하지만 못된 짓 하면 안 된다." 아버지가 다짐을 받았다.

"네. 아무 짓도 안 해요." 하고 씩씩하게 대답하는 나.

"그럼 어쩔 수 없지." 하시는 어머니. "일해도 좋긴 하지만 공부도 제대로 해야 해. 성적이 떨어지면 그날로 기타를 압수해 버릴 거야."

"네. 떨어지지 않도록 할게요." 나는 마음이 들떠서 장담했다.

"도시락은 어떻게 할 거니? 필요하다면 만들어 줄게."

"아뇨, 사원 식당에서 대짜 우동을 먹을 거예요."

"그럼 언제까지 다닐 건데?" 하시는 아버지.

"여름방학 내내."

"그래?" 아버지가 기가 막힌다는 듯이 말했다.

"하여간 멍청한 짓만 골라서 한다니까." 하며 어머니도 질렸다는 듯이 말했다.

아마 아버지나 어머니는 내가 도중에 우는소리 하면서 때려치울 거라고, 그때는 생각했을 것이다.

시라이의 경우는 이야기가 더 싱겁게 끝났다고 한다. 부모님은 늘 집안에만 틀어박혀 있던 아들이므로 아르바이트를 하는 것이 더 좋을지 모른다고 생각한 모양이고, 반대한 것은 누나—즉 언니뿐이었다. 사실 언니는 "아르바이트 같은 거 하지 않아도 갖고 싶은 게 있으면 기타든 앰프든 내가 다 사 줄 텐데." 하고 말했으므로 반대했다는 것은 맞지 않을지도 모른다.

아무튼 시라이는 "나 혼자서만 악기를 거저 얻어 버리면 고생하는 친구들한테 면목이 안 서." 하며 언니의 호의에 감사하며 정중히 거절했다.

언니는 밴드 만드는 것 자체에는 대찬성이었다고 한다.

일곱 시 반에 집을 나서서 자전거를 타고 공장에 가면 여덟 시 직전에 도착했다. 생각한 것보다 시간이 많이 걸리지는 않는다. 작업은 여덟 시 반에 시작하지만 오늘은 첫 출근이므로 여덟 시에 만나기로 약속한 것이다.

시라이는 벌써 와서 문 앞에서 기다리고 있었다. 마침내 고오다 후지오도 자전거를 타고 왔다. 그가 우리를 바인더 공장장에게 소개해 주기로 한 것이다.

"놀랍군, 놀라워. 늦지 않고들 왔네." 하고 후지오는 말했다.

"이쪽이야. 따라와."

자전거를 정문 옆 자전거 주차장에 세우고 후지오를 따라 정문에서 세 번째 건물 옆의 작은 조립식 건물로 들어간다(이 세 번째 건물이 바인더 공장이다. 그 지붕을 옆에서 보면 초등학교 사회과 교과서 같은 곳에 나오는 그림처럼 정말로 톱날처럼 생겼다).

위아래 모두 베이지색 작업복을 입고 운동화를 신은 작달막한 아저씨가 종려나무 빗자루와 양철 쓰레받기를 들고 책상 밑을 쓸고 있다. 바인더 공장장은 아직 출근 전인가 보다 생각하고 있는데, 이 아저씨가 바로 그 분이란다.

"안녕하십니까, 요시다 씨." 하고 후지오가 반갑게 인사를 건넸다. "일전에 말씀드린 그 젊은 중생들을 데려왔습니다. 사내답게 생긴 쪽이 시라이이고, 건강하게 생긴 쪽이 후지와라입니다. 죽지 않을 정도로 부려서 근성을 뜯어고쳐 주십시오."

오십대 전후로 보이는 이 요시다라는 아저씨는 빗자루와 쓰레받기를 든 채, "아, 예, 예." 하면서 먼저 우리에게 고개를 숙여 인사하고, 고개를 들면서 "장하군요." 하고 말했다.

우리도 당황해서 허리를 꺾어 인사한 다음, 나는 "에헤헤." 하고 웃었다. 시라이는 겸연쩍은 듯이 주뼛거린다.

"그럼 잘 부탁합니다." 하고 후지오는 곧장 밖으로 나갔다. 가면서 우리에게 한마디 남겼다. "열심히 해야 돼, 녀석들."

요시다 씨도 뭔가 겸연쩍은 듯 우리를 살펴보고 있다. 지금 생각하면 그때 우리를 어느 부서에 배치할까 궁리하고 있었던 것이다. 나도 요시다 씨를 힐끔거리며 관찰했다.

오십대쯤이라고 앞에서 말했지만, 어쩌면 사십대 중반일지도 모른다. 성실하고 진실하고 사람 좋아 보이고 마음이 조금 약해 보이는 아저씨…… 굵은 손가락이 꼭 우엉어묵 같다…….

차차 알게 된 사실이지만, 이 사람은 바인더 공장장이라는 관리직으로 있으면서도 현장 작업에서도 공장에서 제일 부지런한 사람이었다. 오전과 오후의 휴식 시간에는 십오 분간 컨베이어 벨트가 멈추는데, 요시다 씨는 석유깡통을 재떨이 삼아 모여 앉아서 담소를 나누는 사람들 틈에는 끼지 않고 부품이나 전표, 완성 부품 상태를 점검하며 돌아다녔다. 공장장이 이러고 있으니 직원들도 열심히 일하지 않을 수가 없다. 아르바이트 학생도 낑낑대며 일하지 않을 수 없었다. "대단한 일꾼인 줄은 알았지만 도저히 감당할 수가 없다니까." 하고 뒤에서 불평을 하게 만드는 사람이었던 것이다.

게다가 요시다 씨는 매일 잔업을 했다. 그래서 '잔업왕'이란 별명이 붙었다.

"자, 그럼." 하고 생각을 마친 요시다 씨는 청소용구를 책상 밑 종이박스에 넣으며 말했다. "자네들 출근카드는 저기 만들어 놓았네. 아침에 출근할 때와 퇴근할 때 여기다 꽂아서 찍으면 돼."

"예." 하는 시라이, "알겠습니다." 하는 나.

"그럼 미안하지만 날 따라오게."

우리는 요시다 씨를 따라 공장으로 들어갔다. 왠지 가슴이 두근

두근거린다.

"어디 보자, 자네는 말이야." 하고 겸손한 공장장은 시라이에게 말했다. "미안하지만 바인더 엔진 부품을 조립하게."

그리고 나를 향해,

"자네는 말이야, 타이어 나사를 조이게, 미안하지만."

'미안하지만'은 아무래도 그의 입버릇 같다.

시라이는 공장 동쪽 구석에 있는 엔진 조립 섹션의 대형 테이블 앞에 앉아서 작업을 했다. 상당히 세심한 손작업으로, 작은 펜치나 드라이버를 사용해서 사방 오륙 센티미터쯤 되는 부품을 조립한다. 이것이 엔진의 어느 부분인지는 끝내 알 수 없었지만, 아주 까다로워 보였다. 이 공정은 시간이 걸리는 까닭인지, 시라이의 섹션에는 일고여덟 명의 아저씨나 아줌마 숙련공이 있었다. 시라이는 처음 얼마 동안은 실수가 잦아서 하루 몇 개밖에 만들지 못했다고 하는데, 손재주가 남다른 그는 금방 익숙해져서 다른 숙련공에 버금가는 능률을 올리게 되었다.

한편 내가 맡은 일은 무엇이냐 하면, 바인더의 커다랗고 울퉁불퉁한 타이어 안쪽에 무거운 금속 원반 두 개를 각각 안팎에서 끼워 넣고 그것을 볼트와 너트로 고정하는, 사실 힘만 있으면 아무나 금방 할 수 있는 단순하기 짝이 없는 작업이었다.

우선 작업대 옆에 잔뜩 쌓아 놓은 타이어 가운데 한 개를 영차! 하고 들어올려 작업대 위에 놓고 원반을 빠각! 빠각! 끼워 넣고

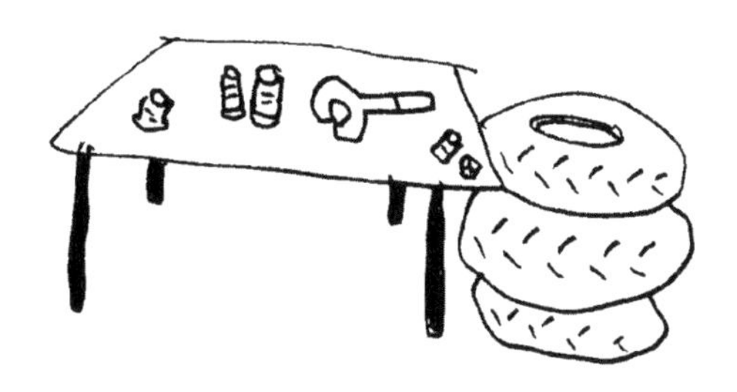

두 팔로 타이어를 껴안아 일으켜 세운 다음 육각 볼트를 구멍에 꽂아 넣고 너트를 일단 손으로 돌릴 수 있는 데까지 돌려 둔다. 그것을 압축공기를 사용하는, 대형 피스톨처럼 생긴 너트 조임기로 푸쉬! 푸쉬! 잇달아 조이고, 완성된 것을 다시 영차! 하며 정해진 자리에 옮겨다 쌓아 놓으면 그것으로 한 과정이 끝난다. 참으로 간단한 작업이다.

참으로 간단한 작업이지만, 해 보면 참으로 고된 일이었다. 왜 안 그렇겠는가. 혹시 의심이 나는 분은 한여름에 무거운 타이어를 껴안고 너트를 푸쉬! 푸쉬! 죄면서 아침부터 저녁까지 사십 일쯤 일을 해 보시라. 머리가 돌아 버릴 지경이 될 테니까.

게다가 이 섹션은 나 혼자뿐이었다. 전임자는 나와 비슷한 또래의 정사원 소년인데, 나에게 작업 절차를 죽 가르쳐 주고는 냉큼 다른 섹션으로 옮겨가 버렸다. 단순한 작업인 데다 타이어만 잔뜩 만들어 봐야 소용이 없으므로 이 섹션은 한 명으로 족했던 것이다. 그 작업대에 홀로 남겨진 나는 〈모던타임스〉의 채플린처럼 끙끙거리며 너트만 계속 조였다. 그리고 내 뒤를 이어 줄 신참은 결국 아르바이트를 마칠 때까지 나타나지 않았다.

한편 작업을 시작하기 무섭게, 당연한 얘기지만 나는 내심 신물이 나서 진저리를 쳤다. 오전 휴식 시간은 왜 이렇게 더디 올까, 하며 조바심을 냈다. 등 뒤에 걸린 벽시계만 자꾸만 돌아보았다. 그런 마음으로 시계를 보면 시간이 더 더디 간다는 것은 누구나 알 것이다. 시간은 늘어진 엿가락처럼 문자판에 들러붙어 통 움직일 줄 모른다. 그래도 나는 계속 시계를 보지 않을 수 없었다.

오전 휴식 시간은 열 시 십오 분부터 삼십 분까지 십오 분간이다. 컨베이어 벨트가 멈추고 남자 직원들은 석유깡통을 재떨이 삼아 모여서 일제히 담배를 피우기 시작하다. 여자 직원들은 북쪽 창 밖 포도 덩굴 밑에 놓인 나무벤치에 앉아 수다를 떤다.

나와 시라이는 아줌마들 사이에 끼는 것이 뭣해서 석유깡통 근처의 종이박스에 나란히 앉았다.

내 전임자 소년이 우리 쪽을 돌아보더니 '와카바' 담뱃갑을 내밀었다. 한 대 피우라는 뜻 같았다. 나는 그의 호의가 진심으로 기뻤지만 사양했다.

종이 울리고 다시 벨트가 돌아가기 시작했다. 공장에서 일하다 보면 휴식 시간 십오 분이 꼭 이삼 분 만에 지나가 버리는 것 같다.

나는 작업을 하면서 또 자꾸만 시계를 돌아보았다. 열두 시란 놈은 좀처럼 오지 않았다.

오후는 오후대로 세 시부터 세 시 십오 분까지의 휴식 시간을 목을 빼고 기다렸다. 이 시간쯤 되면 벌써 머리가 멍하고 손가락과 팔, 허리가 아파 오기 시작한다. 발은 두 배쯤으로 부어오른 기분이다. 그리고 겨우 찾아온 오후 휴식 시간도 오전과 마찬가지로 순식간에 지나가 버린다. 그 밖의 낙이라고는 단 하나, 다섯 시 반, '작업 끝' 을 알리는 종소리밖에 없었다. 그런데 이 종소리라는 것이 정말이지 좀처럼 울릴 줄을 모른다!

며칠 동안 이런 식으로 일했다. 그렇게 시계만 바라보면서 일하는 것도 못할 짓이어서, 이제는 좀 다른 식으로 해 보기로 했다. 즉 끙끙거리며 반복되는 시시포스 같은 노동에 나 나름의 '목표' 를 부여하기로 한 것이다.

앞에서 말한 대로 나는 너트 조이기가 끝난 타이어를 작업대 옆의 정해진 자리에 쌓아올렸다. 어느 정도 쌓아올렸다 싶으면 빈 수레를 덜컹덜컹 밀고 '형' 이 찾아온다. 그리고 완성된 타이어를 수레에 싣고 돌아간다. 타이어를 가득 실은 수레는 이제 덜컹덜컹이 아니라 끼익끼익 소리를 낸다. 그는 타이어를 본체에 부착하는 섹션에서 젊은 축에 속하는 직원이다.

그런데 완성된 타이어가 여덟 개 정도 쌓일 때쯤 그 형이 찾아온다는 것을 곧 알게 되었다. 그래서 나는 이번에는 그 형이 올 때까지 아홉 개를 쌓아올리기로 스스로 목표를 정했다.

나는 손길을 재촉해서 작업했다. 아홉 개를 쌓아올렸지만 그는 좀처럼 오지 않는다. 나는 조금 의기양양한 기분으로 일손을 놓고 그를 기다렸다. 그가 아홉 개를 싣고 돌아간 뒤 다음에는 열

개를 쌓아올린다는 목표를 세웠다. 다음은 열한 개, 그 다음은 열두 개……. 목표를 제대로 달성할 때도 있고 달성하기 전에 그 형이 올 때도 있었다.

그러나 그는 내가 몇 개를 만들든 감탄도 않고 칭찬도 해 주지 않고 언제나 꾸물꾸물한 얼굴로 빈 수레를 밀고 와서는 묵묵히 타이어를 싣고 다시 꾸물꾸물한 얼굴로 수레를 밀고 돌아간다. 그리고 내가 신기록인 열네 개를 쌓아올렸을 때는 열두 개만 싣고, 즉 두 개를 남기고 돌아갔다. 나는 고역을 게임으로 바꾸려고 애썼지만, 아무래도 이건 나 혼자만의 고독한 게임이었던 것이다. 부질없는 짓이었다. 그만두자, 그만둬, 이딴 짓!

그래서 나는 또 궁리했다. 그러자 한 가지 아이디어가 번뜩였다. 왜 좀 더 일찍 이 생각을 못했을까 싶었다.

장차 밴드 레퍼토리로 삼을 노래의 가사를 대학노트에 적어 두고 타이어를 나르거나 푸쉬! 푸쉬! 하는 동안 그것을 힐끔거리며 작은 소리로 읊조리면서 전부 외워 버리기로 한 것이다. 그 생각이 떠오른 그날 퇴근길에 시라이네 집에 들러 악보집과 레코드 가사 카드를 몽땅 빌려다가 집에서 노트에 열심히 가사를 옮겨 적었다(코드가 나온 노래는 코드까지 적었다).

다음날 나는 그 노트를 들고 내 섹션에 들어가 작업대 뒤쪽, 세 개 쌓아 놓은 타이어 위에 놓았다. 그것을 힐끔거린다고 작업에 지장이 있는 것은 아니므로 아무도 뭐라고 하지 않을 것이다. 그렇게 하고 보니 나의 작업이 노래 가사를 외우는 데 너무나 잘 어울린다는 사실을 깨달았다. 그 작업의 단순함에는 정신의 집중력을 크게 고양시키는 작용이 있었던 것이다.

그런 식으로 나는 백 곡에 가까운 팝송 가사를 외웠다. 그리고 그것은 역시 짐작한 대로 훗날 밴드 활동에 큰 도움이 되었다. 그렇다면 이 고역과 같은 노동은 돈벌이와 음악 활동을 동시에 할 수 있는, 기대도 하지 않던 일석이조의 체험이었다고 말하지 못할 것도 없겠지만, 그런 생각은 옛날을 추억할 때나 가능한 발상이다. 당시 가사 외기는 물에 빠져 지푸라기라도 잡으려는 발버둥 같은 것이었지, 막상 하고 있을 때는, 아아! 정말 정말 힘들었다. 그야말로 '써머타임 블루스'였다.

이때 익힌 노래는 역시 엘비스나 비틀즈, 그리고 애니멀스나 롤링 스톤즈나 클리프 리처드 곡이 많았다. 그 밖의 곡들도 많았는데, 그 중에 몇 개를 떠오르는 대로 꼽아보자.

레이 찰스의 〈Unchain My Heart〉, 릭 넬슨의 〈Travelin' Man〉, 진 피트니의 〈The Man Who Shot Liberty, Balance〉, 스티브 로렌스의 〈Go Away Little Girl〉, 로이 오비슨의 〈Oh, Pretty Woman〉, 윌버트 해리슨의 〈Kansas City〉, 조니 디어필드의 〈Lonely Soldier Boy〉, 딕키 리의 〈I Saw Linda Yesterday〉, 지미 길머&파이어홀스의 〈Sugar Shark〉, 렌 배리의 〈1, 2, 3〉, 사파리스의 〈Theme From Karen〉, 샘 더 샘&더 파라오스의 〈Wooly

Bully〉, 피터&고든의 〈I Go To Pieces〉…….

컨트리송도 조금.

행크 윌리엄즈의 〈Honky Tonk Blues〉, 조니 호튼의 〈North To Alaska〉, 로저 밀러의 〈King Of The Road〉…….

더불어 여성 보컬곡도 몇 개.

페툴라 클라크의 〈My Love〉, 브렌다 리의 〈He's Sure To Remember Me〉, 재키 드 섀논의 〈Walk In The Room〉…….

아, 정말이지 이렇게 적고만 있어도 기분 좋아지는 곡들이다!

5
Girl in love, dressed in white

사랑에 빠진 흰옷의 소녀

The Outsiders ; 〈Girl In Love〉

그렇다고 여름방학 내내 〈모던타임스〉만 하고 있었던 것은 아니다. 즐거운 일, 재미난 일도 많았다.

예를 들면 우동은 내가 무척 좋아하는 음식인데, 아르바이트 덕분에 여름 내내 우동을 실컷 먹을 수 있었던 것은 너무나 좋았다. 사누키우동이라면 하루 세 끼를 매일 먹어도 질리지 않는다. 사원 식당의 우동은 고명이라고는 파란 파밖에 얹어 주지 않았지만, 그래도 맛있었다. 대개 나는 우동사리가 한 개 반이나 들어간 '반곱배기'를 먹고, 시라이는 '보통'을 먹었다. 주변 아저씨나 아줌마들은 대개 우동사리가 두 개 들어간 '대짜'를 먹었던 것 같다(날씬해지고 싶지만 않았다면 나도 대짜를 먹었을 것이다).

사원 식당에는 그 밖의 메뉴로 기쓰네초밥과 마키초밥이 있었다. 마키초밥은 대개 양념한 박고지를 채운 것으로 별것은 아니었지만, 기쓰네초밥은 상당히 별미여서, 네 번에 한 번은 우동 대신 기쓰네초밥을 점심으로 먹었다. 사누키의 기쓰네초밥은 밥덩이 속에 양념을 넣은 것이 좋다. 유부 양념도 약간 단 맛부터 다양하게 있어서 흠잡을 데가 없었다. 애초에 유부 자체가 맛있는 것이다.

또 공장의 여러 사람과 친해질 수 있었던 것도 즐거운 추억이다. 바인더 공장장이자 잔업왕인 요시다 씨는 내성적인 아저씨로, 업무가 아니면 거의 입을 열지 않아 별로 대화를 나눠 보지는 못했지만 나는 그 분이 좋았다.

너트 죄기 전임자 소년하고는 사이가 아주 좋아져서 점심 시간에 종종 캐치볼을 했다. 나에 대한 호의를 표하기 위해서인지 그는 줄기차게 '와카바' 담뱃갑을 내밀었다. 계속 거절하기도 뭣해서 두어 번 피워도 보았지만, 눈알이 뱅뱅 돌고 속만 메스꺼울 뿐이었다. 뭣하러 이런 것을 피우나, 하고 생각한 것은 여느 소년과 마찬가지다. 그래 놓고도 삼 년 뒤에는 본격적인 골초가 되었으니 재미있다.

그리고 우리의 캐치볼에는 타이어 부착 섹션의 형이 특유의 떨떠름한 얼굴로 가담하게 되었다. 투구 폼이 너무 근사해서 내가 감탄을 하면서 물어 보니 놀랍게도 중학교 시절에 야구부 에이스였다고 한다. 그 형은 나랑 친해지고 난 다음에도 타이어처럼 입이 무거웠는데, 캐치볼을 할 때는 활짝 개인 여름하늘 같은 얼굴이 된다.

또 이토 미치타네라는 요란한 이름의 스무너덧 살 청년하고도 친해졌다. 작은 덩치에 얼핏 트릿한 인상을 풍기는 사람이지만, 이야기를 해 보니 무척 재미난 사람이었다.

잔업왕 요시다 씨 정도는 아니지만 그 역시 잔업을 한다. 정규 급료는 어머니에게 고스란히 바치고 잔업으로 번 것은 용돈으로 챙긴다.

미치타네 씨의 취미는 두 가지인데, 하나는 오토바이, 또 하나는 여자. 그리고 이 두 가지가 참으로 잘 물려 있었다.

그는 여름방학이 되면 전투기 조종사가 쓸 법한 가죽 모자를 쓰고, 고생고생해서 겨우 장만한 오토바이에 자랑스럽게 걸터앉아, 사누키산맥과 시코쿠산맥을 넘어 멀리 고치 지역까지 여자를 사러 간다. 겨울이면 이 '계집질'도 아주 힘들다고 그는 말했다. 당연히 그럴 것이다. 왜 굳이 고치까지 가느냐고 물으니, 사누키 여자들은 못쓰겠더라는 것이다. "젠쓰지는 가까워서 편하지만 여자들 성질이 틀려먹었거든." 하는 것이 그의 의견이다.

"요새도 그런 색싯집이 있다니." 하고 내가 감탄하며 말하자,

"일본 전국 방방곡곡에 다 있지." 하고 말하며 미치타네 씨는 왠지 의기양양하게 가슴을 펴면서, "언제 한번 내 오토바이 뒷자리에 타고 고치에 같이 가 보자구." 하고 말했지만, 기회를 잡지 못해 지금까지 가 보지 못하고 있다.

공장 동료들은 어찌된 일인지 그를 경멸했는데, 그의 화려한 계집질 이야기는 아무래도 지어낸 이야기일 거라고 생각하는 듯했다. 하지만 나는 그의 말을 완전히 믿었다. 그것이 지어낸 이야기

라면 그는 천재적인 이야기꾼인 셈이다.

한겨울에 눈이 잔뜩 쌓인 길을 오토바이로 돌파한 이야기며 여름에 헤드라이트로 날아드는 작은 날벌레 떼 이야기며 색싯집의 기다란 노송나무 복도며 대략 사십 평쯤은 될 거라는 넓은 객실 이야기는, 뭐랄까, 당시 나에게는 너무나도 낭만적이고 생생해서 몇 번을 들어도 질리지가 않았다(색싯집에 왜 대형 객실이 있는지는 모르겠지만, 그 이야기가 오히려 진실감을 높여 주었던 것 같다. 사실 고치 지방은 무슨 일에나 호쾌한 곳이라고 하니 대형 객실 같은 것도 있을 것이다).

내가 좋아라 얘기를 들어 주어서인지 그도 '에코'를 피우면서 싫증내지도 않고 몇 번이나 이야기를 들려주었다. 부르르릉거리는 그의 오토바이 소리가 당장이라도 들려올 것 같았다. 그리고 나의 상상 속에서는, 전투기 조종사 모자를 쓰고 오토바이에 걸터앉은 그의 모습이 무슨 아서왕 전설의 랜슬롯 기사 같은 분위기를 풍기고 있었다. 참고로, 이 기사가 사모하는 아가씨는 '치구사'라는 이름을 쓰고 있다고 한다.

그 밖에도 재미난 사람을 많이 알게 되었는데, 다 풀어놓자면 한이 없을 테니 이쯤에서 그치고, 지금은 시라이가 겪은 로맨스에 대해서 이야기하겠다.

벌써 몇 년이나 지난 일이지만, "제발 나한테 로맨스를 걸어 주세요."라는 가사의 노래가 유행한 적이 있다. 나는 그 로맨스를

'건다'는 표현에 놀랐다. 무슨 싸움을 거는 것 같지 않은가. 그러나 생각해 보면 로맨스라는 것이 싸움이랑 안 닮은 것도 아니다. 분명히 나의 친구 시라이 세이치는 1965년 7월 말부터 8월까지 일방적으로 로맨스를 당했다고나 할까, 끌려들어 갔던 것이다.

아르바이트를 시작하고 사흘쯤 지났을까, 작업을 마친 시라이와 내가 자전거를 타고 막 공장 문을 나서는데, 도로 건너편의 철조망을 둘러친 빈터 너머에 있는 좁은 논길에 하얀 옷을 입은 여자애가 서 있는 것이 보였다. 가만히 서서 이쪽을 바라보고 있는 것 같았다.

"얼랠래?" 나는 자전거를 멈추고 한쪽 발로 버티면서 후지오의 입버릇을 흉내내며 말했다.

"왜 그래?" 시라이도 자전거를 멈추었다.

"저기." 나는 여자애 쪽을 가리켰다. "히키치 메구미라고, 우리 반 가시낸데."

"이 근방에 사는 애냐?"

"아마 그렇지 않을까. 그렇지 않음 일삼아 이런 데까지 올 리가 없을 테지."

"이런 데서 뭐한대?"

그렇게 말하며 시라이가 손을 이마에 대고 여자애를 바라보았다. 여자애가 이쪽을 향하던 얼굴을 재빨리 외면했다.

어쩌면……, 하고 나는 생각했다. 나를 만나러 온 게 아닐까?

몸의 절반으로 석양을 받는 새하얀 원피스의 여자애는 얼굴을 옆으로 돌린 채 움직이려고 하지 않는다. 우리는 다시 자전거를 타고 달렸다.

다음날 저녁에도 여자애는 거기 와 있었다. 이번에는 논을 건너빈터 건너편 쪽 철조망 옆까지 와 있었다. 히키치 메구미가 틀림없었다. 오늘은 발치에 스피츠 한 마리가 있었고, 그 개 줄을 여자애가 뒤로 돌린 손으로 잡고 있다. 양갓집 규수가 애견을 산책시키는 중인가?

히키치 메구미는 긴 머리에 락교(파뿌리를 잘라다 식초 등에 절인 시큼한 장아찌—옮긴이) 같은 얼굴형, 커다란 눈을 가진 여 학생으로, 뭐, 미인을 별로 구경해 보지 못한 소년한테는 미인으로 보일 수도 있겠다. 안경을 쓰지는 않았지만, 조금 근시였는지도 모른다. 눈썹을 살짝 찡그려 커다란 눈을 더욱 크게 뜨고 고개를 살짝 기울이고 사람 얼굴을 뜯어보듯이 가만히 쳐다보는 버릇이 있다. 남자라면, 어라? 하고 생각할 눈짓이다. 저 가시내가 나한테 마음이 있는 거 아냐?

그 여자애가 늘 그런 분위기를 풍기는 것은 물론 아니다. 하지만 문득 그런 느낌을 풍겨서 남자들로 하여금 한순간이나마 즐거운 환상에 빠지게 한다. 그런 탓인지 남학생들한테 꽤 인기가 있었다.

"나이치고는 꽤 색기를 풍기는걸." 이것이 고오다 후지오의 평이다.

따라서 여학생한테는 전혀 인기가 없다.

"저 애, 너무 내숭 떨어." 같은 반의 우치무라 유리코도 나한테 그렇게 말한 적이 있다.

그리고 일반적으로 그 또래 여학생은 상대가 남자냐 여자냐에 따라 말투가 미묘하게 달라지게 마련인데, 히키치 메구미는 '꾀꼬리와 까마귀 정도의 차이가 난다.'는 점이 또래 여학생들의 신경을 거스른 것 같았다.

"호르몬 과다 분비 아냐?" 하고 우치무라 유리코의 친구 하시마 가즈코가 말했다.

그런데 오늘 하얀 블라우스에 하얀 스커트를 입은 메구미 양은 어제처럼 얼굴을 옆으로 돌리지도 않고, 하루 종일 일하느라 파김치가 된 두 소년 노동자를 가만히 쳐다보고 있다. 과연, 나도 어라? 하고 생각했지만, 저쪽에서 아무 말도 없고 한 발도 옮기려고 하지 않았다. 그저 애견 스피츠만이 긴 혀를 내밀고 학학학거릴 뿐. 그래서 나는 그날도 시라이랑 자전거 페달을 밟아 집으로 돌아왔다. 페달을 밟으면서 〈A Hard Day's Night(비틀즈가 왔다, 야!)〉를 휘파람으로 불었다(이 일본어 번안곡의 제목, 어떻게 좀 안 될까).

다음날 퇴근 시간, '어라?' 하게 만드는 눈길은 도로 건너편에 있었다. 철조망을 두른 빈터를 넘어온 것이다.

우리는 자전거를 멈추고 한쪽 발로 버틴 채 잠시 꼼짝도 하지 않았다. 아니, 꼼짝할 수가 없었다.

뒤로 돌린 손으로 개 줄을 잡은 히키치 메구미는 살짝 고개를 숙인 각도를 유지한 채 살짝 치켜뜬 눈으로 두 소년 노동자를 뚫어져라 바라보고 있다. '눈은 입 못지않게 많은 말을 한다.' 고들 하지만, 그녀의 눈초리는 정말이지 웅변이었다. 그 내용은 참으로 명료하고 솔직했다. 그때 그녀의 눈이 사에키 사투리로 다음과 같이 애절하게 호소하는 것을, 나는 분명히 들었다, 아니, 보았다!

"내가 이렇게 매일 오는데 너는 왜 맨날 모른 척해. 싫어, 싫어. 싫단 말이야!"

나는 주눅이 들었다. 그리고 나도 모르게 고개를 꾸벅! 하며 메구미에게 인사를 하고 말았다. 그러자 지금까지 칠칠치 못하게 혀를 내밀고 '학학학' 하고 있던 스피츠란 놈이 무슨 생각을 했는지 갑자기 우리를 향해 맹렬히 짖어대기 시작했다.

우리는 당황해서 페달을 밟기 시작했다.

"안녕." 하고 우리는 뒤를 힐끔 돌아보며 말했다. 갈수록 흥분하는 스피츠가 폴짝폴짝 뛰어오르며 짖어서, 꼭 기뻐서 날뛰는 것처럼 보이기도 한다. "멍멍, 멍멍!"

조니 소머즈의 〈Johnny Get Angry〉를 휘파람으로 불면서 나는 자전거 페달을 밟았다.

다음날 오늘은 어디에 와 있나 궁금해 하면서 천천히 페달을 밟으며 조심조심 문을 나서는데 갑자기 뒤에서 "왕왕" 소리가 들렸다. 하마터면 자전거째 자빠질 뻔했다.

돌아보니 역시 하얀 원피스를 입은 메구미가 정문 기둥 바로 옆

블록 담장에 등을 기대고는 치켜뜨는 눈으로 이쪽을 바라보고 있다. 마침내 도로를 건너온 것이다.

"멍멍, 멍멍." 하고 시끄럽게 짖는 스피츠.

왠지 무서워졌다. 오늘도 역시 당황한 나는 가볍게 고개를 끄덕이듯 인사를 하고 맹렬하게 페달을 밟기 시작했다. 시라이도 뭐가 뭔지 알지도 못한 채 당황해서 따라온다.

개가 우리 뒤를 쫓아 냅다 뛰기 시작하는 기미가 느껴져서 뒤를 돌아보니 메구미가 잡고 있던 개 줄에 딸려가면서 막 쓰러지려는 참이었다. 나는 반사적으로 자전거 브레이크를 잡았다.

메구미는 네 손발로 기는 자세로 화가 잔뜩 나서 개 줄을 홱 잡아당겨 스피츠를 끌어당긴 다음, 발을 내던지듯 뻗고 옆으로 앉아서 원망 어린 눈길로 이쪽을 올려다보고 있다. 벗겨진 하얀 샌들이 여기, 그리고 저기. '자빠진 미녀가 원한 서린 눈길로 째려보는 그림(轉倒傾城怨恨凝視之圖)' 이라고나 할까.

나는 어떻게 반응해야 좋을지 몰라 다시 가볍게 목례를 하고 재빨리 자전거 페달을 열심히 밟아 앞에 가는 시라이를 쫓아갔다. 무서운 건 무서운 거지만, 동시에 내 가슴은 묘하게 뛰고 있었다. 흠, '색기' 라는 것도 꽤 괜찮은걸, 하고 남몰래 생각했다. 자연스럽게 〈Love Is A Many-Splendored Thing〉 멜로디가 휘파람이 되어 흘러나왔다.

다음날은 토요일이었다. 후지오가 우리가 어떻게 일하고 있나 보러 왔다가 점심 시간에 함께 사원 식당에서 점심을 먹었다.

'반곱배기' 우동을 먹고 있던 나는 '보통' 우동과 기쓰네초밥 두 개를 먹고 있던 후지오에게,

"요즘 히키치 메구미가 매일 여기 찾아오는데, 증말 귀찮아 죽겠다." 하며 무슨 바람둥이나 된 것처럼 말했다.

"그래? 왔어? 후루룩~." 하고 후지오는 우동을 빨아먹으며 별 생각 없는 것처럼 대답했다.

"그 애, 후루룩, 이 근처에 사는 앤가?" 나도 우동을 빨아먹으며 물었다. 후지오는 여자애들에 대해서도 훤하니까.

"아니, 갠 히치켄바시에 사는데." 하고 후지오가 대답했다.

"뭐~어! 그럼 자전거도 타지 않고 여기까지 걸어서 왔다는 거야? 히치켄바시에서 걸으면 반 시간 이상 걸릴 텐데?"

"역시 그랬군." 후지오는 기쓰네초밥을 우적거리며 말했다. "정말로 마음을 단단히 먹었나 보네."

"너, 알고 있었어?"

"알고말고, 내가 그렇게 하라고 권했으니까."

"뭐~어?!" 하고 저도 모르게 계집애 같은 소리를 내는 나.

"히키치가 상담을 청해서 '어떻게 하면 좋을까?' 하더라고. '내가 대신 말해 줄 수도 있지만 직접 말하는 게 어때?' 하고 내가 권했지. '앞으로는 여자도 적극적이지 않으면 안 되는 시대니까.' 하면서 말야. 그랬더니 '이제 여름방학이라 학교에서 만날 수도 없잖아.' 하길래 '그 녀석, 요코모리농기계에서 아르바이트 하고 있으니까, 기다렸다가 퇴근길에 만나면 되지. 그렇게까지 하면

남자들은 뻑 가거든. 그래서 과감하게 사귀자고 말해 봐. 요즘은 여자가 먼저 프로포즈해도 흉이 아냐.' 하고 조언해 주었지."

"너, 어떻게 그런 일을 네 마음대로." 하고 나는 짐짓 조금 화가 난 척했다. "내 생각도 물어 보지 않고."

"왜 네 뜻을 물어 보냐?" 하고 후지오가 말했다. "걔가 좋아하는 건 시라이야."

옆에 있던 시라이가 볼이 미어 터지게 우물거리던 기쓰네초밥을 푹, 하고 토해 냈다.

"뭐~어?!" 시라이는 검은 테 안경을 밀어 올리면서 말했다.

"아주 오래 전부터 네가 좋아서 못 견딜 지경이라더라." 후지오는 시라이에게 말했다. "어이, 색남. 좀 웃어 봐, 어이."

"그랬구나." 하고 나는 중얼거렸다. 화가 치밀었다.

"근데, 너도 착각이 좀 심했구나, 엉, 짜아식." 하고 후지오는 빙글빙글 웃으며 나에게 말했다.

"시끄럿!" 나는 그렇게 소리치고 우동 국물을 전부 마셔 버렸다. 개미 떼처럼 땀이 온 얼굴에 확 솟아났다.

"난처하네." 하고 시라이가 낮은 소리로 말했다.

"난처하긴, 뭐가? 사귀면 되지." 하는 후지오. "걔, 색기로 치자면 우리 학년 최고잖아."

"난처하네!" 하는 시라이.

"이 더위에 매일 삼십 분씩이나 걸려서 여기까지 걸어오다니. 갸륵하잖아." 하는 후지오.

"개까지 끌고." 하는 나.

"개? 왜 개를 끌고 왔을까?" 하는 후지오.

"모르지." 하는 나. "아무튼 매일 시끄러운 스피츠를 끌고 오더라고."

"흐음." 하는 후지오. "양갓집 규수 시늉을 하나? 아니면 조금 취향이 별난 건가. 어쨌든 색기가 그걸 메우고도 남을 정도니까 괜찮잖아."

"난처하군." 하는 시라이.

"마음에 드냐, 개?" 하는 후지오.

"마음에 드나마나." 하고 시라이는 말끝을 흐리며 말했다. "지금까지 본 적도 없어. 아니, 같은 학년이니까 본 적이야 있겠지만 눈여겨본 적이 없었어."

"이제부터 싹을 틔우면 되지." 하는 후지오.

"싹을 틔워? 뭔 싹?" 하는 나.

"사랑." 하는 후지오.

"이제 그만들 해라." 하는 시라이.

"아무튼 일단 사귀어 보는 게 어때?" 하고 후지오는 중신아비처럼 말한다. "사귀어 보고 너랑 맞지 않는다 싶으면 그만두면 되잖아."

"거절하더라고 네가 전해 줘." 하는 시라이.

"거 참, 사귀어 보라니까 그러네. 싫으면 네 입으로 직접 거절하던가."

"난처하네."

"이런 면에서는 의외로 배짱이 없네."

"근데." 하고 내가 끼어들었다. "히키치가 왜 너한테 상담을 했다냐? 둘이 친하냐?"

"아니, 별로 친한 건 아니야. 왜 그런지 몰라도 남녀교제에 관한 일은 모두들 나한테 상담하러 와. 덕분에 우리 학년에서 누가 누구를 좋아하는지, 누가 누구랑 들러붙었는지, 떨어져 나갔는지 같은 건 전부 알고 있지."

"참 이상한 놈이야, 넌." 나는 새삼 감탄했다.

"좋은 여자애 있으면 조만간 너한테도 소개시켜 줄게." 하는 후지오.

"아니, 그런 거 안 해 줘도 괜찮아." 나는 조금 겸연쩍어하며 거절했다. "근데 너는 여자친구 없냐?"

"난 필요 없어."

"왜?"

"수행에 방해가 되니까." 하며 이 소년승은 가볍게 떠벌렸다.

"야, 이거 진짜 난처하네!" 시라이는 한숨을 섞어 중얼거렸다.

휴일을 보내고 월요일 퇴근 시간, 오늘은 또 어디에 와 있을까 생각하는데, 우리의 메구미 양, 문 안에 들어와 있다. 마침내 정문 안으로 침입한 것이다.

오늘도 역시 '멍멍'을 데리고 있다. 역시 하얀 원피스에 하얀 샌들, 하얀 스피츠. 모두가 작업복 차림인 공장 부지 안이므로 그녀의 모습은 눈에 확 띈다. 자전거나 오토바이를 탄 직원들이 '저건 뭐야?' 하는 눈초리로 지나간다. 메구미는 태연하다기보다 도도하게 얼굴을 들고 우리를, 아니, 시라이 세이치를 기다린다. 무섭다. '모란초롱(牡丹燈籠)(원한에 사무친 두 여인의 혼령이 물에 흠뻑 젖은 소복 차림으로 모란초롱불을 들고 나타나는 장면이 나오는 괴기스러운 가부키 작품—옮긴이)'이 생각난다.

얼굴이 벌겋게 달아오른 시라이는 애써 메구미 쪽을 보지 않고 맹렬하게 페달을 밟아 잽싸게 문을 빠져 나갔다. 나는 평소 버릇대로 가볍게 목례를 하고 시라이를 쫓아갔다. 애견은 줄기차게 "멍멍, 멍멍!" 거리고. 힐끔 돌아보니 허공을 노려보는 사랑스러운 그녀의 옆얼굴은 조금 홍조를 띤 채 분한 듯 또는 원망스러워하는 듯한 표정이었다. 저 정도라면 죽기 전에라도 유령으로 나타나겠다 싶은 생각이 문득 스쳤다.

다음날 메구미는 자전거 주차장까지 와 있었다. 그러나 오늘은 우리 쪽을 보려고 하지 않았다. 트랙터 공장 지붕에 달려 있는 사이렌만 노려보고 있을 뿐이다. 우리는 어제처럼 도망가듯 퇴근.

다음날 점심 시간, 히키치 메구미가 식당 입구에 모습을 드러냈다. 그리고 퇴근 때는 바인더 공장 출입구에 서 있었다. 우리 쪽을 보려고 하지 않는다. 우리도 입을 맞춘 듯 애써 그녀를 보려고 하지 않는다. 스피츠만 "멍멍. 학학학. 멍멍!"

다음날도 마찬가지. 그리고 그 다음날도 마찬가지.

그리고 또 그 다음날, 마침내 메구미가 시라이네 생선가게 앞에 출현했던 것이다.

스피츠를 데리고 가게 앞에 가만히 서 있는 소녀에게, 손님이 뜸한 틈을 타고 언니가 말을 건넸다.

"어서 오세요. 뭘 드릴까?"

"아뇨, 괜찮아요." 하고 똑 부러지게 대답하고 소녀는 그 뒤로 삼십 분 정도 가게 앞에 서 있었다고 한다.

"야오야 오시치* 같은 아이였어." 하고 언니는 평했다. "생선가게엔 왜 왔을까?"

시라이는 침이 바짝바짝 말랐다. 너무나 초조해서 농담할 마음도 생기지 않을 정도였다.

일이 이렇게 되기 전에 여자애한테 일찌감치 가타부타 말해 주었어야지, 하고 탓할 수도 있겠으나, 이것은 제삼자니까 할 수 있는 생각이고, 시라이 세이치라는 소년한테는 난망한 일이었다. 시라이는 그런 친절함이 오히려 더 가혹한 짓이라는 생각에 아마도 더 괴로워했을 소년이었다.

보다 못한 내가 혼자 절에 들러 후지오와 담판을 지었다.

"네가 붙인 불이니까 네가 알아서 꺼." 그간의 정황을 죽 설명한 다음, 내가 그렇게 말했다.

---

*1683년 3월, 방화죄로 화형에 처해진 소녀. 오시치라는 열여섯 살 소녀의 집에 불이 나서 가족이 모두 절로 피난을 했는데, 이때 한 소년을 만나 사랑에 빠졌다. 마침내 집이 다시 지어져 집으로 돌아왔는데, 그 소년을 잊지 못한 오시치는 집에 불이 나면 또다시 그 소년을 만날 수 있으리라 생각하고 자기 집에 불을 질렀고, 이것이 대형 화재로 번졌다고 한다.—옮긴이

"내가 불을 붙인 건 아냐. 그건 황린(黃燐)의 자연발화 같은 거였어." 하고 후지오는 경내 솔잎을 갈퀴로 긁어모으면서 말했다. "아무튼 생각한 것보다 훨씬 끈덕진 여자애로군."

"네가 그렇게 하라고 한 거잖아." 하는 나.

"무슨 도적질을 충동질한 사람처럼 취급하지 마. 반응하는 과정을 좀 빠르게 도왔을 뿐이야. 특히 그런 타입의 여자는 한 번 작심을 하면 누가 뭐라던 간에 결국은 하고 싶은 대로 해야 하거든." 하는 후지오.

"아무런 방법이 없다는 거냐?"

"그런 걸 업이라고 하지."

"한가한 소리 하고 앉았네."

"그래서 여자는 사랑스러운 존재라고도 하지."

"어쨌든 어떻게 좀 안 되겠냐? 그냥 두면 저러다 시라이가 저주를 받아 죽고 말겠다."

"알았어. 내가 히키치한테 말해 줄게."

"잘 말해 줄 수 있지? 그런 타입의 여자애는 마음 한 번 잘못 먹으면 결국은 저 하고 싶은 대로 일을 저지른다며?"

"나처럼 덕이 높은 스님이 말하면 다 듣게 되어 있어. 그래도 안 되면 시라이를 홀딱 벗겨서 알몸에다 맹물로 「반야심경」을 써 주지."*

"꼭 귀 없는 호이치 같군."

"귀 말고 거시기에만 쓰지 않는 거야."

"떼어가 버릴 텐데."

"불알 없는 세이치가 되겠네, 우하하하하."

아무튼 다음날부터 히키치 메구미는 모습을 나타내지 않았다. 후지오가 그날 아침 히키치를 찾아가 잘 타일러 준 덕분이다.

"도대체 뭐라고 타일렀게?" 하고 나는 나중에 후지오에게 넌즈시 물었다.

"먼저 '시라이는 너한테 별다른 호감을 갖고 있지 않으니 깨끗이 포기해라.' 하고 대 놓고 말했지." 하는 후지오.

"그랬더니?"

"'나의 진심으로 시라이의 마음을 열게 할 거야.' 이러는 거야. 몇 번을 얘기해도 듣질 않아. 고집이 쇠심줄이더라고."

"오호."

"그래서 하는 수 없이 비장의 카드를 꺼냈지."

"비장의 카드?"

"응. '실은 어제 시라이를 만나서 캐물었어. 그래서 알아냈지. 너 암만 기다려도 소용없겠더라.' 하고 히키치한테 말했어. '시라이란 놈은 남자는 남자이되 남자가 아냐, 빨리 포기해.' 하고 말

---

* '귀 없는 호이치'라는 전설을 빗대고 있다. 이 전설에 다음과 같은 내용이 나온다. 비파를 잘 타는 소경 스님 호이치가 밤마다 귀신의 부름을 받고 비파를 연주하자, 이를 우려한 주지 스님이 호이치의 알몸에 물로 「반야심경」을 써 주면서, "밤에 귀신이 와서 불러도 아무 소리 내지 말고 움직이지도 말고 대답도 하지 말라."고 이른다. 드디어 밤이 되어 귀신이 나타나 호이치를 불렀지만 호이치는 주지 스님이 시킨 대로 아무런 반응도 보이지 않아 무사할 수 있었다. 다만 귀신의 눈에는 어둠 속에 호이치의 귀만 보였다. 주지 스님이 아차 실수로 호이치의 귀에는 「반야심경」을 쓰지 않았던 것이다. 그래서 귀신이 호이치의 귀를 떼어가 버렸다는 것이다.—옮긴이

이야. 그러니까 '그게 무슨 말이니?' 하고 묻더라."

"무슨 말이었는데?"

"나는 먼저 '놀라지 마.' 하고 말했지. '우리끼리 하는 얘긴데, 그 놈은 말이야, 몸은 남자지만 가엾게도 마음은 여자란 말이야. 그래서 남자가 아니면 호감이 생기질 않아. 보라구, 마음이 여자니까 그 녀석, 사내 주제에 뼈대가 가늘고 살갗도 희잖아? 옷을 벗겨 보면 앞가슴도 조금 볼록하고 말랑말랑하다구.' 하고 말해줬지."

"그렇게 황당한 소리까지 했단 말야? 시라이가 들으면 펄쩍 뛸 텐데."

"기왕 할 거면 리얼하게 해야 하거든."

"그러니까 납득하든?"

"잘 믿지 않더라. '거짓말이야, 결단코 거짓말이야.' 하더군."

"'결단코' 라구? 그 애, 꼭 아줌마처럼 말하네. 그래서?"

"그래서 '거짓말 아냐.' 하고 내가 말했지. '그 증거로, 한번 보라구, 그 놈, 늘 후지와라 다케요시랑 붙어다니지?' 하고 말이야."

"나까지 끌어다 넣었냐?"

"돈 드는 것도 아닌데, 뭘."

"그래서?"

"그렇게 말하니까 히키치라는 계집애, '그야 친구니까 그런 거지.' 하더군. 그래서 내가 말했지. '친구는 무슨 친구, 걔네들 연인 사이야.' 하고 말이야."

"연인!"

"'그 후지와란 놈은 시라이보다 훨씬 더 동성애 기질이 강해.' 하고 내가 확실하게 타일렀지. '후지와라란 놈은 초등학교 시절, 같은 동네에 사는 머리가 살짝 맛이 간 아저씨한테 성희롱을 당했는데, 그 뒤로 재미있게도, 아니 불행한 일이지만, 남자가 아니면 안 되게 되었지. 애초에 그 놈 아버지한테도 그런 기질이 있었어. 걔네 아버지, 그래서 해군에서 강제 제대 당했지. 그러니까 후지와라란 놈, 그런 기질이 풍부할 수밖에. 이건 비밀인데, 그 놈, 지 아버지하고도 관계가 있었고, 형하고도 수상쩍어. 동성애 근친상간이랄 수 있지. 생각해 보면 불쌍한 아이야.' 하고."

"나는 정말 불쌍한 놈이야! 너 이놈, 요상한 잡지의 엉터리 기사 같은 소리나 지껄이고! 하지만 설마 그런 황당한 얘기를 진짜로 한 건 아니겠지?"

"정말 했다니까. 말하면서 나도 조금 놀랐어."

"했어? 맙소사, 히키치가 뭐라고 하든?"

"'구역질나!' 하고 비명을 지르더니 침을 뱉더군. 퉷, 퉷, 뱉는 것이 만정이 다 떨어진 것 같더라. '구역질나~, 구역질나~~!' 하면서 말이야."

"너무 심하다."

"맞아. 여자들은 대개 동성애에 편견을 품고 있지."

"나는 그걸 두고 심하다고 말한 게 아냐. 네 거짓말을 말한 거야. 히키치가 작심을 하고 떠벌리고 다니면 어쩌려고 그래?"
"이런 소문은 금세 퍼지지."
"아아! 이제 여자애들이 내 옆에 오려고 하지도 않을 거야!"
"다 친구를 위해서라고 생각하고 참아라. 게다가 옛날 영국이라면 몰라도 동성애는 죄도 아냐. 오히려 남보다 감수성이 풍부하다는 증거니까 가슴 펴고 다니라고."
"남 얘기라고 잘도 떠드는구나."
"너한테도 나쁜 것만은 아니야. 고교 시절 여자애들한테 인기가 통 없었던 것도 다 그 소문 탓이야, 라고 나중에 자위할 수 있을 거 아냐. 세상만사 다 생각하기 나름이지. 아하하하." 하며 덕이 높은 소년승은 호쾌하게 웃었다.
앞에서도 썼듯이 정말 심한 이야기였지만, 로맨스 사건이 깨끗이 정리되었으니 그것으로 족할 것이다. 이제 시라이는 해방되고, 히키치 메구미는 자존심을 지킬 수 있고, '멍멍, 학학학' 도 매일 무더위에 삼사십 분씩 걷지 않아도 된다. 나만 여자애들한테 손가락질 당하며 눈물을 삼키면 되는 일이다, 라고 하면 조금 비장한 분위기가 풍기지만, 사실 소문은 별로 퍼지지 않았다. 히키치가 여기저기 떠벌린 것은 사실이지만, 그런 얘기를 곧이곧대로 믿은 것은 아무래도 그 애 한 명 정도였던 모양이다. 또 평소 여학생들 사이에 인기가 전혀 없던 아이였기 때문에 아무도 그녀의 이야기를 제대로 들어주지 않았을 것이다.
결국 시라이에 대한 연정을 끊어 낸 메구미는 새 학기가 되자 농구부 주장을 맡은 3학년 선배한테 열중하더니 농구부의 매니저를 자처하게 되었다.

그 3학년생 선배가 졸업하고 오사카로 떠나 버리자 이번에는 ESS(English Speaking Society, 영어회화 서클—옮긴이) 회장한테 열을 올렸다. 그러는 동안 가출이니 자살미수니 해서 두어 번 부모와 교사를 놀라게 했다(자살미수라고 하지만, 실제로는 대낮에 교복 차림으로 겨우 허리께까지 차는 구니타천으로 걸어 들어갔을 뿐이다. 죽고 싶어도 죽을 수 없는 깊이라 그냥 내버려 두어도 좋았지만, 순진한 부모와 교사가 요란하게 소동을 피운 것이다).

그런 일들이 있어서 여학생들은 점점 메구미를 멀리하게 되고 남학생들은 한층 더 두려움과 신비감이 섞인 동경심으로 그녀를 바라보게 되었다.

그리고 졸업 후 현내 단기대학에 진학했는데, 그것은 아가씨의 기질을 잘 아는 부모가 현 밖으로 유학 보내는 것을 꺼려했기 때문일 것이다. 그러나 그 이 년 동안에도 그녀는 몇 건의 연애사건을 일으켰다. 그리고 단기대학을 졸업하고 일 년 반쯤 가업인 문방구점을 도우며 몇 번 울고불고 하는 소동을 피운 뒤, 무슨 인연인지(보통 인연이 아니었겠지만) 야나기마치(캉온지 시내의 번화가)의 커다란 토산품점의 장손에게 시집을 가서 지금은 슬하에 중3 아들을 필두로 세 자녀를 두었다고 한다.

결혼할 즈음부터 살이 찌기 시작하더니 지금은 날씬했던 고교 시절의 흔적을 거의 찾아볼 수 없다. 락교형 얼굴은 미토요가지

(미토요 지방에서 나는, 공처럼 똥똥하게 생긴 가지—옮긴이)형이 되고 눈은 절반 크기가 되었다. 아침부터 밤늦게까지 남편에게 앙앙 잔소리를 퍼붓고 산다는데, 그래도 부부 사이는 언제나 원만하다고 한다. 남편은 술을 못 마시지만 그녀는 술꾼이어서, 할 일 없는 아주머니들을 모아서 노래방 파티 여는 걸 아주 좋아해서, 시내에 서른 군데쯤 되는 스낵바의 약 절반에는 그녀가 맡겨 둔 술병이 있다고, 이 년 전 동창회에서 큰소리를 쳤다.

그 동창회 2차에서도 일고여덟 명의 남녀 동창들을 데리고 어느 술집에 들어갔는데, 그녀의 검은 술병에는 금색 매직펜으로 '오로지 사랑뿐', 그리고 그 옆에 '메구미' 라고 작은 글자로 적혀 있었다. 그리고 나는 불문곡직 그녀의 지명을 받고 끌려나가 오오키 도시오와 니노미야 요시코의 듀엣곡 〈당신한테 맡긴 밤이니까〉를 함께 불러야 했다. 메구미 영부인은 언제 '구역질나!' 라고 말했냐는 듯, 나와 팔짱을 끼고 무척 즐겁게 노래를 불러서 우레와 같은 갈채를 받았던 것이다.

6

덴데케데케데케~~~!

The Ventures ; 〈Pipeline〉

많은 일들이 있었지만 어쨌든 시라이와 나는 아르바이트를 무사히 마치고 꿈에 그리던 일렉 기타를 구입했다.

두 사람 모두 같은 구야톤의 펜더 재즈마스터의 카피 모델을 샀다. 바디 중심부는 밝은 황갈색에 나뭇결이 보이고, 가장자리로 갈수록 점차 색이 진해져서 테두리는 거의 까망이라고 해도 좋을 만큼 진한 갈색으로 되어 있다. 이런 것을 '선버스트 마감'이라고 한다고 한다. 물론 트레몰로 암도 달려 있다.

기타 앰프는 시라이의 언니가 밴드 결성 기념이라면서 역시 구야톤의 앰프를 선물해 주었으므로 일단은 둘이서 그것을 쓰기로 했다. 덕분에 마음에 두었던 것보다 더 좋은 기타를 살 수 있었다. 우리는 최대한의 감사를 담아서 언니에게 '명예 멤버'라는 칭호를 바쳤다.

갑부인 고오다 후지오는 엘크의 검은 바이올린형 베이스와 에이스톤의 베이스 앰프를 척척 사들였다. 이로써 일단 최소한의 진용은 갖춘 것이다.

기타를 구입한 그날 밤부터 나는 기타를 베갯맡에 두고 잤다. 마음 같아서는 껴안고 자고 싶었지만, 어미돼지가 잠결에 새끼를 눌러 죽이는 것 같은 사태가 생기면 곤란하므로 베갯맡에 두었던 것이다. 게다가 부정한 망상이 넘쳐나는 잠자리에 끌어들이는 것이 조금 위험하다 싶기도 했던 것이다.

그리고 그날부터 나는 틈만 나면 기타를 껴안고 살았다. 시라이와 같이 쓰는 앰프는 시라이네 집에 두어서 우리 집에서는 쓸 수 없지만, 시라이한테 배운 코드나 핑거링 연습은 앰프 없이도 별 지장 없이 할 수 있었으므로 나는 하루에 최소 세 시간은 연습했다. 많을 때는 대여섯 시간, 때로는 일고여덟 시간을 연습하기도 했다. 처음 얼마 동안은 손가락이 아파서 견딜 수 없었지만, 점차 손가락 끝의 살갗도 아줌마들의 발꿈치에 박힌 못처럼 딱딱해져서 마침내 전혀 신경쓰지 않게 되었다. 그리고 사흘에 한 번꼴로 기타를 메고 시라이네 집으로 갔다. 앰프 없이 퉁기다 보면 나도 모르게 피킹이 거칠어지는데, 시라이한테 그 점을 자주 지적받았다.

또 나는 가끔 기타를 메고 오카시타네 집에도 건너가 서로 리듬을 교정했다. 후지오도 베이스를 메고 시라이나 오카시타, 혹은 우리 집에 출장 연습을 왔다.

그리고 최초의 합동 연습은 2학기 중간고사가 끝나는 날 오후, 후지오네 집, 즉 조센지(淨泉寺)에서 하게 되었다. 이곳을 연습장으로 정한 것은 본래 후지오를 밴드로 끌어들일 때부터 내 머릿속에 있었던 것이다. 애초에 내가 눈독을 들였던 본당은 후지오의 아버지 도쿠지 씨(법명은 조신〔淨信〕)에게는 "정신 나간 놈들, 말도 안 되는 소리!"였으므로, 유감스럽게도 허락이 떨어지지 않아 결국 후지오가 잠을 자는, 본당에서 뚝 떨어진 네 평 남짓한 방에서 덧문까지 꽁꽁 걸어 잠그고 하게 되었다.

그런데 악기를 나르는 것도 보통 일이 아니었다. 기타뿐이라면 이불을 쿠션으로 삼아 자전거 짐칸에 붙들어 매서 나르면 된다. 혹은 사사키 고지로(저 유명한 검객 미야모토 무사시의 호적수로 알려진 고수로서, 당시 빨래장대처럼 긴 장검을 메고 다녔다고 한다—옮긴이)의 장검처럼 등에 메고 나르면 된다. 문제는 기타 앰프와 드럼 세트였다.

결국 앰프와 베이스드럼은 후지오가 스쿠터로 두 번에 걸쳐 실어 나르고 나머지는 우리가 어깨에 메고 자전거에 싣고 해서 날랐다. 오카시타는 소중한 큰북 가죽(사실은 플라스틱제이지만)이 찢어질까 봐 걱정이라 자기가 리어카로 나르겠다고 금방이라도 울음을 터뜨릴 것 같은 얼굴로 주장했다. 하지만 후지오가, "그래 가지고는 내일 아침까지도 못 날라. 걱정하지 마. 애 밴 새색시 나르듯이 조심조심 날라 줄 테니까." 하고 말하자 마지못해 물러섰다.

땀에 흠뻑 절어 악기를 다 나르고 세팅을 마치고 겨우 한숨을 돌리고 있을 때 나는 일어서서 간단한 인사를 했다. 언제부턴지 모르게 어영부영 내가 밴드 리더가 되는 분위기였던 것이다.

"저, 여러분, 드디어 기다리고 기다리던 세션 연습을 하게 되어 기쁘기 짝이 없는데, 연습을 시작하기 전에 전에도 말했던 것처럼 먼저 우리 밴드 이름부터 정해야 하지 않을까."

나는 교사의 아들답게 멋진 인사말을 늘어놓았다.

"그럼, 그럼." 오카시타와 후지오가 명랑하게 장단을 맞춰 주었다.

"그럼 각자 기탄 없이 의견을 내 주시기 바란다." 하고 나는 교사의 아들답게 어려운 말도 섞어 가면서 계속 말했다. "먼저 아카시…… 아니, 오카시타 군, 뭐 좋은 이름, 생각나는 거 없냐?"

"어……."

하고 오카시타 군은 일단 평소처럼 대답했다. "어……, 밴드 이름 말이야?"

"뭐 좋은 이름 있으면 말해 봐." 하는 후지오.

"블루 라이온스, 는 어때?" 오카시타가 잠시 우물쭈물하다가 말했다. 우물쭈물하기는 했지만 본인은 적이 자신 있는 눈치였다.

"뭔데, 그게?" 하고 후지오가 미간을 찡그리며 말했다.

"이상하냐?" 하는 오카시타.

"그건 영 아니올씨단데." 하는 후지오. "그런 바보 같은 이름은 곤란해."

그 말은 나랑 시라이의 심정을 대변하는 말이기도 했다.

"다른 건 없냐?" 하고 나는 물었다.

"어……, 글쎄, 이것저것 생각해 봤지만 딱 떠오르는 게 하나 있기는 한데……." 하는 오카시타. 말과는 달리 역시 꽤 자신 있는 눈치였다.

"괜찮으니까 말해 봐." 하는 시라이.

"런닝 캐츠, 라는 건 어떨까?" 오카시타는 조금 부끄러운 듯이 말했다.

"뭐야, 그게." 역시 후지오가 쏘아붙였다. "갈수록 태산이군."

"근데 왜 런닝이 붙지?" 하고 시라이가 물었다.

"야구의 런닝 캐치에서 힌트를 얻어서……." 하고 오카시타가 말끝을 흐리면서 대답했다.

후지오와 나는 너털웃음을 터뜨렸다.

"그러는 너는 뭐가 있는데?" 발끈한 오카시타가 역으로 나에게 물었다.

"응, 해리와 타이푼스, 라는 건 어떨까?" 하고 나도 조금 쑥스러워 하면서 말했다. 조니와 허리케인을 흉내낸 이름이다.

"해리가 누군데?" 하는 오카시타.

"내가 해리를 맡아도 좋지, 뭐." 하는 나.

"뭐가 해리라는 거냐. 너는 다케요시잖아." 하는 후지오.

"그러는 너는 뭐가 있는데?" 하고 나도 조금 화가 나서 물었다.

"나 말야? 내가 생각한 이름은 괜찮을 거야." 하는 후지오.

"뭔데 그래?" 하는 시라이.

"버즈." 라고 말해 놓고 의기양양한 후지오.

"뭐야, 그게?" 하는 나머지 세 사람.

"스펠은 B, u, d, s. Buds 말이야. bud는 '꽃봉오리' 라는 뜻인데, 그건 이제 조만간 꽃을 활짝 피울 밴드라는 뜻이지. 게다가 Buddhism, 즉 '불교' 라는 말하고도 연결되잖아. 어감이 귀여운데다가 뜻도 깊잖아. 그러고 d를 두 개 붙여서 B, u, d, d, s, 라고 적어도 괜찮을 거야. Budds. 음, 세련됐어."

"버즈라고?" 하는 나.

"으음." 하는 시라이.

"버즈라." 하는 오카시타.

"버즈가 마음에 들지 않으면 프레셔스 프리스츠, 라는 건 어때?" 하는 후지오.

"뭔데, 그건?!" 하는 나머지 세 사람.

"Precious는 '귀하다' 라는 뜻이고, Priests는 '승려' 라는 뜻이야." 하고 후지오가 설명한다. "두 개를 합치면 '귀하신 승려들'이 되지. 사실 precious는 인간보다는 시간이나 물질을 형용하는 데 쓰이는 게 보통이지만, 뭐, 괜찮잖아, 너무 따지지 말자구."

"누가 뭐라고 했나?" 하는 나.

"게다가 말이야." 하고 계속하는 후지오. "두 단어는 모두 Pr이라는 스펠에서 시작되어서 울림이 멋지지. 어때, 멋있지 않냐?"

영어를 잘하는 후지오다운 발상이라는 생각은 들지만 아무래도 '프리스츠'가 마음에 걸린다. 중을 싫어하는 건 아니지만, 우리가 록을 하자는 것이지 경을 외자는 건 아니지 않은가.

"으음." 하고 나는 신음했다.

"그건 좀 이상하지 않냐?" 하고 오카시타가 우리의 마음을 대변했다. "중은 너 하나뿐인데."

"그럼 이건 어때?" 후지오는 조금 속이 상해서 말했다. "핌플페이스드 옥토퍼스 밴드."

"그건 또 뭔데?" 하는 우리들.

"Pimple-Faced라는 것은 '여드름 난 얼굴', Octopus는 '문어', 요컨대 '여드름투성이 문어 밴드'라는 거지."

오카시타가 발끈했다. 당연히 화가 나겠지.

"자꾸 그런 소리 하면 나 관둘 거야!" 그는 거의 울상이 되었다.

나는 터지려는 웃음을 참으며 오카시타를 달래고 후지오에게 핀잔을 주었다.

"야, 너, 장난치지 말고 좀 진지하게 생각해."

"미안, 미안." 하고 후지오는 사과했다. "하지만 오카시타도 이만한 일로 화를 내면 안 되지. 전혀 뚱딴지 같은 말도 아니구만."

이때, 지금까지 아무 제안도 하지 않고 잠자코 있던 시라이가 입을 열었다.

"저어, 말야, 이건 어떨까?"

"생각해 둔 게 있으면 어서 말해 봐." 하는 후지오.

"로킹 호스맨," 하고 시라이는 작은 소리로 말했다.

"어떤 뜻이지?" 하고 나는 물었다.

"록에 미친 말들." 하고 후지오가 끼어들었다.

"아냐, 아냐. Rocking이라는 것은 후지오가 말하는 록 음악에서 온 것이지만, Horsemen은……."

"요컨대 말을 탄 아저씨라는 건가?" 하는 후지오.

"맞아. 말하자면 기마 병사, 즉 기병이라는 뜻도 있는데, 내가 생각하는 것은 이쪽이야. 그래서 로킹과 합치면 '록을 하는 기병들'이라는 게 되지. 게다가 rocking horse는 어린이가 타는 '흔들목마'이기도 하니까 일종의 재치를 부리는 것이기도 하고. 애교도 느껴지는 것 같고……." 시라이는 부끄러운 듯이 설명했다.

"야, 그거 좋다!" 하고 다른 세 명이 입이라도 맞춘 듯 일제히 소리쳤다. "아주 좋은데! 아주 그럴싸한 이름이야!"

이리하여 우리 밴드는 '로킹 호스맨(The Rocking Horsemen)'이라는 이름을 갖게 되었다(나중에 듣기로는, 시라이는 우리를 만나기 전부터 이 이름을 다듬고 있었다고 한다).

그리고 그로부터 삼십 분 동안 됐니 안 됐니 하면서 기타와 베이스를 튜닝한 다음, 각자 자기 파트의 연습을 끝내 놓기로 **되어 있던** 〈파이프라인〉을 연주하기 시작했다.

덴데케데케데케 데케데케데케~~~!!

이리하여 그야말로 유사 이래 최초로 사이타천 상류, 당장이라도 꺼져 버릴 것 같은 조용한 시골 마을에 라디오도 레코드도 아닌 진짜 일렉 기타 소리가 자랑스럽게 울려 퍼진 것이다.

그러나…….

최초의 '덴데케데케데케'는 나무랄 데 없었지만 그 다음은 솔직히 말해서 너무 심한 것이었다. 너무나 심해서 그 상황을 차마 글로 옮기지 못하겠다. 게다가 본채에서 낮잠을 주무시던 후지오의 병약한 아버지가 힘겹게 일어나 야단을 치러 오셨다.

"작작 좀 해라, 이놈들아!"

작작하라고 하시지만, 이제 막 시작한 참인데. 게다가 세상에 처음부터 음을 딱딱 맞추는 밴드는 없다.

조신 스님이 투덜거리며 돌아간 뒤, 우리는 어쩔 수 없이 앰프 볼륨을 줄이고 드럼에는 타월, 심벌에는 손수건을 덮고 거듭거듭 〈파이프라인〉의 도입부를 연습했다.

도입부만 연습하고 있어도 우리는 즐거웠다. 우리는 평범한 고교생이 아닌 '로킹 호스맨'이었던 것이다.

7
Stop the music, before she breaks my heart in two

음악, 그만! 심장이 터지기 전에

Lenne & The Lee Kings ; 〈Stop The Music〉

비틀즈의 히트곡 중에 〈Hello Goodbye〉라는 노래가 있다. 이에 질세라 일본에도 〈헬로 굿바이〉라는 곡이 있어서, 아그네스 찬(1955~, 홍콩 출신으로 중국식 이름은 陳美齡, 홍콩과 일본에서 70년대를 황금기로 활약한 가수—옮긴이)이나 사누키 유코(1975년 아이돌 가수로 데뷔—옮긴이), 가시와바라 요시에(1981년에 이 노래를 발표함—옮긴이)가 노래했었다. 어느 음반이 제일 좋느냐 하는 문제는 다른 기회에 논하기로 하고, 아무튼 1966년, 즉 고교 2학년 6월에 나는 헬로우(만남)와 굿바이(이별)를 함께 겪었다.

이 장에서는 그 이야기를 쓴다. 내 편한 대로 굿바이, 이별부터 쓰겠다.

먼저 굿바이(이별)

예나 지금이나 결혼식 축사는 어차피 상투적이다. 턱없이 점잖은 말투로 신랑신부를 대놓고 추켜세우고, 훈계하는 시늉을 하면서 또 칭찬하고, 예전의 시시한 악행을 폭로하거나 조금 야한 얘기를 섞어서 두 주인공을 몸 둘 바 모르게 하고. 경사스러운 날인 만큼 그 정도는 봐 줄 만하다. 애초에 결혼을 축하한다는 것부터가 상투적인 것이니 뭐라고 탓할 일은 아니다. 그렇게 축하할 일이 아니라면 애초에 결혼식도 생겨나지 않았을 것이다.

그런데 이 넓디넓은 세상에는, 그 경사스러운 결혼식에서 난데없이 사고를 치고야 마는 비상식적인 사람도 있게 마련이니, 2학년 때 우리 반 담임이던 데라우치 선생님이 바로 그런 사람이다. 선생님은 친척의 따님이 결혼하는 날, 피로연 자리에서 급사해 버리신 것이다.

이 선생님이라면 앞에서 잠깐 언급한 적이 있을 것이다. 오사카 외국어대 출신의 우수한 영어 교사로, 주일 미군에서 아르바이트를 하다가 무역회사에서 근무하셨는데, 무슨 생각을 하셨는지 교직에 들어와 모교인 캉온지제일고등학교에 근무하셨다(그 시절에는 구제〔舊制〕 미토요중학교라고 했다). "가정법은 그짓뿌렁이다!"라는 식으로 참으로 명쾌하게 영어를 가르치는 교사였다.

선생은 몸소 영어 작품을 선택하고 주를 달아서 자습용 독해 부교재를 만들어, 희망하는 학생들에게 실비로 나누어 주셨다. 150

쪽 남짓 되는 그 부교재에는 찰스 램의 에세이, 에드가 앨런 포, 토머스 하디, 존 스타인벡 들의 단편소설이 수록되어 있었다. 자습을 위한 보조 교재이므로 읽지 않는다고 야단을 치지는 않았지만, 재미있는 내용들이라 나는 일일이 사전을 뒤져 가며 읽어 보았다. 쉽지 않은 문장이라 교재는 금세 필기로 새카매졌다. 독해가 안 되는 문장이 있으면 교무실로 선생님을 찾아가서 질문했다. 교무실에서 관계형용사인지 뭔지를 참으로 자세하게 설명 들었던 기억이 난다.

포의 작품에 대하여 질문하러 갔다가, 교재 내용을 떠나 선생님과 이런저런 이야기를 나눈 적이 있다. 취미가 뭐냐고 물으시기에 나는 외국 팝송에 빠져 산다고 대답했다.

"영어 노래를 좋아한다니, 이걸 주마."

선생님은 그렇게 말씀하시고 서랍 속에서 표지가 떨어져 나간 낡은 책을 꺼내서 내 앞에 툭 던지셨다.

"에에?" 나는 꼭 오카시타 같은 소리를 냈다. "이걸 주신다구요?"

"주는 거니 받아 둬라. 왕년에 미군에서 일할 때 누구한테 얻은 거다. 어차피 난 악보를 볼 줄 모르니까. 그리고 요샌 일본 노래가 더 좋아."

그렇다면 데라우치 선생님도 소싯적엔 영어 노래를 꽤나 즐겨 불렀던 모양이다.

"이런 걸 좋아하실 줄은 몰랐는데요."

"물 건너 온 것이면 죄다 좋아 보이던 시절이 나한테도 있었지, 아무렴."

"지금은요?"

"그야 뭐, 요새는 〈You Are My Sunshine〉보다 〈나가사키의 여인〉(1963년에 히트한 엔카—옮긴이)이 훨씬 좋지."

"〈나가사키의 여인〉도 부를 줄 아세요?"

"아무렴. 잘은 못하지만."

이런 대화를 나눈 것이 6월 4일이었다. 어떻게 날짜까지 정확하게 기억하느냐고? 그날이 '충치 예방의 날'이어서, 아침 조회 때 선생님이 당신 입을 쩌억 벌리고 틀니를 꺼내 흔들며,

"봤지. 양치질 열심히 안 하면 요 모양 요 꼴이 돼서 단무지 하나 못 씹어."

하며 알아듣기 힘든 발음으로 말해서 반 전체를 폭소의 도가니로 몰아넣은 것이 워낙에 인상 깊이 남았기 때문이다.

그리고 그 이틀 뒤인 6월 6일, 선생님은 문제의 결혼식에 참석했다가 급사하셨다.

다음날 아침, 학교에서 그 소식을 들은 나는 하루 종일 밥을 먹지 못했다. 밥 먹는 것도 잊고 겉표지 없는 악보집만 팔랑팔랑 뒤적이고 있었다.

그 이튿날 영결식에는 교장을 비롯한 교직원과 학생회 간부, 그리고 데라우치 선생님이 담임을 맡았던 우리 반 아이들이 모두 참석했다.

그날은 유난히 더웠다. 교정의 녹나무에는 장마 전인데도 매미 떼가 몰려와 맴맴, 쓰르럼쓰르럼, 치르르르르, 일제히 사포 문지르는 소리로 쉴 새 없이 울어대고 있었다. 벌써 6월이라 하복을 입을 철이었지만, 우리 반 학생들은 미리 입을 맞추어 검은 동복을 입고 있었다.

하필 그날 나의 컨디션은 최악이었다. 뭣한 얘기지만, 그 전날 아무 것도 먹지 않았는데도 당일에는 아침부터 심한 설사가 계속되고, 열이 나는지 등과 이마에 땀방울이 송글송글 맺히면서도 몸은 으슬으슬 추웠다.

선생님 얼굴이 검은 테를 두른 액자 속에서 환하게 웃고 있었다. 나는 눈을 꼭 감고 분향했다.

집으로 돌아가는 길에 나는, 그 해에도 같은 반이 된 고오다 후지오한테 선생님이 급사하시던 상황을 전해 들었다.

"그래 보여도 원래 심장이 안 좋았던 모양이야." 하고 후지오는 말했다. "의사가 술 많이 마시면 안 된다고 주의를 주었었대."

"니가 어떻게 그런 것까지 아냐?" 하고 나는 물었다.

"선생님의 부인이 우리 아버지 재종사촌의 따님이거든. 나간료카 출신이지."

사모님이 어디 출신이건 아무렴 좋았지만, 후지오의 먼 친척이라는 말에 나는 조금 놀랐다. 무슨 사건이든 어김없이 후지오랑 모종의 관계가 있는 선에서 일어나는 게 아닌가.

"근데." 하고 후지오는 담담하게 말을 이었다. "선생님이 참석

한 것은 사모님 오빠의 자식의 결혼식이었어."

"그러니까 선생님의 조카?" 하며 어느새 대화에 끌려들어 간 나는 별로 알고 싶지도 않은 것을 물어 보고 있다.

"처조카지." 하고 후지오는 대답했다.

"근데, 과음을 하셨대?"

"음. 한 되 가까이 드셨어. 게다가 그 전날에는 밤새 '멘리쓰'를 하셨다더군."

"그게 뭔데?"

"멘은 '멘젠', 리는 '리치', 쓰는 '쓰무'야."

"글쎄 그게 뭐냐니까?"

"마작 말이야. 셋이서 하는 마작."

(나중에 안 사실이지만, 캉온지에서는 셋이서 하는 마작이 더 성했다.)

"너, 마작도 할 줄 아냐?!" 내가 놀라서 물었다.

"그걸 못하면 시주들하고 어울릴 수가 없거든." 하고 후지오는 시치미 뗀 얼굴로 대답했다.

"어어." 머릿속이 멍해졌다.

"근데 말야." 하는 후지오. "선생은 거기다 춤까지 추셨어."

요새는 의자가 놓인 식장에서 피로연을 열지만, 그 시절에는 자택 마루나 여관 홀에서 치르는 것이 일반적이어서, 그만큼 시간도 길었고 술은 무제한으로 제공되었으며, 마침내는 샤미센(줄이 셋 달린 일본의 전통 현악기—옮긴이)도 연주되고 노래도 나오고 춤도 나오게 마련이었다. 뒤로 벌렁 누워 쿨쿨 자는 사람도 드물지 않았다.

"밤새 마작 하고 술을 한 되나 마시고 춤까지 췄다고?" 나는 몽롱한 머리로 되물었다.

"주위 사람들이 등을 떠민 모양인데, 당신도 싫지는 않으셨던 모양이야."

"……."

"'좋~아.' 하며 일어나셨어. 거나하게 취하셨으니 더욱 대담해지셨을 거야. '아냐, 오늘은 그만두는 게 좋겠어.' 하고 빼었으면 좋았을 텐데, '좋~아.' 하고 두어 번 넘어지면서 춤추러 나가신 거야. '좋아, 죽을 각오로 춤을 춰 보자구.' 하시면서."

"정말?"

"뭐가?"

"'죽을 각오로'라고 하신 거."

"그래. 물론 그냥 해 본 말씀이었겠지만."

"그래서?"

"노래까지 불러 가면서 춤을 추셨지."

"노래를 하면서?"

"음."

"혹시 〈나가사키의 여인〉 아니었냐?" 하고 나는 물었다.

"아냐, 아마 캄베 이치로의 〈긴자구초메의 냇물〉이었다는 것 같은데."

"에~?!"

"한참 옛날 노래지. 그런데 묘한 걸 궁금해한다, 너?"

"어." 하고 대답하고 문득 〈나가사키의 여인〉이 아니어서 다행이야, 하고 생각했다. 왜 그렇게 생각했는지는 알 수 없다. 〈나가사키의 여인〉이 아닌 것이 뭐가 다행이란 말인지.

"그러다가." 하고 후지오는 계속 말을 이었다. "갑자기 '아이구 덥다, 더워.' 하면서 주저앉으셨어. 그리고 버럭 화를 내는 것처럼 '더워서 숨이 막혀!' 하신 것이 마지막 말씀이었지. 돌아가실 때 오래 고통스러워하지 않으신 게 그나마 다행이라고 할까."

그날 밤 나는 한밤중에 문득 잠에서 깨어났다. 잠이 깼나 싶더니 금세 눈물이 나와 양 귓구멍에 흘러 들어갔다. 눈물은 귓구멍에 들어갈 때까지도 따뜻했는데, 들어가면서 문득 차가워진다. 왜 우는 것인지, 처음 얼마 동안은 잠결에 알 수가 없었지만, 눈물의 미지근함과 차가움의 감각이 어릴 적 이불에 싸던 오줌을 생각나게 하고, 그러자 왜 우는 것인지 어느새 알 것 같았다. 패킹이 닳은 수도꼭지에서 물이 새듯이 눈물은 한동안 계속 나왔지만, 울다가 어느 결에 잠이 든 모양이다. 울다 지쳐 잠든 것도 얼마 만인지.

부담임이던 세계사 담당 이와다 미네오 선생님이 우리 반 담임이 되셨다. 한때 같은 학교에 근무한 적이 있는 아버지한테 나중에 들은 바로는, 이 분은 파칭코를 할 때, 구슬 하나를 쏘면 그 구슬의 행방을 끝까지 지켜보고 "아아!" 하는 작은 탄식을 흘리기 전에는 결코 다음 구슬을 쏘지 않았다고 한다. 또 직접 키운 가지나 오이를 내다 팔거나 해서 모은 비상금을 아내한테 들켜서 혼쭐이 난 적도 있다는 그런 분이었다. 나는 학교측의 새로운 인사에 별로 불만은 없었다.

교사가 없어진 영어 수업은 이미 퇴직한 지 오래인 오가와 도미키치라는 할아버지 선생님이 대타로 투입되었다. 이 분은 예전에 여학교에서 우리 어머니를 가르친 적이 있어서, 가끔, "느이 어머니는 정말이지 영어를 참 잘했지, 암." 하고 눈을 가늘게 뜨고 그리운 듯이 말씀하셔서 할 말을 잊게 했는데, 나는 학교측의 이 조치에도 역시 불만은 없었다.

불만은커녕 참으로 훌륭한 교사이셔서, 그 성실한 수업에는 혀를 내두를 지경이었다. 예를 들면 학생들의 얼빠진 질문에 대해서는 적당히 응하고 넘어가도 좋을 것을, 열심히 설명해 주실 뿐만 아니라, "내가 아는 바는 이러한데, 혹시 모르니까 내일까지 확실하게 조사해 오마." 하고 자택에서 그 묵직한 웹스터사전을 뒤적이는 분이었다.

체구가 작아서(어쩌면 웹스터사전보다 저울 눈금이 덜 나갈지도 모른다) 어머니 말씀으로는 여학교에서는 '콩선생' 이니 '콩님' 이니 하고 불렀다고 하는데, 어쩌면 이 별명도 자잘한 사항까지 꼼꼼하게 신경을 쓰는 그 기질 때문에 붙은 것인지도 모른다.

어쨌든 오가와 콩님은 얼음가게에서 배달용으로 씀직한 커다랗고 튼튼한 자전거에 걸터앉아 초등학생들의 '앞으로 나란히' 자세로 핸들을 잡고 만면에 온화한 웃음을 짓고 겨우 발이 닿는 페달을 열심히 밟으며 출근하셨다. 위태위태하긴 해도, 온화한 위엄으로 가득 찬 모습이었다.

그래서 (몇 번이나 말하지만) 이 인사에 대해서도 나는 아무런 불만이 없었다. 그렇지만 아무 불만이 없다는 것이, 그래서 데라우치 선생님의 공백이 아무 일도 없었던 것처럼 메워진다는 것이 왠지 서글펐던 것이다.

마침내 여름방학이 지나고 새 학기가 시작되자 아무도 데라우치 선생님을 화제에 올리지 않게 되었다.

내 머릿속에서도 데라우치 선생님은 빠르게 희미해져 갔다. 다만 나는 그 악보집을 가지고 있었기 때문에 그걸 볼 때마다 어쩔 수 없이 선생님을 생각하게 된다. 그리고 생각이 나면 그때까지 잊고 있었던 것이 죄송스럽기만 했다. 동시에 선생님이 돌아가시던 상황에 새삼 화가 나곤 한다. 말 그대로 '당스 마카브르(Danse Macabre, 죽음의 무도회)'가 아닌가. 어째 그렇게 돌아가신단 말인가.

하지만 이 글을 쓰는 지금, 나는 더 이상 그것 때문에 화가 나거나 하지 않는다. 아니, 그것을 괜찮은 죽음이었다고 생각하면 안 되는 걸까, 하는 생각까지 한다. 생판 타인에게, 어째 그렇게 돌아가신단 말인가, 라고 생각할 권리가 어디 있을까. 태어남과 마찬가지로 죽음 역시 당자의 뜻대로 되지 않는다. 타인이 이러니

저러니 말할 만한 것이 아니다. 사실은 사실인 것이다. 그렇다면 '좋았다' 고 생각하는 편이 낫지 않을까. '심했다' 고 생각하면, 당자나 가족은 더욱 속상하지 않을까.

그렇다, 그것은 괜찮은 죽음이었다고, 생판 타인인 나는, 선생님을 아주 좋아했던 나는, 그렇게 비논리적으로 생각하기로 한다.

다음은 헬로우(만남)

사춘기는 평생의 친구를 만나는 시절이라는 말도 흔히 듣게 되는 판에 박힌 말이지만, 아닌 게 아니라 나는 고교 시절에 귀중한 친구 몇 명을 알게 되었다. 특히 친했던 것은 말할 것도 없이 로킹 호스맨 멤버들이지만, 2학년이 되고 얼마 지나지 않아 또 한 명의 귀한 친구를 얻었다.

다니구치 시즈오라는 아이인데, 2학년 때 나랑 같은 반이었다. 그 아이랑 나는 같은 중학교 출신이라 얼굴과 이름, '시이상' 이라는 별명 정도는 알고 있었지만, 따로 대화를 나눈 기억은 없다.

5월의 황금연휴가 막 끝난 어느 날 점심 시간, 시이상이 뚜벅뚜벅 다가와 내 옆자리에 털썩 앉으며 이렇게 말했다.

"이번에 함 가 봐도 좋겠냐?"

"어? 우리 집?"

"응."

"그건 좋은데, 근데 무슨 일인데?"

"연습하는 거 보려구."

"기타 말이니?"

"기타랑 노래랑 다."

들어 보니, 다니구치도 팝송을 좋아한다고 하는데, 내가 밴드를 한다는 소리를 듣고 궁금해졌다는 것이다.

"좋아." 하고 나는 대답했다. 기분 나쁜 소리는 아니었다.

그로부터 이 주 뒤, 다니구치가 자전거를 타고 불쑥 우리 집을 찾아왔다. 오겠다고는 했지만 벌써 잊어 버렸겠지, 하고 생각하던 참이라 나는 조금 놀랐다. 게다가 그때가 밤 아홉 시가 다 된 시간이었다.

그렇다고, 모처럼 왔는데 늦었으니 다음에 다시 오라고 돌려보내기도 뭣해서, 나는 2층의 내 방으로 불러들여서 앰프 없는 일렉기타로, 당시 좋아하던 롤링 스톤즈의 〈The Last Time〉의 반주, 허먼스 허미츠의 〈Mrs. Brown, You've Got A Lovely Daughter〉의 코드를 채쟁챙챙 쳐 보였다.

다니구치 시이상은 진지하기 짝이 없는 얼굴로 정좌를 하고 앉아서, 앞에 놓인 오렌지 칼피스 잔에는 손도 대지 않고 내 '연주'에 심각하게 귀를 기울였다. 이런 분위기에서는 왠지 좀 쑥스러워진다.

"아직 요 정도야." 하고 나는 짐짓 겸손을 떨며 기타를 내려놓으려고 했다.

"노래도 불러 봐."

오디션 하는 디렉터 같은 말투로 시이상이 말했다. 그 우직함에 기가 눌려 나는 그날 점심때 연습한 비틀즈의 〈I'll Be Back〉의 아래 파트를 기타로 치면서 작은 소리로 불러 보았다.

"또 다른 노래는?" 하는 시이상.

나는 아직 몇 곡 안 되는 보컬 레퍼토리 가운데 클리프 리처드의 〈Evergreen Tree〉와 릭 넬슨의 〈Young World〉, 그리고 또 비틀즈의 〈Ask Me Why〉를 불렀다. 얌전한 곡만 고른 것은 앰프 없는 일렉 기타와 작은 목소리에는 하드한 록이 어울리지 않기 때문이다.

시이상은 감상 한마디 없이 그저 이렇게 말했다.

"〈키다리 샐리(Long Tall Sally)〉 할 줄 아냐?"

이 노래는 자칭 '로큰롤의 황제' 리틀 리처드의 작품으로, 프레슬리나 비틀즈도 불렀던 로큰롤의 고전이다. 나는 폴 매카트니의 키(G)보다 네 단계나 낮은 키(D)로 연습하고 있었지만, 그래도 고음 팔세토 즉 가성 부분은 조금 무리가 따를 정도라서, 작은 소리로 가볍게 부를 수 있는 곡이 아니었다. 나는 그렇게 말하고 사양했다.

"왜 앰프를 안 써?" 하고 시이상은 당연히 나올 만한 질문을 던졌다.

"없으니까." 하고 나는 원통한 기분으로 대답했다. "리드 기타를 담당한 시라이 세이치라는 아이랑 앰프를 함께 쓰고 있어. 시라이, 알지?"

"알아." 하는 시이상. "너도 사면 되잖아."

"아르바이트라도 하지 않으면 힘들어."

"그럼 하나 만들어 줄까?" 하고 시이상은 마치 대나무 바람개비라도 만들어 주겠다는 투로 말했다.

"그게 가능해?" 나는 깜짝 놀라서 물었다.

"해 보면 될 것 같은데." 하며 시이상은 일도 아니라는 투로 말하고, 얼음이 다 녹은 오렌지 칼피스를 단숨에 마시고 일어서면서, "또 와도 되냐?" 하고 말했다.

"그야 좋지." 하고 나는 조금 당황하며 대답했다. 다만 또 밤 아홉 시에 찾아오면 곤란하므로 이렇게 덧붙였다. "록을 좋아한다면 요번 합동 연습을 보러 와라. 이번 주 토요일 고오다 후지오네 집에서 하니까. 고오다라면 왜 그 절집……."

"알아." 하고 시이상은 계단을 쿵쿵 내려가 바삐 돌아갔다.

토요일. 학교에서 급하게 집으로 돌아와 허겁지겁 밥을 퍼먹고, 커다란 기타 케이스를 갓난아기 업듯 메고서 조센지를 향해 자전거를 달렸다. 부모 원수를 짓밟듯 페달을 밟고, 내리막길에서도 사정없이 밟았다. 연습 시간을 조금이라도 더 늘리고 싶었기 때문이다.

코밑과 이마의 땀을 소매로 연신 훔치면서, 절에서 조금 떨어져 있는 후지오의 방으로 가 보니 시이상이 벌써 와서 크림빵을 우적우적 씹어 먹고 있었다. 하복 차림, 즉 배지를 단 흰 와이셔츠를 그대로 입고 있는 것을 보면 아무래도 학교에서 곧장 이리로 달려온 모양이다. 산문에 이르는 돌계단 밑에 넘어져 있던 자전거는, 그렇다면 시이상의 것인 듯하다. 이때만이 아니라 다리가 망가진 것도 아닌데도 시이상은 늘 자전거를 잠재우듯 뉘여 놓는다. 시이상의 집은 야나기초의 커다란 침구점인데, 글쎄, 그거랑 관계가 있는 건가.

"오늘은 도시락까지 지참한 관객 앞에서 연습을 하는군." 하고 후지오가 웃으면서 말했다. 시이상은 시치미 뗀 얼굴로 세 개째 크림빵을 먹기 시작했다.

다음다음날인 월요일 점심때 내가 시이상에게 물어 보았다.

"너도 록 하고 싶냐? 생각 있으면 우리 밴드에 들어와라. 베이스랑 드럼은 두 사람이 필요 없으니까, 할 거라면 기타나 키보드로 하고."

"나는 공대에 가서 엔지니어가 될 거야." 시이상은 대답했다. 엉뚱한 대답이었지만, 요컨대 아무래도 멤버가 될 마음은 없는 것 같았다.

"너, 이번엔 우리 집에 놀러 와라." 불쑥 시이상이 말했다.

"응." 그 기세에 눌려 나는 대답했다.

"오늘 와라." 하는 시이상.

이야기가 너무 빠르게 진전된다 싶었지만, 고교생한테 스케줄이니 뭐니 있을 턱이 없으므로, 나는 시이상의 초대를 받아들이기로 했다.

시이상을 따라 점포 쪽이 아니라 뒷문으로 들어갔다. 뒷문이라고 해도 우리 집 현관보다 훨씬 멋지다.

시이상의 방도 시라이나 오카시타나 내 방과 마찬가지로 2층에 있었지만, 면적이 전혀 달랐다. 두 평 반짜리 곁방이 딸린 네 평 남짓한 방으로, 동쪽을 향해 난 커다란 창문 밑에는 사장님이나 앉을 법한 멋진 책상이 있고, 그 반대쪽의 천을 바른 벽에는 커다란 분리형 스테레오 세트와 아마추어 무선 기계가 떡하니 자리 잡고 있었다. 그것만으로도 눈이 휘둥그레지면서 바쁜데, 이것이 모두 시이상이 멀리 다카마쓰나 마루가메까지 가서 부품을 구입하거나 모아 들여서 조립한 것이라는 말에, 나는 놀라 자빠질 뻔했다. 작은 장롱만한 스피커 박스는 목공소에 특별히 주문한 거라고 한다. 과연 시이상에게 기타 앰프 제작은 대나무 바람개비 만들기나 다름없는 일인지도 모른다.

시이상은 창문의 철제 덧문과 두터운 유리를 끼운 문을 꼭 닫은 다음, 만토바니 오케스트라의 LP를 걸어 놓고 쿵쿵거리며 아래층으로 내려갔다.

스테레오의 음향은 훌륭했다. 이런 스피커라면 어떤 곡이든 다 명곡으로 들리겠군. 덧문까지 닫았다고 해도 음량이 너무 큰 것 아닐까, 하는 걱정에 나는 그만 안절부절못하고 있었다.

시이상은 금방 돌아왔다. 그런데 바로 뒤에 시이상하고 많이 닮은 날씬하고 예쁜 여자애가 커피와 쿠키를 잔뜩 담은 과자그릇을 쟁반에 받쳐 들고 방으로 들어왔다. 시이상이 시킨 모양이다. 엎

드려 있던 나는 반사적으로 퉁겨 오르듯 정좌했다. 음악의 음량이 쾅쾅거리고 있어서 목소리는 들리지 않았지만 그 여자애는 조금 수줍은 표정으로 '안녕하세요.' 하는 모양으로 입을 놀리고, 쟁반을 내 앞에 놓고는 다시 '많이 드세요.' 하는 모양으로 입을 놀리고 방을 나갔다. 중3짜리 누이로, 이름이 에쓰코라고 한다. 커다란 방, 멋진 스테레오, 말 잘 듣는 예쁜 여동생—결국 시이상은 힘껏 꼬집어 주고 싶은 놈이었던 것이다.

만토바니 다음으로, 시이상은 데이브 클라크 파이브의 LP를 걸었다. 대화할 수 있는 음량이 아니어서 나는 그저 쿠키를 버석버석 씹어 먹으며 레코드를 듣고 있었다. 문득 그의 레코드 컬렉션이 궁금해서 '구경해도 좋으냐?' 라고 손짓으로 묻자 시이상도 '물론.' 하고 손짓으로 대답했다.

그런데 시이상의 수집 방향을 보니, 아예 방향이란 게 없었다.

'요이코의 명곡집' 이라는 것이 있다. 페리 코모가 있었다. 빌리 본 악단이 있었다. '골든 로커빌리 히츠' 라는 것이 있었다. 데라우치 다케시(1939~, 63년에 '블루진스' 라는 밴드를 결정. 일본 일렉트릭 기타의 선구자—옮긴이)와 블루진스가 있었다. 가야마 유조(1937~, 가수 겸 배우—옮긴이)가 있었다. 이토 유카리(1958년에 데뷔하여 현재도 활약 중인 본격파 여가수—옮긴이)가 있었다. 빌헬름 켐프의 '베토벤 피아노 소나타집' 이 있었다…….

한 장 한 장 빼들고 들여다보는 내 바로 옆에서, 시이상이 쪼그리고 앉아 내 손을 쳐다보고 있다.

결국 그날은 거의 대화도 없이 쿠키만 너무 먹어서 속이 거북해졌다.

저녁에 "안녕." 하고 시이상네 집의 뒷문을 나오자 시이상이 뒤따라와서,

"또 와." 하고 말했다. "내일도 와라."

지금까지 소개한 내용으로도 충분히 짐작할 수 있으리라 보지만, 시이상이라는 아이는 무슨 생각을 하는지 도통 알 수 없었다. 다만 한 가지 분명한 것은 그가 나에게 예사롭지 않은 호감을 가져 주었다는 것이고, 이에 나는 고마우면서도 왠지 미안한 기분이 들었다. 황송했다고 하는 것이 정확한 표현일 것이다.

마침내 시이상은 로킹 호스맨의 기술 고문 같은 처지가 되어 전기 기술에 관한 많은 문제를 잇달아 너무나 깨끗하게 해결해 나갔다.

시이상의 첫 번째 업적은 우리 집 고물 라디오를 개조하고 약간의 부품을 보태서 손쉽게 기타 앰프를 만들어 준 것이다. 정말로 해 냈던 것이다. 이 앰프는 에코(산울림 효과)나 리버브(잔향 효과) 밸브는 없었지만, 아주 좋은 소리가 났다. 일렉 기타가 어떻게 소리를 내는지 그 원리를 알지 못하는 나로서는 이것은 거의 마술이었다.

게다가 시이상은 자기가 가지고 있는 낡은 스테레오 앰프와 전자상회 옆 공터에 뒹굴고 있던 커다란 텔레비전 스피커를 사용해서 기타와 베이스가 함께 쓸 수 있는 앰프를 만들고, 그것을 자동

차수리 공장에서 얻어온 배터리로 이용할 수 있게끔 해 주었다. 이 앰프에 멤버 모두가 크게 감격했다. 이 앰프 덕분에 로킹 호스맨은 도쿠시마 산속의 이야계곡에서 합숙하는 것이 가능해졌기 때문이다.

합숙을 떠나게 된 계기는 어느 토요일 정례 합동 연습 때 오카시타가 이렇게 중얼거린 것이었다.

"어이구, 더워! 스틱이고 페달이고 땀으로 다 미끌미끌해."

왜 안 덥겠는가. 때는 7월인데다 소리가 새나가지 못하게끔 덧문까지 꼭꼭 걸어 닫고 있었으니 당연히 덥지.

"어디 시원한 데서 합숙이나 했으면 좋겠다." 하고 나도 기타 네크를 닦으며 말했다. "에어컨이 딸린 커다란 방이 있는 곳."

"에어컨은 안 돼." 하고 시라이가 안경다리를 닦으면서 말했다. "나, 에어컨 바람 쐬면 바로 감기에 걸려."

"그러면." 하고 시이상이 혼자 시치미 뗀 얼굴로 말했다. "캠프를 가면 되잖아."

"캠프?" 하는 나.

"이야계곡 좋아. 거기는 시원하거든. 물놀이도 할 수 있고." 하는 시이상.

"야외에서는 연습을 못하잖아." 하는 후지오.

"하면 되지." 하는 시이상.

"전원이 없어서 앰프를 못 쓰잖아."

"쓸 수 있게 만들면 되지." 하는 시이상.

"그게 가능해?" 하는 오카시타.

"하면 될 거 같은데." 하며 시이상은 변함없이 혼자 시치미 뗀 얼굴로 대답하더니, 나를 조수로 삼아 일주일도 안 되어 배터리로 작동하는 앰프를 만들어 냈다. 음질도 흠잡을 데 없다, 고 할 수는 없었지만, 플러그가 세 개나 있어서 기타 두 대와 베이스가 적당한 음량으로 함께 쓸 수 있었다.

우리는 제작 실비 삼천 엔을 감사하는 마음을 담아 시이상에게 건네주는 동시에 로킹 호스맨 명예 멤버라는 칭호를 바쳤다. 시이상은 순순히 받아주었다. 시라이 언니에 이어 두 번째 명예 멤버가 생긴 것이다.

"〈키다리 셀리〉도 연습해라." 하고 시이상은 말했다.

"하지, 암, 하고말고." 하고 우리는 대답했다.

8
Oh, the locusts sang!

맴맴 쓰르럼쓰르럼, 매미의 노래소리

Bob Dylan ; 〈Day Of The Locusts〉

그 하나

할 수만 있다면 일 주일이고 이 주일이고 합숙을 하고 싶었지만, 어릴 때 보이스카우트 활동을 했던 후지오를 제외하면 다들 캠프 생활 미경험자들인데다 장비도 변변치 못한지라 일단 삼박 사일 예정으로 가 보기로 했다. 괜찮다 싶으면 이삼 일 연장하면 그만이니까.

텐트는, 시라이네 반에 산악부 아이가 있는데, 그 아이에게 물어 보니 산악부 방에 낡은 텐트가 몇 개 쌓여 있다고 해서 그걸 빌리기로 했다.

"기왕 빌려 주는 건데 깨끗한 걸로 빌려 주라." 하고 후지오가 말하자,

"안돼, 안돼. 그랬다가는 내가 3학년 선배들한테 호되게 기합을

받고 산에서 내려오지도 못하게 될걸. 그러다 조난이라도 당하면 구조 비용으로 논 예닐곱 마지기는 팔아야 한다고." 하며, 벌써 거반 산사나이가 다 된 야기 하지메가 아저씨 같은 노티 나는 얼굴로 말했다. 그렇다면 하는 수 없지.

우리는 먼지투성이 낡은 텐트를 전부 산악부 방에서 끄집어내어 가장 나은 것 중에 사오 인용을 골라서 체육관 옆 수돗가로 가져갔다.

"낡아도 너무 낡았네." 하고 후지오가 말했다.

먼지를 털고 보니 햇빛을 받은 자리는 베이지색, 안 받은 자리는 카키색인데, 곳곳에 갈색 얼룩이 져 있다. 펼쳐 보니 마치 위장복 옷감처럼 알록달록한 무늬다.

"왜 이렇게 얼룩이 졌을까?" 하고 시이상은 궁금하다는 듯 얼룩에 얼굴을 가까이 대고 냄새를 맡으며 말했다. "조금 이상한 냄새가 나는데."

"쥐들이 똥오줌을 싸고 돌아다녀서 그래." 하고 야기가 말했다.

"우웩, 더러워!" 하고 오카시타가 얼굴을 찡그리며 말했다. 그래 보여도 의외로 결벽이 있다.

텐트는 몇 군데가 찢어지거나, 꿰맨 곳이 풀려 있었지만, 그 정도라면 충분히 수리할 수 있을 것 같았다.

우리는 물을 좍좍 붓고, 수영부 방에서 허락도 없이 가져온 자루 달린 수세미로 북북 닦았다.

교정의 플라타너스 나무에 줄을 매서 텐트를 폈다. 물을 잔뜩 먹은 텐트는 칙칙한 진녹색에 꽤 묵직했다. 양쪽 플라타너스 줄기가 안쪽으로 조금 휜다.

그 칙칙한 진녹색 너머로 아주 멋진 소나기구름이 피어오르고 있다. 텐트의 먼지를 뒤집어쓴 우리는 잠시 말없이 텐트를 바라보았다. 저마다 가슴속에서는 저 소나기구름처럼 온갖 상념과 기대가 피어오르고 있을 것이다.

교정의 아름드리 녹나무나 소나무, 벚나무, 플라타너스에서는 매미들의 맴맴맴 대합창이 들려온다.

그 시절의 나는 정말로 여름이 좋았다.

학교에 캠프를 신고하는 일는 후지오가 맡았다. 신고서에는 '합숙의 목적—구미 현대 음악의 실천적 연구'라고 적었다고 한다.

비용은 각자 삼천 엔씩 냈다. 이 정도면 교통비와 식비는 충분히 해결할 수 있을 터였다(중국집 우동을 오십 엔에 먹을 수 있던 시절이었으니까).

나는 한 달치 용돈을 당겨 써야 했다. 뿐만 아니라 '술이나 담배는 절대 입에 대지 않겠습니다.'라고 쓴 서약서를 제출해야 했다. 학교가 아니라 우리 부모님께. "서약서 안 쓰고는 못 간다."라는 어머니 말씀에, "창고에 가둘 거다."라고 아버지가 거드셨다. 어쩔 수 없이 서약서를 쓰고 무인을 찍어서 드렸다. 오랫동안 교사로 일하면 이렇게 되는 건가.

캠프 장소는 앞에서 말한 것처럼 도쿠시마 산속의 이야계곡으

로 금방 결정이 났다. 이는 시코쿠사부로라는 별명이 있는 시코쿠 최대의 강 요시노강의 지류인 이야강이 수천수만 년을 두고 끈기 있게 깎아 낸 계곡으로, 물 맑고 나무와 산도 좋으니 아무도 이의가 없었다.

다만 캠프가 아니라 밴드 합숙이므로 캠프 장비말고도 큼지막한 악기들도 가져가야 하는데, 그 운반 문제는 의외로 말끔하게 해결되었다. 시라이네 언니가 아는 사람의 용달차를 빌려서 큰 짐을 실어다 주마 약속해 준 것이다. 그리고 사흘 뒤 귀가할 때도 짐을 실어다 옮겨 주겠다고 했다. 말 그대로 구원의 손길이었고, 우리는 염치없음에도 불구하고 언니 신세를 지기로 했다.

한편 우리가 이야계곡에 가려면 먼저 기차로 아와이케다라는 곳까지 가서 거기에서 버스를 갈아탄다.

산허리를 파서 만든 도로를 버스가 꼬불꼬불 달린다. 주변 경치는 절경이라고 해도 좋은 만큼 훌륭했지만, 상하좌우로 요동치는 도로가 (당시는) 상당한 험로인데다 울퉁불퉁해서 버스는 줄곧 요동치고 있다. 게다가 창을 열어도 견디기 힘들 만큼 무덥다.

땀을 뻘뻘 흘리며 멍하니 경치를 바라보는 동안 속이 점점 메스꺼워졌다. 오른쪽 창 쪽에 앉은 오카시타는 창 밖으로 몸을 내밀고 경치를 감상하면서 쉴 새 없이 땅콩쿠키를 아귀아귀 씹어 먹고 있었다. 그 모습을 보고 있자니 속이 점점 더 거북해져 갔다.

앞에 앉은 후지오와 시이상은 진한 사누키 사투리로 뉴턴역학이니 상대성이론이니 떠들고 있었다. 속이 메스꺼울 때 그런 이야기를 들으면 더욱 메스꺼워진다.

시라이는 내 왼쪽 옆에 접이식 보조의자에 앉아 자기 오른팔 손목을 기타 네크로 삼아 핑거링 연습에 여념이 없다. 작은북의 북채 같은 그 손가락 끝의 움직임을 보고 있는 동안 눈알이 핑핑 돌았다.

도망갈 곳이 없었다. 나는 몸을 뒤로 젖히고 버스 천장을 올려다보았다. 그러나 역시 멀미할 때 갑자기 자세를 바꾸는 것은 좋지 않다. 게다가 내 코밑으로 오카시타가 땅콩쿠키 봉지를 내밀었다.

"안 먹을래, 칫쿤?"

"우웩, 켁켁!"

곧 토할 것 같아서 무릎 옆에 비닐봉지를 준비해 두고는 있었지만, 갑자기 쏟아져 나오는 바람에 삼분의 일 정도는 손이나 버스 바닥에 쏟아 버리고 말았다. 오카시타와 시라이가 양쪽에서 등을 쓰다듬어 준다. 어찌된 일인지 퉷, 퉷, 뱉어 내는 침에서, 먹지도 않은 땅콩쿠키 맛이 난다. 멀리 떨어져 있던 한 까까머리 꼬마 녀석은 호기심 어린 얼굴로 일삼아 구경하러 왔다. 이렇게 한심할 수가…….

오전 중에 이야계곡에 도착. 요즘 이야계곡은 관광 명소로 인기가 높아 많은 사람들이 찾아오지만, 당시는 그 정도는 아니었고, 한창 더울 때라는 사정도 있어서 관광객 모습은 거의 없었다.

언니의 용달차는 벌써 도착해서 가즈라바시라는 다리 근처의 토산품가게 앞에 서 있었다(가즈라바시는 〈이야의 방아노래〉라는 민요에도 나오는, 덩굴로 엮어 만든 유명한 현수교로, 통행세까지 받았다는 대단한 다리다).

그 토산품가게를 들여다보니, 생각지도 못한 일이지만, 언니가 젊은 사내와 뭐라고 이야기를 하면서 함께 빙수를 먹고 있다.

이 사내는 전에 시라이네 집에서 몇 번인가 만난 적이 있다. 나이는 스물일고여덟쯤 되었을까, 당시 빠르게 성장하고 있던 냉동식품회사의 하청 일을 하면서, "앞으로 니시사누키 지방의 중심 산업은 수산가공이 될 거야."라는 소신을 무슨 일이 있을 때마다 입버릇처럼 말해서 '수산가공'이라는 별명으로 불리는 사내다. 본명은 다나카 가즈오라는 유난히 점잖은 이름인데, 일단 입에 익으면 별명이 훨씬 본명답고 그럴 듯하게 들린다. 그렇다면 용달차를 빌려 준 '아는 사람'이란, 이 수산가공이었던 셈이다. 소풍 가는 기분으로 언니를 따라왔을 것이다.

수산가공은 꽤나 즐거운 표정으로 '사각사각' 딸기빙수를 먹고 있다. 언니한테 홀딱 반했다는 것은 첫눈에도 알 수 있는데, 홀딱 빠졌다고 저렇게 노골적으로 즐거워하는 표정을 짓는 남자는 그 전에도 후에도 본 적이 없다. 언니는, 보기에는 별로 즐거워하는 것 같지도 않은데…….

우리는 그 토산품가게 겸 식당에서 점심을 먹었다. 각자 메밀국수, 우동, 곤들매기 구이나 산천어 구이, 주먹밥 따위를 주문해서 거하게 먹었다. 멀미로 속이 좋지 않던 나만은 성대하게 먹을 엄두가 나지 않아 우동을 절반쯤 먹었을 뿐이다.

밥값은 전부 수산가공이 내 주었다. 일이 왜 이렇게 되었느냐 하면, 언니가 커다란 똑딱이 지갑을 꺼내려고 하는 것을 우리가 아서라 말렸다. 짐을 실어다 준 것만도 고마운데 점심까지 얻어먹을 수는 없다고 생각했기 때문이다. 언니와 우리가 돈을 내니 못 내니 아옹다옹하는데 수산가공이 주인아줌마의 소매를 끌고 가서 재빨리 요금을 지불해 버린 것이다. 뭐, 그 사람으로서는 풋내 나는 먹성 좋은 고교생들한테 밥 사 주고 싶은 마음은 털끝만치도 없었겠지만, 언니가 지갑을 여는 것을 가만히 구경하고 있을 수만도 없었던 것이다. 사랑에 빠진 사내의 기사도였던 셈이다.

텐트 칠 자리는 가즈라바시에서 이백 미터쯤 상류의 냇가로 정했다. 그곳이라면 찾아오는 사람도 별로 없을 것이고, 맑은 물이 바로 옆에 있고, 이 계절이라면 폭우가 쏟아져 주변이 온통 물바다로 변할 일도 없을 것이다. 커다란 돌이 사방에 굴러다니고 있지만, 그것만 치우면 굵은 모래밭 혹은 자잘한 자갈밭이 되므로 텐트 치기에 안성맞춤일 것 같았다.

언니와 수산가공은 차에서 짐을 내려 텐트 칠 곳까지 다 나르고 나서야 돌아갔다. 조수석에 앉은 수산가공은 변함없이 턱에서 침이 떨어질 것처럼 즐거운 표정이다(운전은 언니가 훨씬 능숙하므로, 결국 올 때나 갈 때나 언니가 차를 몰았다고 한다).

둑방길을 달려가는 용달차를 향해 우리는 구령을 붙인 것도 아닌데 일제히 허리를 꺾어 인사를 하고, 흙먼지가 사라질 때까지 눈바래기를 했다.

"아항." 마침내 후지오가 뭔가 알겠다는 듯이 중얼거렸다.

"어? 뭐가?" 하고 오카시타가 후지오에게 물었지만, 후지오는 아무 대답도 없이 또 "아항." 할 뿐이었다.

오카시타는 알지 못하겠지만, 나는 후지오가 무슨 생각을 하는지 금방 알 수 있었다. 시이상은 아무 흥미도 없는 눈치였다. 시라이는, 하고 돌아보니 아까 파리매한테 물려서 돋아난 왼팔의 두드러기를 박박, 박박 긁고 있었다. 동생을 챙기는 누이의, 누이 챙기는 동생이 이런 장면에서 두드러기나 열심히 긁고 있다니.

맴맴, 쓰르람쓰르람, 치르르르르, 이야계곡의 매미가 총출동한 기세로 울어대고 있었다.

서둘러 텐트를 친다. 모래바닥이라 말뚝이 힘을 받지 못하지만, 태풍이 오지 않는 한 괜찮을 것이다. 저기 아래쪽에서 물놀이를 하던 동네 꼬마 두어 명이 노는 것도 잊고 우리가 하는 양을 신기한 듯이 구경하고 있다.

넓은 냇가에 세운 얼룩덜룩한 텐트는 밖에서 볼 땐 아주 작아 보여도, 안을 들여다보면 대여섯 명은 너끈히 잘 수 있어 보였다.

내부 공간이 어떤지 시험하려고 다섯 명이 모두 들어가 누워 보았다. 땀에 절은 팔뚝이 옆 사람과 들러붙긴 했지만, 친구 사이에 그런 것쯤은 아무렇지도 않다. 문으로 쓰는 천을 내려 닫자 어릴 적 (아마 술래잡기를 하고 있었던 것 같다) 고토히키야마(琴彈山)의 진네인(神惠院) 당 밑으로 기어 들어갈 때의 인상이 불현듯 선명하게 되살아나 괜히 오싹했다. 역시 오기를 잘했구나 싶다.

이때 안쪽에서 후지오가 옆에 누운 오카시타를 덮치며 꼭 껴안았다.

"이야의 명물, 백주대낮의 야바이(남자가 야밤에 남몰래 여인의 처소로 숨어들어 정을 통하는 것—옮긴이)!"

(이야 분들이 들으면, 그런 어처구니없는 명물이 어디 있냐고 분통을 터뜨리겠지만, 애들이 하는 소리니까 용서해 주시기를.)

오카시타는 끼악, 끼악 비명을 지르고 몸부림을 치며 후지오를 밀쳐내려고 했다.

"저 놈들, 돈 거 아냐. 더워 죽겠는데 웬 난리야." 하고 시이상이 못 말리겠다는 투로 말했다. 하지만 후지오는 아랑곳없이, 허

우적대는 오카시타를 엎드리게 한 채 양 겨드랑이로 손을 넣어 날개꺾기를 했다. 후지오는 오카시타를 실컷 괴롭혔다. 오카시타가 히힉, 히히힉 웃어대다가 결국 칠칠치 못하게 침을 흘렸고, 다른 네 명이 "으와, 지저분하게스리!" 하고 이구동성으로 소리칠 즈음에야 푹푹 찌는 '백주대낮의 야바이'는 끝이 났다.

연습을 시작한다.

충전은 충분히 해 두었지만, 배터리를 쓰는 앰프는 음량이 만족스러울 만큼 나오지 않으므로 드럼에 수건을 덮어서 소리를 줄였다. 그렇게 하니까 음향 밸런스가 의외로 좋아져서 마이크 없이 노래하기에 딱 좋을 정도로 소리가 좋아진다. 나는 문득 야외 콘서트에 출연한 것 같아서 기분이 한결 좋아졌다. 팬츠 한 장 차림으로 물놀이를 하러 온 동네 꼬마들은 어느새 대여섯 명으로 불어나, 강 한복판의 커다란 바위 위에 앉아 호기심 어린 눈길로 구경하고 있다.

먼저 손풀기로, 이제는 우리 밴드의 주제곡처럼 된 〈파이프라인〉을 연주하고, 벤처스의 레코드에서 카피한 〈Raunchy〉, 벅 오웬스&버커루스의 〈Buckaroo〉라는 인스트루멘탈(instrumental, 가사 없는 연주곡—옮긴이) 넘버를 연주했다.

공기가 맑고 건조한 탓인지 방금 줄을 갈아 끼운 기타는 평소보다 소리가 더 잘 뻗어 나가는 것처럼 들린다. 앰프에 리버브나 에코 밸브는 없어도 계곡 양켠으로 바짝 다가선 산비탈이 자연의 에코를 만들어 준다.

그리고 시이상의 요청대로 〈키다리 셀리〉를 시작했다. 커다란 밀집모자에 '다니구치 침구점'이라는 파란 글자가 찍힌 하얀 수건을 목에 걸친 시이상은 텐트에 들어가지 않고 바위 위에 걸터앉아 우리 연주에 귀기울이고 있다. 버스에서 한바탕 토악질을 했는데도 불구하고, 나의 목 컨디션은 아주 좋아서 고음 팔세토도 전처럼 힘들지 않았다.

다음으로 비틀즈의 〈I Feel Fine〉을 연습했다. 우리 밴드가 바로 얼마 전부터 시작한 곡이다. 키는 오리지널인 G로 했다.

이 노래는 비틀즈 넘버 중에서는 오히려 부르기 쉬운 편인지도 모른다. 다만 단순히 악보대로 부르면 전혀 맛이 안 나는 멜로디여서 존처럼 목구멍을 조여서 조금 천박하다 싶은 느낌으로 발성하는 것이 꼭 필요한 것 같다.

우리 로킹 호스맨에게 문제가 된 것은 코러스 부분이었다. 그리고 이 노래야말로 우리가 코러스를 맨 처음 시도한 기념할 만한 곡이었다.

시라이는 어찌된 영문인지 노래를 부르고 싶어하지 않았다. "내가 끼어들면 노래를 망친다니까."라고 하지만, 다른 멤버에게 음악적인 조언을 하면서 허밍을 하는 것을 들어보면 아무래도 그런 것 같지는 않다. 하지만 노래를 안 부르겠다고 고집하는데 어쩌겠는가. 그래도 시라이는 기타리스트로서 로킹 호스맨에 기대 이상의 공헌을 하고 있으니 봐 주는 수밖에 없다.

오카시타의 경우는, 본인은 노래 부르는 것을 싫어하지는 않는 것 같지만 다른 멤버들이 싫어한다.

결국 남는 것은 후지오뿐이다.

그는 "나는 어릴 때부터 경을 읊었으니까." 하며 자신만만해 했다. 과연 목소리나 음정은 들어줄 만하다고 나도 인정한다. 다만 곤란한 것이 그의 영어 발음이었다. 영어 점수는 그렇게 잘 나오는 아이가 발음은 어째 그 모양인지, 차라리 신기할 정도다.

후지오는 자음으로 끝나는 단어도 전부 모음을 붙여서 발음한다. 예를 들면 〈I Feel Fine〉에는,

I' m so glad that she' s my little girl.

이라는 소절이 있는데, 후지오는 이것을,

아이무 소 그라도 잣토 시주 마이 리추루 가루

라고 발음한다. 말하자면 메이지시대의 중학생처럼 발음한다는 말이다. 게다가 어미의 자음에 그렇게 꼼꼼하게 모음을 붙이니 음절이 많아지고, 따라서 가사가 멜로디를 벗어나고 만다.

"거 이상하네. 왜 안 되지?" 후지오는 연신 고개를 갸웃거리면서 '아이무 소 그라도……' 를 반복하지만 좀처럼 가사를 멜로디에 담지 못한다. 담길 리가 없지.

나는 고민고민 끝에 가타가나로 발음을 달아 주기로 했다.

I'm so glad that she's my little girl.

アーソーグラーザ　シー　マー リルー ガー

아-소-그라-자 시- 마- 리루-가-

후지오에게는 이런 식으로 부르라고 한 것이다. 물론 정확한 발음은 아니지만, 어미의 자음은 리드 보컬인 내가 더욱 정확하고 명료하게 발음하도록 노력하기로 했다. 어차피 후지오는 코러스이고, 내 목소리가 더 잘 들릴 테니까 충분히 커버될 것으로 생각한 것이다.

"이런 엉터리 같은 임시방편은 마음에 안 들어." 하고 후지오는 투덜댔지만, 둘이서 소리를 맞추어 보니 생각 밖으로 멋지게 들려서, 내 지시대로 하기로 했다.

그리고 레코드에서는 존이 리드 보컬이고 코러스 부분은 존의 파트 위에 폴의 고음 파트가 덧씌워져 있지만, 우리는 코러스 부분에서 내가 보컬 파트로 바꾸고 후지오가 존의 파트를 노래하기로 했다. 후지오가 높은 음을 내지 못하기 때문이다. 어쩔 수 없이 이렇게 했지만 후지오의 막무가내 영어 발음이라는 약점을 커버한다는 의미에서는 괜찮은 시도였다. 듣는 사람의 귀에는 높은 음이 더 강하고 명료하게 들리기 때문이다.

후지오의 코러스는 처음에 이렇게 시작되었지만, 본래 기민한 그는 금방 익숙해져서 요령을 터득한 모양이다. 그렇다고 해서 그의 발음이 좋아진 것은 물론 아니었다. 발음만은 여전히 메이

지시대의 중학생 같았다. 익숙해진 것은 가사를 멜로디 속에 집어넣는 요령이었다. 그러다 보니 내가 일일이 '엉터리 같은 임시방편' 으로 발음을 달아 주지 않아도 스스로 알아서 자음의 어미를 빼고 노래할 수 있게 되었다. 그리고 말이 나온 김에 하는 말이지만, 덕분에 나도 혼자 노래할 때보다 발음에 더 주의하면서 노래하게 되었던 것 같다.

〈I Feel Fine〉을 잠시 연습한 다음, 전부터 연습하던 롤링 스톤즈의 〈The Last Time〉을 연습하고, 일단 마스터한 것으로 되어 있는 데이브 클라크 파이브의 〈Glad All Over〉나 매코이스의 〈Hang On Sloopy〉, 그리고 폴 리비아&레이더스의 〈Kicks〉, 샘 더 샘&더 파라오스의 〈Wooly Bully〉 등을 복습했다.

어느덧 해가 많이 기울어 있었다. 바위 위의 아이들은 조금 더 불어나 일고여덟 명 정도가 있었다.

한참 아래쪽의 둑방 위 찻집 옆에서는 하얀 잔주름셔츠에 헐렁한 잠방이 차림의 아저씨가 손을 이마에 대고 이쪽을 보고 있었다. 그러다가 연보랏빛 원피스에 양산을 받쳐든 아줌마가 나타나 이쪽을 손가락으로 가리키며 아저씨와 뭐라고 이야기하는 것 같았다. 산골에 사는 부인이지만 양산으로 햇볕을 가리는 것을 보면 (벌써 상당히 검게 그을어 소용이 없을 것 같았지만) 양갓집 아주머니인지도 모르겠군. 아무튼 그리 큰 음량은 아니니까 설마 뭐라고 불평을 하지는 않겠지.

우리는 아이들 쪽으로 돌아서서 마지막으로 애스트로너츠의

〈Movin'〉(1964년에 일본에서 크게 히트—옮긴이)을 연주하고 합숙 첫날 연습을 마무리했다. 연주 도중에 손을 흔들어 주자 아이들도 주뼛주뼛 손을 흔들어 주며 하얀 이를 드러냈다.

이렇게 기분 좋게 피곤한 것도 처음이군. 쨍쨍 내리쬐는 햇볕에 뜨거워진 기타 바디와 네크의 땀을 닦으면서 나는 생각했다.

이야의 매미들은 여전히 쓰르럼쓰르럼, 맴맴, 치르르르르…….

그 둘

수영팬츠로 갈아입고 냇물로 들어가, 연습하다 흘린 땀을 시원한 물로 씻어낸 다음 저녁밥 준비에 들어갔다.

메뉴는 카레라이스인데, 다음날 저녁도 카레라이스로 할 예정이었다. 만들기도 쉽고 모두들 좋아하기 때문이다. 당시 나는 카레라면 일주일 내내 먹어도 질리지 않을 것 같았다.

쌀은 각자 한 되씩 가져오기로 했고, 카레 재료는 출발 전에 캉온지에서 사 두었다. 상하기 쉬운 쇠고기는 시라이네 생선가게에서 아이스박스를 빌려다가 얼음을 두 관 정도 채우고 그 위에 대나무 발을 깔고 그 위에 비닐봉지에 넣어서 담았는데, 아침에 채운 얼음이 아직 삼분의 일 정도밖에 녹지 않았다. 이런 정도라면 남은 쇠고기는 내일 저녁때까지도 괜찮을 것이다.

밥 지을 솥과 카레 만들 냄비, 도마, 칼 따위는 전부 후지오네 창고에서 가져왔다. 그 중에 큰 솥은 시주 행사에 쓰던 것이라고 하는데, 그때까지 조림이나 두부국밖에 끓인 적이 없는 그 솥으로 카레를 조리할 거라는 말에 아버지 조신 스님은 언짢은 얼굴을 했지만, 결국 사용을 허락해 주었다.

"이 솥한테도 좋은 경험이죠. 본래 미경험에서 오는 무구함은 전혀 미덕이 아니잖아요."라고 하며 후지오는 떨떠름해하는 아버지를 달랬다고 한다.

제비뽑기 결과 오카시타와 내가 밥을 짓고, 시라이와 후지오, 시이상이 카레를 만들기로 했다.

개울가의 둥근 돌을 쌓아 커다란 아궁이를 두 개 만든다. 밥 짓는 것은 전혀 어렵지 않다. 쌀은 겨우 씻는 시늉만 하고, 물을 쌀의 한 배 반이 살짝 넘게 부어 솥에 안친다. 물을 쌀의 한 배 반이 조금 넘게 부은 것은 내가 진밥을 좋아하기 때문이다. 카레에는 된밥이 더 낫다는 사람이 많지만, 나는 단연코 진밥 쪽이다. 다른 애들 기호 따위는 알 바 아니었다.

그런데 막 불을 붙이려고 보니 땔감이 없었다. 우리 동네 바닷가라면 잘 마른 나무쪼가리가 발에 치일 만큼 굴러다니지만, 이 냇가에는 돌과 자갈밖에 없었다. 둑방에 올라가 잡목 숲으로 들어가 찾아보았지만, 거무죽죽하고 축축한 삭정이나 거의 부엽토가 되다시피 한 너덜너덜한 낙엽밖에 없다. 이런 것으로는 아무래도 역부족이다.

그래서 토산품가게에 가서 땔감을 얻어 보기로 했다. 위험한 손놀림으로 감자나 양파의 껍질을 벗기고 있는 시라이와 시이상을 남기고 후지오와 오카시타와 나는 다시 둑방을 올라가 땔감을 구하러 나섰다.

제일 가까운 토산품가게에 들어서며 후지오가 인사를 했다.

"오시마이나-."

이것은 세이산 지방(사누키 서부를 말함)에서 주로 농촌 아저씨나 아줌마들이 하는 전통적인 저녁 인사말로, "(하던 일) 이제 그만하고 쉬세요." 정도의 의미 같다. 공연한 참견이라고 생각할 사람이 있을지도 모르지만, 그것은 타지 사람이 액면 그대로 해석하는 것이고, 이 지방 사람들의 귀에는 매우 정중하고 친밀감이 담긴 인사인 것이다. 이제 겨우 고등학교에 다니는 소년에게서 이런 인사말이 술술 나온다는 게 후지오의 믿음직스런 면이다.

가게 안쪽에서 잔주름셔츠에 잠방이 차림의 주인이 쓰윽 나오는데, 아까 둑방 위에서 우리가 연습하는 것을 바라보던 아저씨였다.

"뭐여?" 하고 자못 귀찮다는 듯이 말한다.

"죄송합니다만, 땔감을 좀 얻을 수 있을까 해서 말이죠." 하고 후지오가 싹싹하게 '말이죠'를 붙여서 친밀감을 담는다.

"뭐어?"

땔감이 불을 피울 땔감이지 또 뭐겠는가. "뭐어?"라니, 참으로 불쾌한 대꾸였지만, 후지오는 변함없이 웃는 낯으로 말한다.

"그게 말이죠, 지금 밥을 지어먹으려고 하는데 말이죠, 땔감이 없어서 밥을 못 먹고 있어서 말이죠. 아주 쬐끔만 얻을 수 있을까요?"

이때 안쪽에서, 아까 양산을 썼던 부인이 등장. 그러고 보니 이 가게의 안주인이었던 것이다.

"거그 뭐여?" 하는 아주머니.

"저희는 고등학교 서클인데요, 요기 계곡에서 합숙을 하고 있어요." 하고 사람이 다 된 후지오가 여전히 굽신거린다.

"합숙이라고?" 하고 아주머니는 되묻는다. 합숙이 합숙이지, 말귀를 못 알아들으슈, 하고 나는 입 밖에는 내지 못하고 속으로 말한다. 넉살좋은 오카시타는 에헤헤헤, 하고 웃는 듯한 얼굴로 공손한 척하고 있다.

"예, 그렇습니다. 오늘하고, 내일, 모레까지 이 냇가에서 지낼 예정입니다요." 하는 후지오.

"뭔 합숙인디?" 하는 아주머니. 양갓집 부인인가 생각했는데, 말본새가 꽤 거만하다.

"저희는 음악 서클이에요." 하는 후지오.

"음악이라구?" 하고 아저씨가 다시 되묻는다. 그 심보를 나는 통 알 수가 없다.

"학교에서 정식으루다가 허가는 받은 겨?" 하고 이번에는 꽤나 걱정까지 해 준다.

"그거야 당연히 받았습죠. 그래서 저어, 땔감을 좀……."

"당신들," 하고 아주머니가 말한다. 원피스의 무늬는 가지꽃이다. "불량배들 아녀?"

"아닙니다!" 나는 깜짝 놀라 나도 모르게 큰 소리로 부정했다.

"증말?" 하며 금방 물러서지 않는 아주머니. "당신들, 여기 못된 짓 하러 온 거 아녀? 응? 닭서리나 부녀자 폭행하면 어떻게 되는지 아는감?"

"아이구아이구, 무슨 말씀을요. 저희는 주간지도 안 보고 영화관 간판도 피해서 다니는 성실한 음악 수행자라니까요." 후지오는 아주머니의 참으로 실례되는 말에도 이렇게 웃는 낯으로 대꾸하고는, "그래서요, 땔감을 좀 얻을까 해서요." 하고 화제를 되돌리려고 애쓴다.

"땔감 같은 거 읎써." 아주머니는 자못 통쾌하다는 듯이 내뱉고 다시 안쪽으로 돌아간다.

"예? 없습니까?" 하고 이번에는 오카시타가 되묻는다.

"땔감 같은 건 전혀 읎따니까. 우린 벌써 오래 전부터 죄 프로판가스를 쓰거덩." 아저씨는 이렇게 말하며 적이 의기양양한 표정을 짓는다. 그렇다면 처음부터 없다고 말할 일이지, 하고 나는 울컥 화가 치밀었다.

"그렇습니까. 아이구, 이것 참 큰일이군요. 아무튼 바쁘신데 실례했습니다." 어른스러운 후지오는 거절당했다고 해서 화내거나 하지 않는다.

약간 실망해서 가게를 나와 걸어가는 우리를 잡방이 아저씨가 불러 세웠다.

"그러믄 말여, 이 뒷길을 따라 쭈욱 올라가 봐."

"올라가라구요?" 나도 모르게 기운이 나서 이번에는 내가 되묻고 말았다. 오카시타 말투다.

"음. 그러믄 다모 짱네 집이 나올 겨. 그 집은 시방도 이 근방 땔감을 죄 줘다 목욕물 데우는 데 쓰거덩."

후지오나 오카시타가 줄곧 얌전하게 굴어서 아저씨도 호의를 가지고 가르쳐 주었을 것이다. 아닌 게 아니라 이 근방에 땔감이 하나도 보이질 않는다 했더니, 다모 짱이란 사람이 목욕물 데운다고 몽땅 쓸어갔구먼.

다모 짱이라는 사람의 집은 경사가 꽤 가파른 좁은 산길을 이백 미터쯤 올라간 곳에 있었다.

친절한 다모 짱네 아주머니한테 땔감 한 아름씩과 복숭아 두 개까지 얻어서 텐트로 돌아와 보니 벌써 카레 만들 준비가 다 끝나 있었다. 아니, 준비가 끝난 정도가 아니라 이미 고기부터 야채까지 전부 바특한 물 속에 쓸어 넣고 카레 가루까지 넣은 상태였다. 오 센티미터 크기의 깍두기 모양의 하얀 덩어리는 쇠고기 기름덩어리다. 시이상이 그것들을 주걱 머리로 톡톡 때리며 무료함을 달래고 있다. 시이상도 시라이도 재료 다듬기나 넣는 순서 따위를 전혀 고민해 보지 않는 것 같다. 지금 와서 뒤늦게 다시 하는 것도 번거로워서 그대로 불을 때서 부글부글 익힌다.

이윽고 기나긴 여름날도 저물고 빠르게 어두워져 갔다. 꼭 야

미나베(각자 가지고 온 재료를, 어둠 속에서 한 냄비에 넣고 끓여서, 무엇인지 모른 채 먹으며 즐기는 놀이—옮긴이) 같은 분위기다. 그러나 부글부글 소리를 내며 향긋한 카레 냄새가 솔솔 풍겨오자 혀에 쥐가 나는 것 같았다. 오카시타는 팔을 쉴 새 없이 흔들거나 일어섰다 앉았다 하며 체조 비슷한 몸짓을 시작했다. 흥분을 억누르려고 그러는 것 같다.

옆의 밥솥은 부-부- 소리를 내며 커다란 나무 뚜껑을 이리저리 들썩이며 힘차게 김을 내뿜었다. 부-부-, 부-부-. 부글부글, 부글부글. 견딜 수 없을 만큼 행복해진다.

후지오가 절에서 가져온 굵은 양초 두 자루에 불을 붙여 편평한 돌 위에 촛농을 몇 방울 똑똑 떨어뜨리고 그 위에 세웠다.

카레라이스는 흠잡을 데 없었다. 카레니까 먹기 전부터 당연히 맛있을 거라고 생각했지만, 예상을 훨씬 뛰어넘게 맛이 좋았다. 너무 맛이 좋아서 밴드 리더로서 한마디 연설을 해야 하는 건 아닐까 하는 생각까지 들었다.

먹고 또 먹었다. 접시 위에 땀을 뚝뚝 흘리며 모두들 차즈케(밥에 뜨거운 엽차를 부어서 만 밥—옮긴이)라도 먹는 것처럼, 혹은 기관사가 난로에 석탄을 퍼 넣듯 카레를 입 속에 쓸어 넣고 꾸겨 넣고 던져 넣었다. 덕분에 입안을 데서, 물을 마시면 한 꺼풀 벗겨진 입천장이 쓰라렸다. 입안은 쓰라리고 얼얼하지만 복스럽게 튀어나온 배를 쓰다듬으며 우리는 더할 나위 없이 만족했다.

팔 인분의 쌀과 한 근 남짓한 쇠고기가 들어간 카레 솥은 십오 분 만에 깨끗이 비워졌다. 그 또래 소년들은 식사에 맥주를 곁들이지 않아도 완전하게 도취할 수 있는 법이다.

식후에 다시 한 번 옷을 벗고 계곡물로 들어가 멱을 감고 (벌써 캄캄해져서 이번에는 다들 홀라당 벗고), 텐트 앞에 깐 모포 위에 나란히 누워서 하늘에 총총한 별을 보면서 오후에 얻어온 복숭아를 돌려 가며 씹어 먹고, 서로 생각나는 대로 괴담을 지껄이고 약간 야한 이야기도 하고, 시이상이 가져온 고성능 트랜지스터 라디오로 오사카 방송국의 주파수를 맞춰서 팝송 프로그램을 들었다. 이름은 잘 듣지 못했지만, 말투를 들어보니 DJ는 오사카의 개그맨인 것 같았다. 별로 재밌지도 않은 멘트에도 우리는 모두 요란하게 웃었다.

웨인 폰타나&더 마인드 밴더스의 〈Game Of Love〉가 흘러나왔다.

조니 리버스가 〈Memphis〉를 불량스럽게 노래했다.

로스 로보스가 〈Black Is Black〉을 노래했다.

애니멀스의 〈Don't Let Me Be Misunderstood〉가 흘러나왔다.

클리프 리처드가 쉐도우스의 반주에 맞춰 〈On The Beach〉를 불렀다.

샹그릴라스가 〈I Can Never Go Home Any More〉라고 눈물을 흘리며 애원했다.

벤처스가 〈Kickstand〉를 연주하자 오카시타는 스틱을 꺼내 들고 맨돌을 두드렸다. 이 곡을 들으면 "도저히 가만히 있을 수가 없어."라고 하는데, 그 기분은 왜 모르겠는가.

롤링 스톤즈가 〈Nineteenth Nervous Breakdown〉을 불렀다.

그리고 비틀즈가 〈You Are Going To Lose That Girl〉을 연주했다.

밥 딜런이 〈Highway 61 Revisited〉를 불렀다.

그리고 잔&딘이 〈A Little Old Lady From Passadina〉를 노래했다.

옆의 시라이는 드러누운 채 기타를 껴안고 곡에 맞추어 코드를 치고 있다. 앰프에 연결하지 않아 샤랑샤랑 소리만 작게 난다.

그리고 아다모가 〈Dolce Paola〉를 노래했다.

이 프로그램의 클로징 넘버는 스푸트닉스의 〈Trombone〉이었다. 그리고 DJ 사내의 목소리가 음악과 함께 나왔다.

"어이, 얘들아, 자다가 이불 걷어차지 말고, 오줌 싸지 않게 조심하렴. 그럼 잘 자, 안녕!"

열 시가 지났다. 아직 잘 시간은 아니지만 오늘은 역시 피곤하다. 후지오가 마련한 두 자루의 굵은 양초도 불과 손가락 한 마디만큼씩밖에 남지 않았다.

모두 텐트로 들어가 누웠다. 물론 편한 잠자리는 아니지만 나는 아주 안락한 기분이었다. 후지오와 오카시타는 약속이라도 한 것처럼 배를 덮을 털실 담요를 가지고 왔다.

이 세상에는 악의라는 것은 없어, 있다고 해도 아주 조금이고,

선의가 훨씬 더 많은 것 같다……는 둥 나는 멍한 머리로 문득 그런 허튼 생각을 하다가, 이야계곡의 포근한 어둠에 싸인 채 어느새 깊은 잠으로 떨어졌다.

9

Goodness, gracious, great balls of fire

맙소사, 엄청난 불덩어리야!

Jerry Lee Lewis ; 〈Great Balls Of Fire〉

본 내용으로 들어가기 전에 한 가지 반가운 소식부터 전해야겠다. 우리가 학교에서도 연습을 할 수 있게 되었다는 것이다.

예술 과목으로 음악을 선택한 나는 (참고로, 같은 반의 후지오는 '학교 음악은 사양하겠어.' 하며 서예를 선택했다) 예대 출신의 에돗코(도쿄 토박이로 무난하게 자란 사람—옮긴이)이며 재즈밴드에서 색소폰을 연주한 적도 있다는 사토 선생님과 친해졌는데, 여름방학이 끝나고 나서 얼마 안 된 어느 날, 수업이 끝나고 리코더를 담은 상자를 반납하려고 교재실에 갔다가 (내가 준비물 담당이었다) 선생님과 이런저런 이야기를 하게 되었다. 그러다가 선생님께 별 생각 없이, 밴드 연습 장소가 없어서 힘들다는 이야기를 했다. 매주 한 번은 후지오의 방에서 합동 연습을 하고 있지만, 멤버들의 집이 멀어서 힘이 들었던 것이다.

선생님은, "흐음." 하고 말했다.

“브라스밴드는 학교에서 연습을 할 수 있어서 좋겠어요.” 하고 나는 말했다.

“너희들도 하면 되잖아.” 선생님은 그게 무슨 대수냐는 투로 말했다.

“그게 가능할까요? 우린 공식적인 서클도 아닌데요?”

“밴드부를 만들면 되지.”

“등록도 문제고 지도교사도 필요한데…….”

“지도교사는 내가 맡아 줄게.”

“정말요?” 나는 정말로 의자에서 튀어 오르면서 말했다.

“서클 이름은 경음악부라고 하면 되겠지.”

“경음악부라면 벌써 있잖아요.”

“지금은 활동을 접은 것 같던데. 괜찮으니까 그렇게 해. 학교에는 내가 잘 말해 줄 테니까. 하지만 예산은 없어. 브라스밴드 쪽에서 죄다 갖다 쓰니까. 너희들, 악기는 각자 가지고 있겠지?”

“네, 아쉬운 대로요.”

“그럼 남는 교실을 알아 봐 줄 테니까 거기서 연습해라.”

“근데요…….”

“왜?”

“왠지 특별 대우를 받는 것 같아서…….”

“의욕이 있는 학생이라면 확실하게 특별 대우 해 준다, 나는.”

이렇게 일이 의외로 쉽게 풀려서 우리는 브라스밴드부의 종합 연습이 없는 월요일과 금요일 이틀 동안 예전에 경음악부가 사용하던 음악실 옆 교실(수업에 쓰이지는 않는다)에서 연습을 할 수 있게 되었다.

그런데 막상 우리가 그 교실을 사용하기 시작하자, 활동을 접고 있던 예전 경음악부 학생들이 다시 의욕을 보이며 자기들도 그 교실에서 연습을 하고 싶다고 나섰다. 그래서 사토 선생님의 조정으로 상의를 해서 월요일은 로킹 호스맨이 사용하고 금요일은 예전 경음악부 학생들이 사용하기로 했다. 매주 이틀이 하루로 줄었지만, 매우 편리한 장소를 확보하게 되었다는 것만으로도 감지덕지했다. 그래서 후지오네 집에서 하던 연습은 한 주 걸러 토요일마다 하기로 했다. 그리고 서클 이름은, 예전의 경음악부를 '제1경음악부', 우리를 '제2경음악부'로 정했다. 멋없는 이름이지만, 어쨌든 우리는 기뻤다.

우리는 강당 무대 옆 창고에 쌓여 있던 낡은 커튼과 융단을 끄집어내서 그 중 상태가 괜찮은 것을 골라, 자르고 꿰매고 잇대고 해서 연습실에 두꺼운 커튼을 겹으로 둘러쳤다. 물론 방음을 위해서다. 손에 익지 않은 바느질은 1학년 때 같은 반 친구며 우리 밴드 최초의 팬 우치무라 유리코와 그 친구 하시마 가즈코, 그리고 최근 이 여자애들과 친해진 듯한 도모토 유키요라는 여학생이 도와 주었다. 우치무라와 하시마는 수다스럽지만, 말수가 적은 도모토는 어른스러운 인상을 풍긴다.

학교에서 연습을 하게 되자 그 여학생들도 자주 들르게 되었다. 물론 우리는 대환영이었다. 관객이 생긴 것도 좋았지만 그 관객들이 종종 초콜릿이나 캐러멜을 가져다 주기 때문이다. 여자애들이란 참으로 고마운 존재다. 과자를 가져오면 더욱 기분이 좋았다. 그럼 이쯤에서 본론으로 들어가자.

입맞춤을 영어로 '키스' 라고 한다. 독일어로는 '쿠스', 동사형은 '퀴센'. 그 울림이나 발음하는 입 모양으로 추측컨대, 틀림없이 영어를 쓰는 사람은 입맞춤 때 입을 옆으로 벌릴 것이고, 독일어를 쓰는 사람은 입을 뾰족하게 내밀 것이다. 프랑스어로는 '베제' 라는데, 입을 맞출 때 입안에 고여 있던 침이 흘러내릴 것 같아서 왠지 지저분한 느낌이다. 이탈리아어로는 '바초'. 아마 경쾌한 소리를 내며 힘차게 입을 맞추는 모양이다.

그런데 우리 일본어에서는 그 짓을 '셋푼(接吻)' ('시엣푼' 이라고 발음하는 지방도 있다고 한다) 혹은 요즘은 '구치즈케' 라고 하는 것이 일반적이다. '구치즈케' 는 보통 한자보다는 가나(일본어의 철자—옮긴이)로 쓴다. 한자로는 '口付' 라고 쓰는데, 이렇게 써 놓으면 무슨 뜻인지 금방 감이 오지 않는다.

일찍이 문호 모리 오가이가 독일어 '쿠스' 의 번역어로 '신시(親嘴)' 라는 말을 만들어 썼다는 내용을 어디선가 읽었거나 들었던 기억이 난다. '시(嘴)' 란 '부리', '주둥이' 를 뜻하므로, 요컨대 물고기의 행동에 비유한 셈이다. 해학적이기도 하고 귀엽기도 하고.

그런데 입맞춤이란 행위는 메이지유신 이후 물리학이나 자유민권 따위와 함께 서구에서 우리나라로 물을 건너온 것으로, 그 이

전의 일본인은 그런 행동을 한 적이 없었다고, 얼마 전까지 나는 믿고 있었다. 하지만 아무래도 그런 것 같지는 않다. 실제로 그 행동을 가리키는 말이 에도시대부터 엄연히 존재했던 것이다. 예를 들어 우리 조상님들은 세련되게도 '로노지(呂の字)' 라는 말로 표현했다(여(呂) 자를 보면 입 구(口)자 두 개가 포개진 꼴이다—옮긴이). '오사시미' (생선회—옮긴이)처럼 조금 묘한 말도 있었던 것 같다. '구치아쓰카이' (입술 놀리기—옮긴이)라는 노골적인 말도 있었다.

어느 단어나 다 맛이 독특하지만, 아무튼 뭐가 되었든 좋으니 한 번만 해 봤으면 좋겠다, 빨리 해 보고 싶다고 밤낮으로 열망해 마지않는 것이 남자 고교생들이다. 아마 여학생들도 그렇지 않을까 짐작은 되지만, 내가 여자가 못 돼 놔서 단언은 못하겠다. 어쨌든 고등학교 남학생에게 첫 키스라는 것은 그야말로 '인륜지대사' 나 다름없다. 하고 난 뒤보다는 하기 전이 특히 그렇다. 하기 전에는 장차 겪을 이 대사를 놓고 온종일 망상을 품고 산다. 망상하는 데 돈 드는 것도 아니므로 이 여자 저 여자 온갖 여자와 첫 키스를 하는 장면을 몽롱하게 상상하는 것이다.

그리고 마침내, 우리들 가운데 한 명에게 이 '인륜지대사' 가 찾아왔다.

그 현장을 시이상이 똑똑히 목격했다.

"오늘 말야." 하고 연습을 보러 온 시이상이 심각하기 짝이 없는 표정으로 말했다. "오카시타가 말야."

"하지 마! 하지 마!" 하며 오카시타가 스틱을 딱딱 때리면서 당황한 얼굴로 말을 막으려고 한다.

"오카시타란 놈이 키스를 했어." 시이상이 개의치 않고 또박또박 말해 버리고 말았다.

쥐 죽은 듯 조용-.

"세상에, 우째 그런!" 온갖 망상으로 충만한 밀도 높은 침묵을 후지오가 이렇게 깨뜨렸다.

"정말이라니까." 하는 시이상.

"그럼 상황을 자세하게 말해 봐." 하는 후지오.

"3교시 국어 시간이 끝났을 때," 하는 시이상.

"하지 마! 말하지 마!" 하고 오카시타가 새빨개진 얼굴로 소리쳤다.

모두들 바닥에 앉아서 시이상의 이야기에 귀를 기울였다. 시라이도 기타를 껴안고 쪼그려 앉아 열심히 듣는다. 오카시타는 벌써 밖으로 도망쳐 버렸다.

시이상에 따르면, 이 일대 사건은 3교시 국어 시간과 4교시 독해 시간 사이 십 분 동안의 쉬는 시간에 일어났다.

오 분만에 도시락을 비운 오카시타가 물을 마시러 가려고 교실 뒤 출입문을 지나 복도로 뛰어나갔다. 그런데 하필 그 순간 한 여학생이 종종걸음으로 달려와 교실로 들어오려고 했고, 마침내 두 사람은 박치기를 하고 말았다.

"꽝, 하고?" 하고 내가 물었다. 왜 이런 걸 물었는지 나도 모르겠다.

“아니, 박치기라고는 해도 부딪힌 것은 오카시타의 몸통 위쪽하고, 상대가 가슴을 가리려고 잽싸게 들어올린 양팔의 팔꿈치에서 손까지의 부분이니까 꽝, 하고 부딪힌 건 아니지.” 시이상의 관찰은 이공계 지망생답게 참으로 구체적이다.

“그건 다행이군.” 하고 후지오가 말했다. “그럼 오카시타가 뒤로 벌렁 자빠졌냐?”

“아니, 오카시타가 재빨리 엉덩이를 뒤로 빼서 그렇게 되지는 않았어. 충격이 상당히 완화된 거지.” 하는 시이상.

“평소에는 그렇게도 굼뜬 녀석이.” 하는 후지오.

“그래서?” 하는 나.

“…….” 말이 없는 시라이.

“그래서 말야, 당연히 예상되는 것처럼, 엉덩이가 뒤로 빠졌으니 얼굴이 그만큼 더 앞으로 쑥 내밀어졌지.”

“그렇다면,” 하는 후지오. “묘한 볼 만한 일이 일어났겠군.”

“상대방은?” 하는 나.

“상대방은 오카시타 얼굴이 쑥 다가오니까 당연히 얼굴을 돌려서 피하려고 했지.” 하는 시이상.

“당연히 그랬겠지.” 하는 후지오.

“그래서?” 하는 나.

“…….” 여전히 말이 없는 시라이.

“그런데 흔히 그럴 때가 있지 않냐, 그러니까 두 사람이 딱 마주쳤을 때 서로 피하려고 하다가 둘이 똑같은 쪽으로 몸을 피하고, 그 짓을 자꾸 반복하는 거 말이야."

"그래, 그럴 때가 있어." 하는 나.

"그럼 설마~." 하는 후지오.

"그렇지, 상대가 얼굴을 돌린 쪽으로 오카시타도 얼굴을 돌린 거야, 나름대로 눈치껏 피한다는 게."

"구린 녀석, 눈치껏 피하려면 제대로 피할 것이지." 하는 후지오.

"그래서 결국?" 하는 나.

"그렇지. 결국 오카시타의 입술과 상대방 입술이 이렇게 됐어." 시이상은 기도라도 하듯 두 손바닥을 꼭 붙여 보였다.

다시, 조용-.

"쪽! 하고 하디?" 하고, 침묵을 깨뜨린 나는 또 얼간이 같은 질문을 던졌다.

"아니, 가볍게 접근해서 살짝 닿았는데, 밀리던 힘 때문에 최종적으로는 딱, 아니, 꾸~욱 눌리는 식이야. 앞으로 나가려는 관성의 힘과, 거기에 저항하려고 하는 힘이 맞섰지만 관성이 더 셌다고나 할까. 낙하산을 타고 눈 위로 착지하는 느낌이라고 하면 될라나."

"참 자세히도 관찰했다." 하고 시라이가 감탄해서 말한다.

"바로 내 눈앞이었거든." 하는 시이상.

"그럼 왜 막아 주지 않았냐?" 하는 후지오.

"말로 하자니까 이렇게 길지, 실제로는 눈 깜빡할 사이에 벌어

진 일이야. 어떻게 막아 주겠냐."

"나는 인정 못 해." 하고 후지오가 묵직하게 말했다. "그건 첫 키스라고 할 수 없어. 사고지. 상대방 처지에서 보자면 미친개한테 물린 거나 마찬가지잖아. 그 여자애는 이 끔찍한 재앙을 하루라도 빨리 잊고 싶을걸."

"키스는 키스잖아." 하는 시이상.

"형이상학적인 요소를 결여했기 때문에 키스라고 할 수가 없어." 하는 후지오.

"뭐가 그리 어렵다냐." 하는 시이상.

"안 그러냐? 키스라는 건 그런 거야." 하며 후지오는 아직 해 보지도 못한 주제에 키스의 권위자처럼 말한다. "그런데 그 가엾은 여학생은 도대체 누구냐?"

"이시카와 에미코 같더라." 하는 시이상.

"얼랠래. 이시카와 에미코라고!" 하고 후지오가 말했다.

그 여자애라면 나도 알고 있다. 긴 머리에 키가 크고 어딘지 허약해 보일 정도로 날씬한, 말하자면 씩씩한 여자애들밖에 없는 캉온지 같은 곳에서는 좀처럼 보기 힘든 타입의 어여쁜 소녀여서 남학생들 사이에서는 꽤 인기가 있었다.

"그 다음 어떻게 되었냐?" 하고 내가 물었다.

"얼굴이 새빨개져서 입을 쑥 내밀고 그냥 서 있었어." 하는 시이상.

"이시카와가?" 하는 나.

"오카시타 말이야." 하는 시이상.

"오카시타는 상관말고." 하는 후지오.

"이시카와는 입을 틀어막고 다시 화장실로 달려갔지." 하는 시이상.

"다시, 라니?" 하는 시라이.

"화장실에서 돌아오던 참이었거든." 하는 시이상.

"그걸 어떻게 알아?" 하는 나.

"손에 손수건을 쥐고 있었으니까." 하는 시이상.

"과연." 시라이는 또 감탄한다.

"뭐 할라고 다시 화장실로 갔을까?" 하고 내가 말했다.

"뻔하지, 크레졸로 입술을 북북 문질러 닦았을걸." 하는 후지오.

"그럴까?" 하는 나.

"설마 그랬겠냐." 하는 시이상. "물로 닦아 내기는 했겠지. 아무튼 여자애들은 그런 일을 겪으면 냅다 어디론가 달려가는 습성이 있더라고."

"참으로 가련하기도 하고 너무나 어이가 없는 얘기로군." 하고 후지오가 말했다.

아닌 게 아니라 후지오의 말에도 일리가 있어서, 형이상학적인 요소를 완전히 결여한 입술의 접촉은 키스라고 할 수 없을지도 모른다. 그러나 오카시타에게 이 사건은 형이상학적인 요소까지 다 갖춘 입술 접촉, 즉 하고자 해서 하는 진짜 키스에 결코 뒤지지 않는 중대한 정신적인, 나아가서는 육체적인 영향을 미쳤던 것이다.

처음에 이 일은 오카시타에게도 그저 뜻밖의 우연한 사건에 지나지 않았을 것이다. 물론 아무리 우연일지라도 사건이 사건인 만큼 사춘기 고교생답게 깊은 부끄러움을 느낀 것은 당연할 것이다. 하지만 그저 그뿐인 해프닝이었을 것이다, 처음 얼마 동안은.

그러나 하루, 이틀, 사흘, 시간이 흘러갈수록 이 우연한 사건은 본인이 의식하지 못하는 사이에 나팔꽃 씨앗이 무럭무럭 싹을 틔워 내듯 오카시타의 정신 속에서 점차 다른 의미를, 그것도 굉장히 중대한 의미를 띠기 시작했다. 이것은 어디까지나 나의 짐작이지만, 날이면 날마다 만나는 친구인 만큼 내 짐작이 십중팔구 맞을 거라고 확신한다.

그런 나의 상상에 따르면, 저간의 상황은 이렇다. 사건으로부터 사흘이 지난 날 저녁, 2층 자기 방 책상 앞에 앉아 영어 독해 교재를 펼쳐 놓고 있던 오카시타는 평소에도 오리무중인 영어 교재였지만 오늘따라 유난히 더 오리무중인 것은 무슨 까닭일까, 하고 생각했다. 그리고 교재의 그 대목을 강의하던 수업을 제대로 듣지 않았기 때문이라는 생각을 한다. 그럼 내가 왜 듣지 않았지? 생각하다가, 아항, 그때 수업 들을 정신이 아니었지, 하고 생각해냈다. 그 대목은 스파르타 왕 레오니다스가 테르모필레라는 좁다란 바닷길목에서 일천 병사의 선두에 서서 크세르크세스가 이끄는 페르시아 대군의 진공을 막아내다가 마침내 전사하게 된다는 이야기의 끝 부분인데, 이 수업이 그 박치기 사건 직후에 있었던 것이다. 왜 안 그렇겠는가, 오카시타의 처지라면. 이천사백 년도 더 지난 다른 나라의 전쟁 이야기 따위가 머리에 들어올 리가 있겠는가.

오카시타는 몸을 희미하게 바르르 떤다. 겨드랑이에서 식은땀 한 방울이 도르르 굴러 내린다. 그때 아래층에서 솔솔 올라오는 묵은 튀김기름 냄새 속에 어떤 좋은 냄새가 어렴풋이 섞여 있다는 것을 문득 느낀다. 오카시타는 코를 킁킁거렸다. 그러자 그 좋은 냄새는 웬걸, 오카시타 자신의 입술에서 피어오르는 것이었다.

그래, 이것은 바로 그때 순간적으로 맡았던 이시카와 에미코의 숨결 냄새였던 것이다. 왜 그 냄새가 사흘 뒤에 오카시타의 툭 튀어나온 입술에서 풍겨나는지, 생각해 보면 이상한 일이지만, 나로서는 아마 신경의 어떤 작용 탓일 거라고밖에는 말하지 못하겠다. 어쨌든 오카시타는 스르르 사라져 버릴 것 같은 어렴풋한 냄새를 콧구멍 속에 낙인처럼 붙들어 두려고 위기에 처한 레오니다스는 나 몰라라 한 채 자기 입술에만 필사적으로 신경을 집중했다.

그러자 이번에는 자기 입술에 이시카와 에미코의 부드러운 입술의 감촉이 생생하게 되살아났다. 게다가 그의 가슴에 닿았던 그녀의 두 손바닥의 감촉까지 되살아난다. 그리고 그때 자기 가슴에 퉁겨나던 그녀의 두 손 너머로, 그 손등에 눌린 젖가슴, 저 다소곳이 솟은 젖가슴의 아련한 탄력의 감촉까지 되살아나는 것이 아닌가.

그리고 또 나아가서는 검은 슈트형 교복과 복사뼈까지 둘둘 접어 내린 하얀 양말을 신은 그녀의 전신상이 그의 눈앞에 나타났다. 나긋나긋 날씬한 전신상은 몸을 빙글 돌리더니 화장실 쪽으로 달려간다. 긴 머리채가 나부낀다……. 오카시타는 이 대목에서 뜨겁디뜨거운 숨을 토해냈다. 쉽게 말해서 오카시타 다쿠미의 가슴에 사랑의 불길이 마치 불씨에서 화톳불로 일어나는 것처럼 화르륵 타올랐던 것이다.

계기가 조금 별나다 해도, 또 그 과정이 보통하고는 다소 다르다 해도 사랑은 사랑이다. 형이상인지 형이하인지는 몰라도 사랑은 사랑인 것이다. 그리고 사랑이란, 특히 막 자라나 아직 이루어지지 않은 사랑이란 당사자에게 1할의 행복과 9할의 고통을 주는 것이라는 사실은 시골 고교생에게도 차등 없이 적용된다.

왠지 기운이 없어 보이는 오카시타를 보고 우리는 물론 걱정을 했다.

"안 하던 공부를 너무 열심히 해서 탈이 난 거 아냐?" 하는 시이상.

"위가 망가졌나, 볼이 창백하네. 아니면 손장난을 너무 심하게 했나?" 하는 후지오.

그러다가 내가 오카시타의 할머니로부터 생각지도 못한 전화를 받았다. 할머니는 내가 수화기를 들자마자 다짜고짜, "긍께 말이여," 하고 말머리를 꺼냈다. 뭐가 '긍께 말이여' 인지는 잘 모르겠지만, 할머니 나름의 이야기 흐름이 있었을 것이다. 그리고는 "거

머이냐, 우리 다쿠미가 말이다, 이," 하며 한 이십 분 동안 주문을 외듯 똑같은 말씀을 하고 또 했다. 그 내용인즉슨 요컨대, "밥을 말이다, 이, 아 글씨 먹는 둥 마는 둥 시늉만 내고 있으니, 이거이 필경 뭔 사단이 나도 크게 난 겨."라는 것이었다.

결국 '옆에 있는 사람까지 기분 잡치게 만드는 그 똥 씹은 얼굴'의 까닭을 끈덕지게 캐묻는 후지오에게, 마침내 오카시타가 사실을 밝혔고, 그래서 저간의 모든 일들을 납득할 수 있게 되었다. 뭐니뭐니 해도 오카시타가 제일 의지하는 친구는 역시 후지오였던 것이다.

"저어, 그러니까 그게, 어, 실은 말이지……." 하는 투로 오카시타는 자기가 사랑에 빠졌다는 것을 장장 십오 분에 걸쳐 털어놓았다고 한다.

그런 고백을 들은 이상 그냥 놔둘 수는 없다. 그래서 먼저 후지오는 우리들에게 오카시타의 사랑에 대해서 이야기해 주었다.

"오카시타는 아무한테도 말하지 말아 달라고 했지만, 말을 하지 않을 수가 없다. 이런 일은 비밀에 부치는 게 제일 나쁘거든. 몰래하는 사랑의 묘미라는 것도 있지만, 그거야 어른들이나 하는 짓이고, 도저히 오카시타가 할 수 있는 일이 아니거든."이라고 하며 후지오는 역시나 연애의 권위자처럼 말했다. 정말 그럴지도 모른다. 우리 모두가 알아 버린 뒤 오카시타도 꽤 기운을 찾아서 전처럼 명랑함을 되찾은 것처럼 보였다. 이 발설이 그의 연심을 강화했는지 약화했는지 혹은 변질시켰는지에 대해서는 나로서는 아무 말도 할 수 없다. 우리는 그저 할 수만 있다면 오카시타의 힘이 되어 주고 싶었을 뿐이다.

그래서 우리는 오카시타를 가운데 앉혀 놓고 회의를 했다. "정말로, 정말로 그 애가 좋으냐?" 하고 시이상이 확인을 하자 오카시타는 뾰로통한 얼굴로, "응!" 하고 분명하게 대답했다. 될 대로 되라는 분위기도 있었지만 평소 미적지근한 오카시타한테 어울리지 않는 단호함이 그 속에 배어 있어서, 사랑이란 위대한 것이로구나, 하고 나는 문득 생각했다.

"그럼," 하고 후지오가 물었다. "어떤 식으로 사귀고 싶은데? 데이트를 하고 싶냐? 같이 어디를 가고 싶은 거냐?"

이 물음에 오카시타는 대답하지 않았다.

"여름이라면 안랴케 해수욕장에 함께 가면 좋을 텐데." 하는 시이상. "지금은 바닷가가 좀 추울 거야."

"고토히키야마(琴彈山)에라도 올라가서 엽전이라도 볼래?" 하는 후지오.

(엽전이란 옛날에 쓰던 '관영통보(寬永通寶)'를 말하는데, 안랴케의 바닷가 모래밭에 파 놓은 둘레 345미터, 깊이 1~1.5미터의 거대한 모래 릴리프로서, '제니가타(錢形)'라고도 불리는 캉온지의 명물 가운데 하나다. 누가 왜 파 놓았는지 마루가메의 고관을 기쁘게 하기 위해 이 근방 백성들이 총출동하여 하룻밤 새 파 놓았다는 이야기도 있지만 확실한 것은 나도 모른다. 아무튼 고토히키야마 전망대에 오르면 '제니가타'가 한눈에 보인다.)

"그 다음엔 뭘 하지?" 하는 시이상. "산 반대편으로 내려가면 시립캉온지중학교 후문 앞으로 나오는데."

"그 중학교 바로 옆에 '뿌리가 들린 소나무'가 있는데, 그것도 함께 보면 좋을 거야." 하고 캉온지중학교 출신인 내가 추천했다. 오카시타도 같은 중학교 출신이지만 이시카와는 오노하라중학교 출신이므로 아마 아직 보지 못했을 거라고 생각한 것이다.

"그 '뿌리가 들린 소나무'라는 게 뭔데?" 하고 사이타 출신인 후지오가 물었다.

"소나무 밑동에 있던 흙이 물에 떠내려가서 뿌리가 드러난 소나무야." 하고 나는 설명했다. "보통 소나무하고는 달리 지상 일 미터 정도까지가 뿌리야."

"아줌마라면 좋아라 하겠지." 하는 후지오. "뭐, 모처럼 가는 거니까 그걸 봤다 치고, 그 다음은?"

"그 앞의 도로를 따라 계속 걸어가면 학교 정문이 나와." 하는 시이상.

"캉온지중학교를 견학해서 뭘 하겠다는 거야." 하는 후지오.

"계속 더 가면 '미연'이 있어." 하고 시이상은 말했다. 그리고 오카시타 쪽을 바라보면서, "너도 그 중학교 출신이니까 그 근방 길은 잘 알지?"

오카시타는 진지한 얼굴로 고개를 주억거린다.

"'미연'이란 건 또 뭐냐?" 하고 후지오가 다시 묻는다.

"오사카대학 부속 미생물연구소." 하고 내가 가르쳐 주었다.

"거긴 뭘 하는 곳인데?" 하는 후지오.

"그야 미생물을 연구하겠지." 하는 시이상.

"안에 들어갈 수 있어?" 하는 후지오.

"아마 관계자 외 출입금지일걸." 하는 나.

"그럼 가 봐야 헛수고잖아." 하는 후지오.

"클로렐라인지 뭔지를 배양하는 수조는 길에서도 잘 보여." 하는 나.

"그건 또 뭐냐?" 하는 후지오.

"진한 초록빛 물이 부글부글거리고 있지." 하는 시이상.

"흐음." 후지오가 신음하듯 말했다. "젊디젊은 아가씨가 좋아할까……."

"거기에서 왼쪽으로 꺾어져서 바다 쪽으로 가면 좋아." 하는 시이상. "주위 밭에는 토마토나 포도가 자라고 있지."

"그거야 여름 얘기지." 하는 후지오. "이제 곧 겨울인데."

"겨울엔 겨울대로 뭔가 자라고 있겠지." 시이상은 시치미 뗀 얼굴로 말한다.

"그래서, 그 다음은?" 하는 후지오.

"바다로 가는 거지." 하는 시이상.

"바다는 추울 거라고 아까 말했잖아." 하는 후지오.

"조금 춥더라도 바다는 낭만적이잖아." 하는 시이상.

"바다로 가서 뭘 하지?" 하는 후지오.

"오른쪽으로 가면 쓰쿠모야마, 왼쪽으로 가면 안랴케 해수욕장이야." 하고 내가 말했다. 쓰쿠모야마는 바다로 튀어나간 삼사십 미터쯤 되는 산인데, 사실 산이라기보다는 언덕에 가깝다.

"쓰쿠모야마까지 얼마나 걸리지?" 하는 후지오.

"글쎄, 그 근방에서 간다면 일 킬로미터쯤 될까?" 하는 나.

"모래 위를 나란히 붙어서 걷는다면 한 이십 분 걸릴지도 몰라." 하는 시이상.

"그 쓰쿠모야마에는 무슨 볼거리가 있지?" 하는 후지오.

"발파장. 공사용 자갈을 채취하지. 벌써 산허리의 상당 부분을 헐어내서 절벽처럼 되어 있어." 하는 시이상.

"흐음." 하고 후지오는 또 신음소리를 냈다. "쌀쌀한 모래사장을 이십 분씩이나 걸어가서 무너지고 있는 산을 본다……!"

오카시타를 보니 왠지 당장이라도 울음을 터뜨릴 것 같은 얼굴이다.

1966년경 시코쿠의 시골 마을에서 고교생으로 살다 보면 데이트 한 번 제대로 못한다. 찻집은 몇 군데 있지만 교칙상 부모 동반이 아니면 출입이 금지되어 있다. 교칙을 어길 배짱이 오카시타에게 있을 리 만무하다. 혹시 부탁을 드리면 '동또꼬, 동동, 도꼬동'의 오카시타의 할머니가 동반해 주시겠지만, 이시카와와 오카시타와 할머니, 이렇게 셋이서 찻집에 함께 앉아서 무슨 재미난 얘기를 하겠는가. 결국 서로 집을 방문하는 정도가 고작일지 모른다…….

"그런 것보다," 하고 지금까지 잠자코 있던 시라이가 입을 열었다. "우선 두 사람을 가까워질 수 있는 기회를 만들어 주자. 둘이서 어디를 놀러갈 것인지는 나중 일이고."

그건 그래, 하고 모두들 생각했다. 그래서 먼저 두 사람을 가깝게 만들 기회를 만들기로 하고, 그렇다면 이시카와가 우리 연습을 보러 오게 하는 것이 좋지 않을까, 라는 의견이 나왔다. 그러나 우리가 만약 검은 커튼을 겹으로 둘러친 이 방으로 놀러 오라고 말하면 지레 겁부터 집어먹을 것이다. 그래서 종종 연습을 구경하러 오는 우치무라 유리코와 하시마 가즈코에게 같이 가 보자고 말해 보라고 부탁했다.

"좋아." 앞뒤 사정을 전해들은 두 여학생은 흔쾌히 받아 주었다.

다음날 방과 후, 유리코와 가즈코가 나를 찾아와 상황을 보고했다.

"싫다고 하더라." 하는 유리코. "그 애는 록을 별로 좋아하지 않는대."

"그럼 뭐가 좋대?" 하는 나.

"미타 아키라(1963년 '일본 최고의 미소년'으로 16세에 〈아름다운 십대〉란 곡으로 데뷔하여 스타덤에 오른 가수 겸 배우—옮긴이)가 좋대." 하는 가즈코.

"미타 아키라!" 하고 내가 말했다. "난처하네."

미타 아키라가 상대라면 외모에서는 유감스럽게도 오카시타가 조금 밀릴 것 같다. 그러나 오카시타는 드럼을 칠 줄 안다. 드러머는 폼 나잖아. 여기서 기가 죽으면 안 돼. 어떻게든 에미코를 데려와서 오카시타의 멋진 모습을 보여 주어야 한다.

나는 잠시 생각하다가 이렇게 말했다.

"그러면 이렇게 말하고 데려와 볼래? 우리는 록만 하는 게 아니라 〈아름다운 십대〉도 하고 〈별의 플라멩코〉도 한다고 말이야."

"〈별의 플라멩코〉는 사이고 데루히코(1964년에 데뷔한 60년대 최고의 아이돌 가수—옮긴이)의 노래인데." 하고 가즈코가 말했다. "나야 사이고 데루히코를 더 좋아하지만."

"어쨌든 그런 가요도 부르니까 그렇게 말하라고, 자연스럽게 꼬셔서 꼭 좀 데려와 봐. 응?" 하고 나는 말했다.

"좋아." 하고 두 사람은 다시 흔쾌히 승낙해 주었다.

우리는 〈아름다운 십대〉를 연습하기 시작했다. 물론 리드 보컬은 오카시타다. 그는 드럼을 치면서 그렇게 싫지만은 않은 얼굴로 노래까지 했다.

하얀 찔레를 바치는 나에게
그대 눈동자 반짝이며 웃네
……

몇 년 전의 대히트곡을 연주하면서 나는 기분이 언짢아 죽을 노릇이었지만 친구를 위해서니까 참았다. 시라이도 역시 싫었겠지만 한마디 불평도 없었다.

그리고 우리는 후나키 가즈오(1963년 〈고교 3년생〉으로 데뷔한 청춘 스타—옮긴이)의 〈학원광장〉이나, 앞에 소개한 〈별의 플라멩코〉, 그리고 하시 유키오(1960년에 데뷔한 아이돌 스타—옮긴이)의 〈쳇쳇쳇〉 따위도 연습했다. 나중 두 곡은 오카시타가 아무리 애를 써도 제대로 부르지 못해서 내가 리드 보컬을 맡았다. 그래도 이 〈쳇쳇쳇〉 연주만은 묘하게 즐거웠다.

게다가 오카시타를 튀게 하려고 급기야 드럼이 전면에 나서는 인스트루멘탈 넘버 〈Let There Be Drums〉도 연습하기 시작했다.

그러나 이시카와 에미코는 끝끝내 연습을 보러 오지 않았다.

오카시타는 연애편지의 권위자 후지오의 지도 아래, '부디 연습을 보러 와 달라.'는 편지를 간절한 마음으로 써서 유리코를 통해 전달했지만, 유리코는 곧 딱지 놓는 편지를 가지고 돌아왔다. 바인더에 끼워 쓰는 하늘색 루스리프 노트 용지를 두 번 접은 답장에는 '학교가 파하고 곧장 귀가하지 않으면 부모님한테 혼나기 때문'이라고 작은 글씨로 또박또박 적혀 있었다.

이시카와가 여자 주번을 맡는 주에는 오카시타도 남자 주번이 되도록 시이상이 다른 남학생에게 부탁해서 순번을 바꾸기도 했지만 아무 효과도 없었다.

그녀가 교내 녹화위원이 되자 로킹 호스맨은 총출동해서 자발적으로 화단의 잡초를 뽑거나 퇴비 주기, 물 주기 같은 작업을 한 적도 있다. 어여쁜 튤립과 고운 모란, 그리고 큼지막한 해바라기는 활짝 피었지만, 사랑의 꽃은 끝끝내 봉오리만 맺힌 채 지고 말았다.

이시카와 에미코한테는 오카시타나 우리의 마음이 충분히 전해졌을 거라고 생각한다. 에미코는 오카시타를 특별히 좋아하지는 않았을지 몰라도 그렇다고 싫어한 것도 아니었다고 본다. 요컨대 그녀는 1966년, 67년 그 시절의 지극히 평범한 시골 여고생이었다. 즉 새앙쥐처럼 부끄러움 잘 타고 소극적이었던 것이다. 주변에서 열심히 등을 떠밀어 주었지만 오카시타 역시 비슷한 아이였다. 이러니 서로 사귈 수가 없었다.

맺어지지는 않았지만 하늘색 루스리프 노트 용지에 적힌 답장은, 비록 거절의 편지일망정 오카시타의 보물이 되었던 모양이다. 어디서 구했는지 잘 마른 네 잎 클로버를 속에 끼워서 학생수첩 속에 넣고 다니는 것을, 나는 졸업 직전의 어느 날 우연히 본 적이 있다. 어쩌면 지금도 그의 감추어 둔 보물인지도 모르지. 혹은 행복한 세 자녀의 아빠인 지금의 오카시타는 벌써 어디다 내버렸거나 잊어버렸을지도 모른다.

참고로, 이시카와 에미코는 이름을 구와노 에미코로 바꾸고 현재 이바라키 어디에서 역시 행복한 두 자녀의 어머니 노릇을 하고 있다고 한다. 이렇게 두 사람 모두 행복하니 해피엔드이라고 해야 할까?

어쨌든 이것은 내가 알고 있는 한 가장 관능적이고 애처롭고, 그리고 풋풋한 청춘의 이루지 못한 사랑 이야기다.

10
And the band begins to play!

드디어, 우리 데뷔합니다!

The Beatles ; 〈Yellow Submarine〉

시라이의 언니에게 한창 구애 중인 수산가공 다나카 가즈오 씨는 캉온지상업고교 출신인데, 그의 동창 중에 니시무라 요시하루라는 사람이 있었다. 물론 '있었다' 고 썼지만 타계한 것은 아니고 지금도 건재하다. 그의 애칭은 '욧상' 이다.

욧상은 고교를 졸업한 뒤 가업인 농기구 및 일용잡화를 파는 가게, 니시무라상점을 아버지한테 물려받아 운영하고 있었다. 사업수완이 좋기로 짜하게 소문이 나서, 한가하게 장사하던 아버지 기치로 씨 시절보다 사업은 훨씬 번성했다고 한다.

그러던 어느 날 욧상은 야나기마치에 있는 산사이도라는 서점에서 오이케 하쿠렌이라는 여류 역학연구가가 저술한 『매혹의 꽃점』이라는 책을 발견했다. 벌써 몇 년 전에 출판되어 이미 눈여겨보는 사람도 거의 없어, 두터운 먼지를 모자처럼 뒤집어쓴 채 책꽂이 맨 꼭대기에 꽂혀 있던 책인데, 어찌된 영문인지 그 책의 책

등이 욧상의 눈길을 잡고는 놓아 주질 않았다고 한다.

그래서 욧상이 사다리까지 받치고 올라가 겨우 뽑아 내서 표지를 보니, '예전에 방황한 사람, 지금 방황하는 사람, 앞으로 방황할 사람을 위한 꽃점!' 이라는 선전 문구가 적혀 있었다. 그러자 욧상은 자기도 모르는 사이에 지금껏 내내 방황만 해 온 것 같은 기분이 들었다나. 게다가 '화투로 점치는 당신의 인생!' 이라는 글귀도 눈에 쏙 들어왔다나. 꽃점의 '꽃' 이란 결국 화투였던 셈이다. '서문' 을 읽어 보니 아무래도 화투의 다섯 끗짜리 패들만 이용해서 온갖 점을 치는 책 같았다. 욧상은 책값 일금 이백팔십 엔을 지불하고, 돌아오는 길에 다케다전당포에 들러 화투를 사들고 집으로 달려갔다.

"바깥에서 따각따각따각 하는 시끄런 소리가 점점 우리 집 쪽으로 가까이 오길래, 뭐가 이렇게 요란한가 싶어 밖을 내다보니, 아 글쎄, 애 아빠가 얼굴빛이 변해 가지고서는 나막신 발로 아스팔트를 달려오지 뭐예요."

나중에 욧상의 부인은 그렇게 말하며 웃었다.

자기 방에 들어간 욧상은 가슴이 이상하게 뛰는 것을 느끼면서 그 책을 읽어 나아갔다. 읽으면서 책이 가르치는 방식대로 먼저 과거로 거슬러 올라가 어린 시절부터 지금까지의 자기 인생에 대해서 점을 쳐 보니 놀랍게도 딱딱 들어맞는 것이었다. 일곱 살 때 탈장수술을 받은 것, 열두 살 때 네 살 연상의 형이 죽은 것, 스물다섯 살 봄에 결혼한 것도 점괘로 그대로 다 나왔다.

"하이고, 이게 웬일이다냐!" 욧상은 『매혹의 꽃점』을 말똥말똥 쳐다보면서 저도 모르게 고함을 질렀다고 한다.

그래서 욧상은, 너무나 당연한 일이지만, 이번에는 지금 하고 있는 사업의 앞날에 대해서 운세를 점쳐 보았다. 그런데 별로 탐탁지 않은 점괘가 나왔다. 이 장사를 계속하면 삼 년하고도 석 달은 번성하지만, 그 뒤로는 망해 버린 집안의 몰인정한 친척처럼 재물운이 발길을 딱 끊어, 이쪽에서 재물운을 붙들려고 다가가도 문을 꼭 닫아걸고 아는 척을 안 할 터이니 반드시 전업하라, 라는 것이었다. 이거 정말 큰일났구나, 그럼 어떤 업종으로 바꾸어야 하지? 하며 다시 점을 쳐 보니 물, 술, 차, 쌀, 보리 가운데 어느 것과 관련이 있는 업종이면 길하다는 점괘가 나왔단다.

그렇다면 이 다섯 품목 가운데 어느 것과 관련된 장사를 할까, 하고 검정 줄무늬의 커다란 수고양이를 무릎에 앉혀 놓고 잠시 궁리하다가 고양이 머리를 탁, 쳤다. 고양이는 앙탈을 부리듯 "니야~옹!" 했다. 고양이가 뭐라고 했는지는 문제가 아니고, 요컨대 욧상이 묘안을 생각해 낸 것이다. "다섯 가지가 몽땅 관련된 장사가 있잖아!" 하고 그는 애완 고양이에게 말했다. 고양이는 그저 눈을 가늘게 뜨고 있을 뿐이었다. 이 고양이는 나이가 지긋해서 귀가 먼 것이다. 그러나 욧상에게 그 고양이의 몸짓은 "뭐든 네가 알아서 하면 다 잘 돼." 하고 말해 주는 것처럼 보였다.

"그래, 가벼운 식사와 차와 술을 파는 스낵바를 하자. 이걸로 판돈을 싹쓸이하는 거야!" 하고 욧상은 어디서 들었는지 화투용

어까지 섞어 가며 힘차게 외쳤다. 왠지 욕심이 과한 것 같기도 하지만, 그럴 듯하구나, 하고 유유자적 지내던 아버지 기치로 씨도 고양이에 이어 찬성해 주었다.

이리하여 야나기마치를 조금 벗어난 변두리에 있던 '니시무라 상점'은 눈 깜짝할 새에 헐리고 그 자리에 하얀 3층 건물이 들어서더니 1층 입구 위에 연두색 바탕에 새빨간 글자로 '식사 · 차 · 술, 웨스트 빌리지'라고 적힌 커다란 간판이 걸렸다. 1층이 라멘, 우동, 기쓰네초밥, 김초밥, 백설기, 볶음밥, 빈대떡, 꼬치요리 등을 먹을 수 있는 간이식당이고, 2층은 낮에는 찻집, 밤에는 주점이 된다. 3층은 욧상 부부와 두 자녀가 지내는 주거 공간이다.

이리저리 뛰어다닌 끝에 마침내 경사스러운 개업식 직전 단계까지 오게 된 욧상은 제2의 인생을 출발하는 걸 축하하기로 하고, 개업 파티를 열어 보자고 생각하게 되었다. 그래서 파티를 재미나게 만들 좋은 아이디어가 없을까, 하고 친구인 수산가공에게 상담을 했고, 수산가공은, 내가 아는 어떤 사람에게 고등학교에 다니는 동생이 있는데, 이 녀석이 록밴드에 미쳐 사니까 그 애들을 불러다가 연주를 하라고 하면 될 거야, 라고 반갑게 대답했다.

그 어떤 사람이 혹시 네가 요새 사귀고 있다는 생선가게의 시라이 씨냐? 하고 욧상이 짚이는 데가 있어서 물어 보자 수산가공은 에헤헤헤, 하고 행복하게 웃었다.

그 밴드, 잘은 하냐? 하고 욧상이 묻자, 글쎄, 나도 들어 본 적은 없지만 열심히들 하고 있다니까 잘 하지 않겠어? 하고 수산가공이 대답했다.

그럼 네가 나 대신 부탁해 줄래? 하고 욧상은 말했다. 그런데 일당은 얼마를 쳐 주어야 하나?

고교생 밴드한테 무슨 돈까지, 하고 수산가공은 말했다. 샌드위치나 볶음밥 같은 거나 먹여 주면 감지덕지할 텐데.

그럴 수야 없지, 하고 사람 좋은 욧상은 말했다(그렇다고 수산가공이 고약한 사람이라는 말은 아니다). 그렇다면 그 문제는 내가 알아서 생각하기로 하고, 아무튼 네가 대신 부탁 좀 해 줘. 개업 파티는 크리스마스에 하고 싶거든.

이 이야기는 수산가공에게서 언니에게, 그리고 언니에게서 시라이에게 전달되었다. 우리는 두 말 없이 오케이였다. 드디어 우리 로킹 호스맨이 데뷔할 때가 온 것이다.

출연료에 대해서는 아무 언질도 없었지만 우리도 그런 데는 관심이 없었다. 연주할 장소가 있고 관객이 있으면 그것으로 충분하다고 생각했다. 그냥 생각한 정도가 아니라 가슴을 벌렁거리며 생각했던 것이다. 연주 레퍼토리는 전부 우리에게 맡긴다고 한다. 다만 〈징글벨〉만은 꼭 해 달라고 욧상은 주문했다. 그거야 어려운 일이 아니지.

나와 시라이는 아직 테이블도 의자도 들여놓지 않은 웨스트 빌리지의 2층, 즉 파티 장소가 될 스낵바를 답사하러 갔다. 생각했던 것보다 훨씬 넓었다. 열 명은 앉을 수 있을 것 같은 카운터가 있고, 테이블도 열대여섯 개는 넉넉하게 자리잡을 수 있을 것 같다. 진홍빛 두터운 카펫은 벌써 깔려 있다. "굉장하다!" 하고 우리는 탄성을 질렀다.

"너희도 친구 네댓 명 정도는 초대해도 좋다." 하고 욧상은 말해 주었다. "그리고 뭐 필요한 게 있으면 말해 봐라. 준비해 줄 테니까."

"악기나 마이크는 가지고 있어요." 하고 시라이는 말했다.

"고베야 사장의 부친과 우리 아버지가 친한 사이니까 뭐가 필요하다고 하면 다 빌려 줄 거야." 하는 욧상.

"정말입니까!" 하고 나는 소리쳤다. "보컬 앰프를 빌렸으면 좋겠는데요."

"그게 뭔데?" 하는 욧상.

"노래 부를 때 목소리를 내보내는 앰프예요." 하는 나.

"마이크가 있잖아?"

"마이크만 가지고는 소리를 내지 못해요." 하고 나는 설명했다. "지금까지는 보컬이 기타 앰프에 함께 꽂아서 노래를 불렀지만, 보컬 마이크와 기타는 앰프를 따로 쓰는 게 좋아요."

"그래?" 하고, 여전히 이해는 못했지만 욧상은 승낙했다. "보컬 앰프, 그렇게 말하면 알아듣지?"

"악기상 아저씨라면 다 알아들어요."

"좋아. 빌려 놓을게." 하고 욧상은 약속했다.

"아, 그리고 마이크 스탠드도 두 개 있으면 좋겠는데요." 하고 나는 내친 김에 더 요구했다.

"마이크는 손으로 들면 되잖아."

"악기를 다루면서 노래해야 하니까 그렇게는 안 돼요." 하고 나는 말했다. 우리는 연습할 때 마이크를 낡은 보면대에 끈으로 묶어 놓고 연주했었다. 그런 마이크로 여러 사람들 앞에서 공연할 수는 없는 노릇이다.

"좋아, 그것도 빌려 놓지."

내가 미국 여자애라면 이 대목에서, '오우, 아저씨!' 하고 소리치며 목덜미에 매달릴 것이다.

파티는 크리스마스이브로 예정되어 있었지만 다니구치전기 사장님이 무슨 실수를 하는 바람에 오사카에 주문한 샹들리에가 제시간에 도착하지 못하게 되어 결국 약간 김이 새기는 해도 26일 밤으로 조금 연기되었다.

후지오는 즉시 학교에 신고서를 제출했다. 행사 이름은 '제2경음악부 연구발표회'라고 했다.

또 우리는 도화지와 색연필로 독자적인 초대장을 만들어 우치무라 유리코, 하시마 가즈코, 도모토 유키요, 그리고 이시카와 에미코와 시이상의 여동생 에 짱에게 건네주었다. 언니나 수산가공한테는, 말할 것도 없이 욧상한테서 초대장이 날아갔다.

그리고 우리는 의논을 한 끝에 연주 레퍼토리를 정했다. 주어진 스테이지는 사십 분이므로 〈징글벨〉 외에 앵콜곡을 포함해서 모두 열네 곡을 골랐다. 이시카와 에미코를 초대했으니 물론 〈아름다운 십대〉도 끼워 넣었다.

당일 오후, 어렵게 도착한 샹들리에를 매달랴 파티 장식을 하랴 의자와 테이블을 배치하랴 음식물을 준비하랴 야단법석인 사람들 틈에서 우리도 기자재(그래 봐야 대단한 건 없지만)를 세팅하고 딱 한 곡을 리허설 했다. 〈The Ventures In Christmas〉라는 앨범에서 카피한 〈징글벨〉이다.

우리가 리허설 하는 걸 듣고 욧상도 다른 사람들도 모두들 깜짝 놀랐다.

"우와, 대단해! 너희들 프로 아니냐?" 하고 욧상은 말했다.

"한 곡만 더 해 봐." 하고 웨이트리스 누나들이 말했지만 우리는 "헤헤헤." 하고 웃으며 응하지 않았다. 본무대를 기대하시라는 뜻이었다.

그리고 보컬 앰프를 조절했다. 기타 앰프에 마이크를 연결하자 하울링 없이 깨끗하고 매력적인 에코가 걸렸다.

"아와와와와~~. 마이크 시험 중~~." 하고 나는 마이크를 대고 말했다. "아와와~~. 위 아 더 로킹호스맨. 아와와~~!"

"어이, 에코가 너무 걸렸는데." 하고 시라이가 말했다. "무슨 소린지 알아들을 수가 없어."

"그러냐?" 약간 불만스러웠지만 나는 에코를 조금 떨어뜨렸다. "자, 이번엔 어때, 아와와~~."

"더 줄여." 하는 시라이. 시라이의 명령이니 얌전히 따르는 수밖에.

다섯 시경에는 파티장 준비가 거의 끝났다. 악기 세팅이나 리허설에 정신이 팔려서 몰랐는데, 빙 둘러보니 참으로 호사스러운 인테리어였다. 먼저 입구 양쪽에는 이 미터쯤 되는 크리스마스트리가 두 그루. 들어오면 바로 있는 카운터 안쪽에는 커다란 금문교 패널이 걸려 있다. 카운터 양쪽 가장자리에는 길이 일 미터 정도의 신답서스 화분이 있고, 진홍빛 카펫이 깔린 바닥에도 역시 일 미터쯤 되는 고무나무 화분 두 개가 놓여 있다. 그리고 벽 여기저기에 플라스틱 아이비가 기어오르고 있고, 그 틈새에 다양한 드라이플라워 몇 다발이 장식되어 있다.

카운터 오른쪽 벽에는 실제 크기 만한 금발 미녀의 세미누드 패널, 그리고 그 오른쪽 옆, 즉 카운터와 마주보는 벽에는 마터호른 패널이 걸려 있고, 그 패널 위에 후쿠자와 유키치의 '칠훈'* 액자가 걸려 있다(우리 무대는 이 벽 앞에 마련되어 있으므로 우리는 알프스를 상징하는 마터호른의 뾰족한 정상과 유키치 옹의 칠훈을 등지고 연주를 하는 셈이다. 어찌 기운이 나지 않을 수 있겠는가).

그리고 하얀 테이블 보를 씌운 모든 테이블에는 스테인리스 냅킨통과 한 송이만 꽂는 목이 가늘고 긴 파란 유리 꽃병이 튤립 조화가 꽂힌 채 놓여 있다. 샹들리에는 다양한 빛깔의 프리즘을 잔

*일본 근대화의 정신적 지주인 후쿠자와 유키치가 말했다는 일곱 가지 교훈으로, 세상에서 가장 즐겁고 멋진 일은 일생을 바쳐 할 일이 있다는 것이다. / 세상에서 가장 비참한 것은 인간으로서 교양이 없다는 것이다. / 세상에서 가장 쓸쓸한 것은 할 일이 없다는 것이다. / 세상에서 가장 추한 것은 타인의 생활을 부러워하는 것이다. / 세상에서 가장 존귀한 것은 남을 위해 봉사하고 결코 보답을 바라지 않는 것이다. / 세상에서 가장 아름다운 것은 모든 사물에 애정을 갖는 것이다. / 세상에서 가장 슬픈 것은 거짓말하는 것이다.—옮긴이

뜩 매단 엄청나게 큰 것 두 개였다. 번쩍번쩍 빛나는 것이 물론 멋있기는 한데, 그 생김새가 꼭 전기 해파리 같다고 할까, 혹은 얼굴을 다 가릴 만큼 큰 삿갓을 쓴 도롱이벌레 같다고나 할까…….

"이 **인테리야**는 업자한테 맡기지 않고 전부 나랑 집사람이 상의해 가면서 직접 한 거라고."라고 욧상은 오는 사람마다 붙들고 자랑했다.

파티 시작은 여섯 시지만, 다섯 시 반이 지나면서 초대 손님이 잇달아 등장했다.

수산가공이 언니 뒤를 따라 행복한 얼굴로 들어왔다.

저 아저씨, 엄청 단단하게 생겼네, 하고 내가 생각했던 사람은 일 년에 수백만 엔씩 번다는 경륜선수로, 욧상의 선배라고 한다.

약속이라도 한 것처럼 팔락팔락거리는 프릴이 잔뜩 달린 색색가지 블라우스를 입은 다섯 명의 아주머니들은 욧상 부인의 친구들. 그 가운데 세 아주머니는 유치원생쯤 되는 개구쟁이 꼬마를 데려왔다. 욧상 부부의 자녀들도 있으므로 모두 다섯 명의 꼬마들이 우글대는 셈이다.

다니구치전기의 사장님도 왔다.

인테리어업체 아와지도의 사장님도 왔다.

욧상의 아버지 기치로 씨와 즐겁게 스모 이야기를 하는 나이 지긋한 할아버지는 얼마 전 퇴직한 욧상의 고교 은사로, 저 칠훈을 직접 쓰고 표구까지 해서 선물한 바로 그 분이라고 한다.

예의가 반듯하고 늘 웃는 낯이지만 애처로울 정도로 빼빼 마른 남자는 캉온지신용금고 사람으로, 욧상의 고교 시절 한 반 친구. 이번에 개업을 할 때 자금 조달에 대하여 '여러 가지로 상담에 응해 주었다.' 고 욧상은 말한다.

그리고 욧상의 고교 시절 한 반 친구가 그 밖에도 네 명 정도 더 왔는데, 이 사람들은 벌써 상당히 취기가 올라 있었다. 여기 오기 직전까지 마작을 하면서 술을 마셨다고 한다. 그 가운데 리더격인 사내는 뚱뚱하고 시뻘건 얼굴에 시끄러울 정도로 요란한 목소리로 떠들고는 '끽끽끽' 하는 묘한 소리로 웃는다. 후지오의 이야기로는 아마 스사쿠 쪽에서 청과물을 중심으로 하는 슈퍼마켓을 경영하는 사람이라고 한다.

그 친구들도 역시 가업을 이은 젊은 아저씨들인데, 그 가운데 한 사람은 '토무라' 라는 주점을 경영하는 사람이다(아버지가 운영하던 시절에는 일개 대폿집이었다는 말이 있다). 욧상은 술은 못 마시지만 네댓 번 토무라에 드나들며 이 친구한테 주점 경영의 노하우를 단기간에 집중 훈련을 받았다고 한다.

그리고 이 사인조는 모두 처자식을 대동했는데, 노는 거라면 다들 한 가닥씩 하는 사람들이라, 평소에도 캉온지 시내의 술집을 샅샅이 순례할 뿐만 아니라, 흥이 오르면 오밤중에도 자가용을 몰고 멀리 다카마쓰나 마쓰야마, 때로는 고치 지방까지 진출한다고 한다. 경륜이고 마작이고 거침없이 즐기고 당구도 치고 볼링도 한다. 당시 캉온지에는 즐기는 사람이 없었던 골프도 하기 시작했다. "가끔은 안 좋은 놀이도 한다지 아마." 하고 후지오는 작은 목소리로 자세히 가르쳐 주었다.

그리고 우리의 초대 손님, 우치무라, 하시마, 도모토 세 여학생과 에 짱이 왔다. 그러나 오카시타가 애타게 기다리던 이사카와 에미코는 끝끝내 오지 않았다.

"이시카와는 왜 안 왔어?" 하고 내가 유리코에게 대신 물었더니, "밤중에 외출하면 엄마한테 혼난대." 하고 대답했다.

하지만 오카시타는 이만한 일로 나자빠지지는 않게 되었다. 우리의 드러머는 나날이 성장하고 있었던 것이다.

"그러면 〈아름다운 십대〉는 제끼는 거지?" 하고 시라이가 반가운 얼굴로 말했다.

그리고 물론 욧상의 믿음직한 상담 상대인 커다란 검정 줄무늬 수고양이도 참석해서 '모든 게 순조롭게 굴러가고 있구먼.' 하고 말하는 듯한 표정으로 실눈을 뜨고 카운터 한가운데 앉아 있다.

여섯 시가 십 분쯤 지났을 때 어른들에게는 맥주, 미성년자에게는 오렌지주스나 콜라를 돌렸다. 그 콜라라는 것이 코카콜라도 펩시콜라도 로열크라운도 아니고 '히노데콜라'라는 것이었다. 정말이다, (맛은 제쳐 놓고) 그런 콜라가 당시 캉온지에는 정말로 있었다. 이는 우리 고향 마을의 문화가 가지고 있던 저력을 보여주는 한 예라고 나는 말하고 싶다.

맥주를 따를 즈음, 일찌감치 프릴 블라우스 아줌마들이 꽤 시끄러워진다.

"아냐, 난 술 못 해! 얘는……, 따르지 마, 따르지 말랬잖아!" 하고 한 사람이 기쁜 얼굴로 그저 입술로만 사양을 한다. 그러자 옆에 앉은 아줌마가 이렇게 말한다.

"무슨 소리니. 그러다 홀짝홀짝 도둑술 마시려고 그러는 거지. 괜찮아, 빼지 마, 마셔, 마셔, 공짜잖아."

놀기 좋아하는 젊은 서방들은, "또 맥주냐. 난 위스키가 좋은데." 하며 되는 대로 말을 내뱉고 있다.

아이들은 건배를 외치기도 전에 주스를 다 마셔 버리고 더 달라고 조른다. 그것을 도둑술 부인이,

"슷! 너 그렇게 마시다가 밤에 오줌 싸도 난 몰라." 하고 야단치면서도 찰랑찰랑하게 주스를 따라 준다.

드디어 오늘의 주인공 욧상이 파티 개최 인사를 시작했다. 말이 연신 꼬이는 것은 긴장과 감격 탓이리라.

"에, 오늘 공사다망하신데도 불구하고 이렇게나 공명정대하게 집합해 주셔서 참말로 저는 기쁘다, 이렇게 생각하는 바입니다. 예전을 돌아보자면……."

"너무 멀리 돌아보진 맙시다." 하는 시뻘건 얼굴.

"돌아보자면 고교를 졸업한 뒤로 니시무라상점을 물려받아 이 지역의 농업생활의 편리화, 가정생활의 진흥에 진력해 왔습니다만, 오늘을 기하여 불초 니시무라 요시하루가 경사스럽게도 웨스트 빌리지로 다시 태어났는데, 이는 무엇보다 좋은 일이 아닐 수 없습니다. 이렇게 일을 크게 벌인 만큼 전보다 더 관심을 기울여 주실 것

을 저희 일동은 목을 길게 빼고 바라마지 않는 줄로 압니다.

차린 건 아무 것도 없습니다만, 오늘은 그저 천천히 드시고 환담을 나누시기를 바란다는 말씀을 드리면서, 개최 인사를 대신할까 합니다. 조용히 경청해 주셔서 감사합니다."

성대한 박수에 이어 수산가공이 친구를 대표하여 만세를 붙여 건배를 선창했다.

"니시무라 요시하루 군, 만세!"

"만세!"

"웨스트 빌리지 만세!"

"만세!"

"메리 크리스마스 만세!"

"만세!"

"건배!"

"건배!"

기다렸다는 듯이 시끄러워지는 목소리들. 아이들은 준비, 땅, 하고 시작하는 것처럼 샌드위치와 과일, 기쓰네초밥, 오징어채를 수북이 쌓아올린 테이블로 쏜살같이 달려간다. 그리고 여기저기서 펑펑 맥주 따는 소리가 울린다.

우리는 히노데콜라를 다 마시고 각자 악기 있는 곳으로 가서 앰프 전원을 켰다. 건배가 끝나면 바로 시작해 달라고, 욧상이 부탁했기 때문이다. 작은 소리로 기타와 베이스의 음을 확인한 다음 우리는 아무 말도 하지 않고 갑자기 〈징글벨〉을 연주하기 시작했

MERRY
X-MAS

다. 점점 템포가 빨라지는 것을 시라이가 다른 멤버를 향해 턱을 위아래로 끄덕이며 박자를 조정했다. 즉 그가 지휘자인 셈이다.

덕분에 무사히 마무리지을 수 있었다. 우레와 같은 박수. "제법인데, 녀석들." 하고, 놀기 좋아하는 아저씨 중에 한 사람이 말한다. 사람들 앞에서의 첫 연주는 훌륭했다고 해도 좋을 정도였다.

"감사합니다." 하고 후지오가 마이크에 대고 말했다. 에코 탓인지 긴장 탓인지 몰라도 목소리가 평소와 조금 다르게 들린다. "감사합니다. 저희는 로킹 호스맨이라는 밴드입니다. 이런 경사스런 자리에 불러 주셔서 대단히 영광스럽습니다."

또 박수.

"열심히 연주할 테니 조금 시끄럽더라도 잠시 참아 주십시오."

"어이, 애들 써라, 녀석들. 잘하면 보시는 듬뿍 줄게." 하고 시뻘건 얼굴이 말했다. 그쪽도 후지오에 대해서 알고 있는 듯하다. 그 주변에서 와락 웃음소리가 일어났다.

"그렇게 마음써 주시니 참으로 감사합니다." 후지오는 가볍게 받아넘겼다. "자, 그럼 보컬 넘버를 보내드립니다. 테리 스태포드의 빅히트곡, 〈Suspicion〉!"

나는 단단히 벼르고 노래를 부르기 시작했다. 그런데 곧 목소리가 꺽꺽거리고 만다! 리듬도 헝클어지려고 한다. 머리로 피가 확 솟아올랐다. 코드도 두 군데나 엉뚱하게 짚고 말았다. 너무 흥분해서 실수를 한 사람은 내내 걱정하던 오카시타가 아니라, 괜찮아, 하며 그를 격려하던 바로 나였던 것이다.

그러나 시라이가 곧 옆에서 몸을 앞으로 내밀고 열심히 턱짓을 해서 박자를 맞춰 준 덕분에 아홉 번째 소절부터는 가까스로 제자리로 돌아올 수 있었다. 작은 목소리로 대충 흥얼흥얼대던 것을 본래 음량으로 돌렸다. 뒤의 리듬도 잘 들리게 되었다. 노래하면서 기타 볼륨을 조절할 만한 여유도 생겼다. 수십 번이나 연습한 노래에서도 이렇게 엉길 수 있다는 것을 알게 되었다.

노래가 끝나자 또다시 우레와 같은 박수소리. 그것은 칭찬과, 위태위태한 노래가 잘 마무리되어 안심하는 기분이 뒤섞인 박수였겠지만, 어쨌든 이 박수를 받는 기분은 정말로 각별했다. 밴드하길 정말 잘했구나, 하는 생각이 절실했다.

다음 곡부터는 훨씬 차분하게 연주할 수 있었다. 서처스의 레코드에서 카피한 〈Love Potion No. 9〉, 제리&페이스메이커스의 〈Ferry Cross The Mersey〉, 그리고 다섯 번째 곡은 다시 인스트루멘탈로 쉐도우스의 〈Apache〉였다.

그 다음, 멤버를 소개하고 또 보컬 넘버로 폴 리비아&레이더스의 〈킥스〉를 연주할 즈음부터 아이들이 왔다갔다하기 시작했다.

일곱 번째 곡은 게리 루이스&플레이보이스의 〈This Diamond Ring〉. 아주머니들이 와글대기 시작했다.

이에 개의치 않고 우리들은 여덟 번째 곡으로 터틀스의 〈Eleno-re〉를 했다.

아홉 번째 곡, 렌&리 킹스의 〈스톱 더 뮤직〉을 하려고 할 때, 플레이보이 서방님들 가운데 하나인 토무라의 사장이 크게 하품을 하고 말했다. "되게 시끄럽구만."

그러자 한 아줌마가 다른 아줌마에게 큰 소리로 이렇게 말했다.

"되게 시끄럽다. 재즈만 하잖아."

우리 들으라고 한 말은 아니었지만, 그 또래의 캉온지 아줌마들은 원래 목청이 크기 때문에 그 목소리는 파티장 전체에 울려 퍼졌다.

당연한 일이지만, 열심히 연주하던 우리는 기분이 팍 상했다. 즉석에서 상의를 해서 열한 번째 곡으로 예정했던 스윙잉 블루진스의 〈Hippy Hippy Shake〉를 연주해 주었다. 이것은 지금까지 연주한 곡 중에서 제일 '시끄러운' 곡이다. 게다가 딸꾹질 같은 창법으로 부르는 소절까지 있다.

"야, 늬들, 그만 집어쳐!" 하고 시뻘건 얼굴이 소리쳤다. "이젠 됐다!"

우리는 더욱 열 받았다. 열 받아서 잠자코 있었다.

"계속할 거면 좀 조용한 걸로 하던지." 하고 젊은 서방 한 사람이 말했다.

"내가 해 볼까?" 하고 시뻘건 얼굴이 말했다.

"노래를 부르시겠다고요?" 하고 나는 댓 발이나 나온 입으로 말했다.

"기타 말이야. 기타를 쳐야지."

우리는 얼굴을 마주보았다.

시뻘건 얼굴은 의자에서 일어나 조금 비틀거리면서 우리 쪽으로 다가왔다.

"야, 늬들, 기타 하나 빌려 주라." 하고 시뻘건 얼굴은 나랑 시라이를 향해 손을 내밀었다. 시라이의 얼굴에서 핏기가 싹 가셨다. 후지오가 내 등을 쿡 찌르며 작은 소리로 말했다.

"야, 네 기타를 빌려 줘."

나도 이런 시뻘건 얼굴한테 애지중지하는 기타를 주무르게 하기는 싫었지만, 여기서 옥신각신하면 욧상한테 미안하므로, (또 품위라곤 눈곱만큼도 없는 시뻘건 얼굴 패거리가 조금 무섭기도 했지만) 속으로 눈물을 삼키며 스트랩을 벗어 시뻘건 얼굴에게 기타를 넘겨주었다.

"호, 생각보다 꽤 무겁네." 하고 말하며 시뻘건 얼굴은 무대 옆의 의자에 앉아 기타를 퉁기기 시작했다.

일렉트릭 기타는 전기의 힘으로 음을 증폭하기 때문에 종종 아주 큰 소리가 난다. 그러므로 퉁길 때는 힘을 거의 주지 않고 아주 가볍게 피크(혹은 손톱)로 현을 퉁긴다. 피크나 손톱이 현에 깊게 걸리거나 하면 매우 커다란 소리를 내서 정말 듣기가 괴롭다. 이것은 통기타도 마찬가지지만, 일렉트릭 기타가 특히 심하다. 그래서 일렉트릭 기타는 바이올린과 마찬가지로 서툰 사람이 치면 거의 고문 도구나 다름없다.

게다가 시뻘건 얼굴은 서툰 사람이었다. 연주한 곡(혹은 연주하려고 한 곡)은 아무래도 〈로망스〉 같았다. 예전에 조금 연습한 적이 있겠지. 클래식 기타 곡이므로 그는 피크는 사용하지 않고 너무 길렀다 싶은 지저분한 손톱으로 현을 퉁기고 있지만, 내내 엉뚱한 곳을 짚고, 퉁겨야 할 현의 이웃 현을 퉁겼다. 도저히 들어줄 만한 소리가 아니었다. 도저히 듣기가 괴로워서 우리는 슬쩍 앰프 볼륨을 떨어뜨린다. 그러면 상대는 커다란 소리를 유지하려고 더 세게 퉁긴다. 볼륨을 떨어뜨린다. 더 세게 퉁긴다. 마지막에는 퉁긴다기보다는 손톱으로 현을 걸어서 억지로 잡아당기는 느낌이었다.

이런 반복 속에서 가까스로 독주가 끝났다. 그의 패거리와 아줌마들이 깔깔 웃으며 박수를 친다. 시뻘건 얼굴은 두 손을 번쩍 들어 거기에 답례하면서 의기양양하게 자기 자리로 돌아갔지만, 그때 비틀거리다가 보컬 앰프 스피커 두 개 중에 한 개를 쓰러뜨리고 말았다. 우리는 당황해서 달려가 스피커를 안아 일으켰다. 다행히 아무 데도 부서지지 않은 것 같았다.

오늘의 주인공 욧상이 다가왔다.

"미안해. 늬들이 참아라, 응? 근데 아무래도 곡이 손님들하고 맞지 않으니, 아니, 손님이 곡에 맞지 않는 것 같으니 이제 두 곡만 더 하고 끝내 줘. 부탁해, 응?"

우리는 더 이상 연주하고 싶지 않았지만, 여기서 그만두고 돌아가기도 거북하고, 뒤끝이 찜찜할 터이므로 욧상이 부탁한 대로 마지막으로 두 곡만 더 하고 끝내기로 했다.

시뻘건 얼굴이 앰프에 함부로 기대어 놓은 내 기타를 집어드니 네크가 왠지 끈적끈적한 것 같아 일순 진저리가 쳐졌다. 나는 기타 케이스에서 플란넬 헝겊을 꺼내어 '이런, 빌어먹을.' 하고 속으로 중얼거리며 힘껏 네크와 지판을 닦았다.

먼저 나와 후지오의 듀엣으로 비틀즈의 〈아일 비 백〉을 했다. 이 곡을 연주하면서는 왠지 울음이 나올 것 같았다.

우리의 초대 손님들과 언니와 수산가공이 일어나 박수를 쳐 주었다.

작은 사내아이 둘이 무대 앞으로 다가오더니 그 가운데 하나가 말했다.

"저어, 형, 〈우주소년 소란〉 할 줄 알아요?"

우리는 얼굴을 마주보았다.

"못 해." 나는 고개를 가로저었다.

"그럼 〈아기 여우 깡총깡총〉은요?" 하고 다른 아이가 물었다.

"그것도 못 하는데." 하고 나는 대답했다. "미안."

"잉." 하고 두 아이는 어머니 곁으로 달려갔다.

"여러분, 오랫동안 조용히 들어주셔서 참으로 감사합니다." 하고 후지오가 슬쩍 비아냥거리며 인사했다. "벌써 마지막 곡이 되겠습니다. 여러분께는 아무렴 상관없는 일이겠지만, 이것은 명곡 중의 명곡이며, 로큰롤을 딱 한 곡만 꼽으라고 한다면 우리는 주저 없이 이 곡을 들 겁니다. 자, 원, 투, 쓰리!"

물론 우리가 마지막으로 연주한 곡은 척 베리의 〈조니 B. 굿〉이었다.

이렇게 우리의 첫 무대는 실패였다. 연주 자체는 첫 공연 치고는 나쁘지 않았다고 생각하지만, 청중의 반응을 보면 성공이라고 하기는 곤란했다. 원래 그런 자리 그런 시간에 록을 하는 것 자체가 잘못이었는지도 모른다. 아무리 애를 써도 "재즈밖에 안 하잖아." 하는 소리를 듣는 것이 당연하다.

그래도 진지하게 듣고 즐거워해 준 관객도 있었을 터이니 로킹 호스맨에게는 분명히 소중한 경험이었다. 그뿐만이 아니었다. 욧상이 우리에게 출연료 대신 멋진 선물을 해 주었다. 그날 사용한 마이크 스탠드 두 개(고베야에서 빌린 것)를 흔쾌하게 선물해 준 것이다. '시뻘건 얼굴 사건'을 위로하려는 뜻이었는지도 모른다.

내친 김에 말하면, 그 뒤 웨스트 빌리지는 어떻게 되었느냐 하면, 욧상의 얌전한 상담역이던 검정 줄무늬 수고양이는 천수를 누리고 다다음해 여름에 죽었지만, 가게는 점괘대로 크게 번창하여, 욧상은 사오 년 전에 마루가메 쪽에 지점까지 냈다. 그 지점의 운영자는 그의 장남이라고 한다. 그날 밤 "저어, 형, 〈우주소년 소란〉 할 줄 알아요?" 하고 물었던 그 아이였는지도 모르겠다. 그러고 보니 그로부터 이십사 년이나 흘렀다.

11
What am I, what am I supposed to do?

아, 어쩔거나, 어쩔거나……

The Beatles ; 〈Anna〉

1967년. 비록 시라이와 오카시타는 물리, 나는 세계사 재시험을 쳐야 했지만, 어쨌거나 우리는 전부 3학년이 되었다. "아-아-, 아-아-아-, 고교 3년생." 하고 후나키 가즈오가 노래한 빛나는 학년이다.

1967년이라면, 그 해 여름, 비틀즈는 〈Sgt. Pepper' s Lonely Hearts Club Band〉라는 화려한 걸작 앨범을 발표하고, 이에 질세라 롤링 스톤즈도 그 해 말에 기괴하고 전위적인 앨범 〈Their Satanic Majesties Request〉을 발표해서 팬들을 당황하게 했다.

그리고 우리 제2경음악부도 4월 새 학기를 맞이하면서 면모를 일신하였다. 1, 2학년이 잇달아 들어와 모두 아홉 명이 새로 가입했다. 마침내 어엿한 '부' 답게 대가족이 된 것이다. 2학년 부원은 포크송 밴드를 만들고, 1학년들은 그룹사운드 곡을 카피하고 있었다. 시라이나 후지오나 나는 그런 음악에 별로 흥미가 없었지만, 기술적인 면에서 질문을 받으면 친절하게 대답해 주려고 노력했다.

부원이 늘어서 좋은 것은 뭐니뭐니 해도 서로 악기를 빌릴 수 있게 되었다는 것이다(하지만 우리 호스맨은 빌려 주기보다는 빌리는 쪽이 많았다).

예를 들면 우리는 2학년의 12현 포크 기타를 빌려서 비틀즈의 〈You've Got To Hide Your Love Away〉, 〈I've Just Seen A Face〉, 〈Michelle〉이라든지, 롤링 스톤즈의 〈Back Street Girl〉이나, 〈Lady Jane〉, 그리고 〈Sittin' On A Fence〉 같은 어쿠스틱 사운드의 곡을 연습했다. 이것도 재미있었다.

그리고 1학년 부원 중에는 펜더 트윈 리버브라는 앰프를 가지고 있는 아이가 있었다. 수십만 엔이나 하는 값비싼 미제 앰프여서, 도저히 고교생이 넘볼 만한 것이 아니었지만, 그의 아버지가 의사라는 말을 듣고야 납득이 갔다. "음악가로 대성하려면 우선 의사 부모를 두어야 해." 하고 후지오는 말했다. 그 앰프의 주인이 시라이에 심취해 있었기 때문에 우리는 언제라도 이 앰프를 빌려 쓸 수 있었다. 사용해 본 사람은 잘 알겠지만, 정말로, 참으로 믿어지지 않을 만큼 좋은 소리가 난다.

이렇게 우리의 음악 활동은 그야말로 순풍에 돛 단 격이었다. 종종 졸업 후의 진로 문제에 관한 불안감이 창공을 날아가는 길 잃은 까마귀처럼 내 마음을 어지럽힐 때도 있었지만, 나는 정말로 행복했다.

그리고 고교에 들어와 세 번째 여름방학이 찾아왔다. 우리는 각자 아르바이트를 한 다음, 8월 22일부터 후지오의 절 본당에서 밥을 지어먹으면서 나흘 동안 묵으며 합동 연습을 했다. 가을 축제 때 콘서트를 열기로 했기 때문이다. 학교에서 연습해도 좋았지만, 앞으로는 합숙 같은 걸 할 기회도 아마 없을 것 같아서 약간의 불편을 감수하고 조센지에서 합숙하기로 한 것이다(후지오의 아버지 조신 스님도 이제는 포기했는지 아무 불평도 없으셨다. 물론 연습은 조금 떨어진 후지오의 방에서 역시나 덧문까지 꽁꽁 닫아 놓고 했다).

우리가 밥을 해먹어야 되는 만큼 우리는 **필연적으로** 사흘 저녁을 내리 카레라이스로 때우게 되었다(그 시절 나의 튼튼한 위장을 생각하면 나는 가끔 내 위장이 견딜 수 없을 만큼 사랑스러워서 목구멍으로 끄집어내서 꼭 껴안아 주고 싶어진다).

그렇게 지겹도록 무더워도 마냥 즐겁기만 했던 1967년의 여름방학도 끝났다. 아니, 방학을 끝내기 전에 마지막으로 딱 한 가지, 잊을 수 없는 체험도 있었다. 내가 난생처음 데이트를 했던 것이다. 시시콜콜 쓰기는 멋쩍은 내용이니 대강 정리해 둔다.

코니 프랜시스의 노래 중에 〈Follow The Boys(해변의 데이트)〉라는 것이 있다. 실은 나의 그것도 해변의 데이트였지만, 이 제목이 암시하는 것처럼 그렇게 낭만적인 것은 아니었다. 그럼 어떤 데이트였는데? 하고 물으면 대답이 궁해지는, 뭐라고 말하기 힘든 데이트였다.

8월 30일 아침 열 시 넘어서까지 자고 있던 나를 어머니가 두드려 깨웠다. 말 그대로 머리를 쥐어박으며 깨웠던 것이다.

"일어나, 인석아!"

내가 막 사라지려고 하는 야릇한 꿈에 매달려 잠에서 깨려 하지 않자, 어머니는 내 머리카락을 잡아뜯었다.

"얼른 못 일어나니, 이 녀석!"

"아악, 아파! 왜 그래요오?"

"네 손님이 왔다." 그 말만 남겨놓고 어머니는 쿵쿵거리며 계단을 내려갔다.

손님이라니, 누구지? 후지오? 시라이? 하고 생각하며 파자마 바지 차림으로 현관으로 나갔다가 덜 깬 잠이 확 달아나 버렸다. 하늘색 원피스에 엄청나게 챙이 넓은 하얀 목면 모자를 쓴 도모토 유키요가 손에 등나무 바구니와 비닐 비치백을 들고 서 있는 게 아닌가.

나는 허둥지둥 기둥 뒤에 숨어서 옆으로 목만 삐죽 내밀고 물었다.

"머언데?" 하는 말투는 오카시타를 꼭 닮았다.

"해수욕하러 왔어." 하고 도모토는 태연하게 말한다.

나에게 호감을 품고 있는 줄은 진작부터 감잡고 있었지만, 하얀 모자에 하늘색 원피스, 거기다 바구니까지 들고 찾아올 정도의 호감인 줄은 꿈에도 생각해 본 적이 없었으므로, 나는 안절부절

못했다.

"어, 해수욕장은 이 앞에 길을 가다 왼쪽으로 꺾어서 운동장을 곧장 가로지르면 보여." 하고 나는 빠른 말투로 껙껙대며 말했다.

"몇 번 와 봐서 나도 알아." 하고 말하며 도모토는 웃었다. 그리고 묘한 힘이 느껴지는 목소리로 내처 말했다. "너한테 같이 가자고 말하려고 온 거야."

"나, 나랑? 단 둘이서?" 하고 묻는 목소리 역시 오카시타를 닮았다.

"그래. 어서 가자."

'아-, 이걸 어쩐다!' 나는 속으로 이렇게 중얼거리며 얼떨결에 2층 방으로 돌아가, 누가 등을 확 밀친 것처럼 장롱 앞으로 고꾸라지듯 다가가 수영팬츠를 꺼냈다. 평소 바다에 갈 때는 수영팬츠 하나만 달랑 입고 간다(앞에서도 말했지만, 우리 집은 바다 바로 옆이다). 그러나 오늘은 여자애랑 같이 가는 것인데, 그럼 어떻게 한다? 그녀한테 집 안으로 들어오라고 해서 욕실에서 수영복으로 갈아입게 하고 둘이 모두 수영복 차림으로 간다?

무슨 영문인지 "아니, 아니, 그래서는 안 되지." 하는 말이 〈노래를 잊은 카나리아〉의 멜로디를 타고 왠지 입에서 새어나왔다. 당황하면 무심결에도 이상한 소리를 하게 되나 보다. 수영팬츠를 들고 잠시 생각하다가 칼라에 학교 배지가 그대로 달려 있는 하얀 와이셔츠에 검정 교복 바지를 차려입고 바지주머니에 수영팬츠를 꾸겨 넣었다. 마땅한 외출복이 없는 것은 아니었다. 사람이 당황하다 보면 이상한 옷차림도 하는 것이다.

다시 계단을 달려 내려오는 나를 보고 어머니가,

"나가는 거니?" 하고 말했다.

"응." 하고 나는 짐짓 아무렇지도 않은 척 대답할 요량이었지만, 곧 "아니……, 그냥 바다에 가는 거야." 하고 이상하게 방어적인 말을 내뱉고 말았다.

"호오." 하고 어머니가 말했다. 다양한 생각이 담긴 농밀한 '호오' 라고 느껴졌다. 그리고, "저 앤 누구니?" 하고 묻는다.

"학교 친구야. 그럼 다녀올게." 하고 나는 내던지듯 말하고 또 "금방 올 거야." 하고 덧붙였다. 마음이 여린 탓이다.

"점심은?" 하는 어머니.

"바닷가에서 우동이나 사 먹지, 뭐."

"조심해라." 하고 어머니는 말했다.

도대체 뭘 조심하라는 말씀일까, 하고 꽤 시간이 지나서야 문득 생각했지만, 이때는 그저 어머니가 짤막하게 말한 것만 고마워서 나는 샌들을 꿰 신고 도망치듯 현관을 나섰다.

바다에서 우동을 사 먹겠다고 했지만, 나는 돈 한푼 없이 집을 나섰다. 게다가 수건도 깜빡 잊고 나왔는데, 그걸 깨달은 것도 바다에 다 와서 옷을 갈아입을 단계가 되었을 때였다. 나는 탈의실 사용료마저 도모토에게 빌려야 했다.

옷을 갈아입는 내내 왠지 "드디어…… 드디어……." 하고 중얼거렸다. 닭을 쫓는 소리가 아니다. 한자로 쓰면 '到頭' 가 된다('드디어'는 일어로 '토오토오'이며 한자로는 '到頭'이다. 이것이 마치 닭을 쫓는 듯한 소리 같지 않은가—옮긴이). 그런데 '드디어' 뭐가 어쨌단 말인지, 나도 알 수가 없었다. '드디어 나도 데이트를 하나 보다' 정도의 기분이었겠지만, 그 이상의 무엇도 어렴풋이 생각했는지도 모르겠다. 그 비슷한 생각이 무엇인지는 잊었다. 어쨌거나 혼란스러웠으니까.

해안선을 따라 한 이백 미터나 뻗어 있는 해변 임시 상가는 가장자리에서부터 철거가 시작되고 있었다. 날씨는 좋았지만 해수욕을 하러 온 손님은 거의 없었다. 매년 오봉이 지나면 사람들의 발길이 뚝 끊긴다. 우리말고는 중학생들 네댓 명이 물놀이를 하고 있을 뿐, 바다에는 해파리만 잔뜩 떠 있었다.

"유자탕(유자를 썰어 넣은 목욕물, 동짓날 이 물에 목욕하면 감기에 안 걸린다고 함—옮긴이) 같아." 하고 도모토는 웃었다.

나는 유자탕이라는 데 몸을 담가 본 적이 없지만, 왠지 우스워서 함께 웃었다. 웃음소리와 함께 두 사람 사이의 어색함이 가셨다, 고 말하고 싶지만, 그 웃음소리는 입에 잔뜩 꾸겨 넣은 솜사탕처럼 늦여름 뜨거운 대기에 금방 녹아 버리고 그 뒤에는 어색한 말없음이 이어졌다. 1967년 당시 시골 고교생의 주변머리는 그렇게 쉽게 풀릴 수 있을 만큼 부드러운 것이 아니었다.

썰물이 대략 7할 정도 빠진 때라 무릎을 조금 넘는 깊이를 자박자박 건너면 제법 먼 바다까지 모래땅이 드러나 있다. 멀리까지 이어진 모래사장 위에는 파도가 내키는 대로 흐르는 듯한 곡선

줄무늬가 그려져 있고, 우리는 그곳을 계속 걸어서 다시 바다로 들어간다. 이번에는 점점 깊어져 간다.

처음 얼마 동안 그녀는 팔을 가볍게 굽혀 양손을 어깨 높이로 쳐들고 앞서서 걸어갔지만, 그녀가 조심조심 발걸음을 옮길 때마다 파란 수영복 밑에서 불룩한 엉덩이 살집이 움씰움씰 움직이는 것을 바라보다가 기분이 이상해져서 나는 그녀를 추월하여 앞에 나섰다. 그리고 벌써 허벅지까지 차 오른 물 속을 화라도 난 사람처럼 바쁘게 척척 걸어갔다.

기분이 이상해진 것은 보기 흉해서가 아니라 그 반대였기 때문이다. 그래서 가슴이 답답해지고 숨이 막힌 것이다. 화라도 난 듯 바삐 걸어간 것은 내 의지에 반하는 육체의 자기 주장 탓에 걷기가 거북해진 것을 억지로 걷느라 그런 것이고, 한시라도 빨리 배꼽까지 물에 담그고 싶었기 때문이다. 남자라면 다들 그런 기억이 있을 것이다.

가슴께까지 차는 깊이에 도달해서야 겨우 안심이 된다. 뒤를 돌아보니 무슨 생각인지 그녀는 아직도 두 손을 쳐든 채 조금 진지한 표정으로 다가온다. 둔하게도 보이고 우아하게도 보이는 몸동작이었지만, 이때는 오로지 후자 쪽 인상만 얻은 것은 내가 열일곱 살 소년이었기 때문일까?

나는 숨을 크게 들이마시자마자 첨벙, 하고 머리를 물 속에 처박고 특기인 버터플라이를 하기 시작했다. 스트로크를 할 때마다 손이나 얼굴에 해파리가 미끄덩미끄덩 스친다. 그녀의 눈길을 의

식하면서 단숨에 오십 미터쯤을 헤엄친다. 땅위에서 이 수영법을 한다면 너무 비열해 보이겠지, 하는 생각이 문득 들자 그만 숨이 턱 막혀서 헤엄치기를 중단했다. 하지만 이미 발이 바닥에 닿지 않았다. 당황한 나는 평영으로 좀 더 얕은 곳으로 돌아가 두 손으로 얼굴을 문질러 닦고 하늘을 우러러보았다. 그 순간 문득 의식이 멀어지며 하늘의 파란색이 잿빛으로 일변했다. 그러고 보니 클리프 리처드의 노래 중에 〈Blue Turns To Gray〉라는 것이 있다(이 노래는 롤링 스톤즈의 믹 재거와 키스 리처드의 콤비가 만들었다).

물론 잿빛으로 보인 것은 가벼운 빈혈 탓이어서, 하늘은 금세 파란색으로 돌아왔다. 생각해 보면 이렇게 헤엄을 친 것도 1학기 말 체육 수업 때 이후로 처음이었다. 갑자기 있는 힘껏 버터플라이 같은 걸 하니까 머리가 띵해진 것이다.

그녀는 여전히 두 손을 쳐든 채 다가왔다.

"어머, 너 정말 수영 잘 한다."

"아니, 너무 힘들어서 하마터면 익사할 뻔했어." 겸손 떨 생각은 없었지만 나는 그렇게 말했다.

"어머, 그렇게 수영을 잘 하는데도 익사를 하니?" 하고 그녀가 물었다.

"너, 수영 못해?" 하는 나.

"할 수는 있지만 햇볕에 타잖아." 하고 그녀는 얼른 납득이 가지 않는 말을 한다. 수영을 하건 안 하건 바다에 왔으면 햇볕에 그을리는 것은 마찬가지 아닌가.

"모처럼 왔으니 햇볕에 좀 타더라도 수영을 하면 좋을 텐데." 하고 나도 덩달아 어벙한 대답을 한다.

"그럼 가르쳐 줄래?" 하며 그녀는 두 손을 내 쪽으로 내민다. "발로 첨벙첨벙 할게."

아아, 어쩌나! 하고 나는 속으로 소리쳤다. 여자애 손은 초등학교 소풍 때 이후로는 만져 본 적이 없었다.

그녀는 '첨벙첨벙 할게' 라는 어린애 같은 말투로 손을 잡으라고 재촉한다.

나는 얼떨결에 그녀의 두 손을 잡고 바다 속을 뒷걸음질치고 그녀는 마음껏 발장구를 친다.

타이거스(1960년대 중반에 최고 인기를 누리던 일본의 그룹사운드—옮긴이)의 〈시사이드 바운드〉나 블루 코메츠(1960년대 중반에 활약한 그룹으로, 일본 최초의 그룹사운드로 평가되기도 함—옮긴이)의 〈블루 샤토〉가 보트 대여점의 통나무 기둥에 매달린 확성기에서 거듭 흘러나오고 있다. 우리 모습을 쌍안경으로 보고 있는 보트 대여점 아저씨가 제 딴에 눈치껏 서비스를 하는 것인지, 아니면 희롱하는 휘파람 대신인지는 알 수 없었지만, 상황이 이렇게 되고 보니 어느 쪽이든 상관없었다. 우리는 쾌청한 하늘 아래 유자탕 같은 해파리 바다에서 끈기 있게 이십 분 가까이나 발장구 연습에 몰두했다. 그녀의 손을 잡고 계속 뒷걸음질을 치면서, '이런 풍경을 후지오가 보면 뭐라고 할까?' 하고 나는 문득 생각했다.

그리고 잠시 동안 헤엄치는 것도 아니고 잡기놀이를 하는 것도 아니고 그냥 파란 바다에서 물을 퍼서 머리 위에 올리고 그것을 통해서 하늘을 바라보거나 하면서 (그게 딱히 재미있었던 것은 아니다) 시간을 보낸 뒤 그녀는 말했다.

"도시락 먹을까?"

"어?" 하고 나는 오카시타 말투로 말했다. "나는 도시락 안 가져왔는데……."

물론 그녀가 내 몫까지 준비해 왔으리라는 것은 쉽게 추측할 수 있었지만, '그래.' 하고 넙죽 말하면 남한테 얻어먹는 것을 너무 당연시하는 몰염치한 인간처럼 보일 것 같아서 시골 고교생답게 일단 마음에도 없이 사양하는 척해 본 것이다.

그녀가 이런 속을 간파했는지 못 했는지, 아무튼 내 대답에 개의치 않고 다시 두 팔을 쳐들고 바삐 모래사장 쪽으로 나가기 시작했다. 지금이라면 그 걷는 품새가 혹시 일종의 교태 같은 거였나? 하고 생각하겠지만, 그때는 그저 '거 꽤 여성스럽네.' 하고 내심 감탄하고, 그 '여성스럽다' 라는 말에 다시 숨이 조금 답답해졌던 것이다.

해변 임시 상가 중간쯤에 있는 무료 휴게 코너에 도착하자 그녀는 "잠깐 기다려." 하고 잔달음질로 달려가 탈의실 카운터에 맡겨 둔 바구니를 들고 돌아왔다.

"어디로 갈까?" 하고 그녀는 말하지만, 바구니를 든 수영복 차

림의 여자애를 막상 어디로 데려가야 옳은지 나는 도통 알 수가 없었다.

그러나 그녀는 바구니를 든 수영복 차림의 여자애를 어디로 데려가야 좋은지 모르는 눈치 없는 사내를 어디로 데려가야 좋은지 잘 알고 있는지, "글쎄." 하며 다시 얼떨결에 바다 쪽으로 돌아가려던 나의 왼쪽 팔꿈치를 붙들고 "솔숲으로 가자." 하고 말했다. 과연, 쨍쨍 내리쬐는 햇볕을 받으며 도시락을 먹는 것처럼 얼빠진 짓도 없지.

앞서 소개한 '관영통보' 즉 해변 모래밭에 패인 엽전 모양의 모래 둔덕 앞 솔숲으로 우리는 걸어 들어갔다.

"여기가 좋겠어." 하고 그녀는 조금도 주저하는 빛 없이 어느 소나무 아래를 점심 식사 장소로 정하고, 오른손에 벗어 든 샌들로 주변을 기어다니는 불개미들을 사방으로 재빨리 쓸어 날리고, 혼례식 답례품을 싸는 비닐 보자기 두 장을 나란히 깔고 앉았다. '얼랠래' 하는 후지오의 입버릇이 문득 머릿속에 떠올랐다.

나도 끌려가듯이 보자기 가장자리에 그녀와 같은 방향을 향하고 앉아 두 무릎을 껴안고 무릎 위에 턱을 얹었다. 옆에서 부스럭부스럭 소리가 난다. 이만한 일에 가슴이 이렇게 울렁대서야 어디 장차 결혼이나 할 수 있을까, 그런 생각까지 들었다.

"자, 어서 먹어." 하는 목소리에 옆을 돌아보니 김과 참깨로 만든 주먹밥 열두 개에 피망 · 소시지볶음, 계란말이, 샛노란 단무지가 검은 칠기 찬합에 예쁘장하게 담겨 있다. 이 칠기 찬합이 또

한 뭐라고 말할 수 없이 예쁘장하다.

그녀가 작은 플라스틱 접시에 열심히 담아 주는 반찬과 주먹밥을 나는 열심히 먹었다. 음식에 집중함으로써 마음의 평정을 되찾으려고 했는지도 모른다. 결국 주먹밥을 여덟 갠가 아홉 갠가를 먹었다. 약간 작게 빚은 주먹밥이지만 그렇게 많이 먹으면 속이 거북해진다. 차를 마시고 싶었지만, 그녀는 뚜껑이 컵을 겸용하는 물통만 가져왔을 뿐 따로 컵을 챙겨 오지는 않은 모양이었다. 그렇다면 나는 마실 수가 없겠군, 하는 아쉬운 마음으로 빨간 바탕에 하얀 토끼가 뛰어 노는 물통을 쳐다보았더니, 그녀는 익숙한 손놀림으로 빨간 뚜껑에 차가운 보리차를 찰랑찰랑 따라서 나에게 내밀었다.

내가 망설이는 것을 보고,

"괜찮으니까 마셔." 하고 그녀는 웃으며 말했다. 열일곱 살 아가씨는 예민한 심리분석가였다.

밥을 다 먹고 겨우 차분해진 도모토와 나는 띄엄띄엄 이야기를 시작했다.

"너희 밴드도 이번 축제에 참가하니?"

"응. 해."

"열심히 해, 응원할 테니까."

"응, 열심히 해야지."

그때 우리 뒤쪽 이십 미터쯤 떨어진 도로로 한 무리의 초등학생들이 혹은 뜀박질로 혹은 자전거를 타고 지나가면서 이쪽을 쳐다보며 저마다 뭐라고 떠들었다. "야, 아베크족이다, 아베크족이야, 저길 봐." 하고 말하는 녀석이 있다. "정말, 아베크족이네." 하고 다른 녀석이 말한다. "키스했냐?" 하고 뒤에 오는 녀석이 옆 놈에게 묻는다. 당장 뒤쫓아가서 머리를 쥐어박아 주고 싶었다.

그녀는 조금 부끄러운 듯 쓴웃음을 짓고, "재네들, 싫다." 하고 말했다.

정말 싫다, 하고 나도 생각했다.

"바다가 가까워서 좋겠어." 하고 그녀가 말했다. "매일 해수욕하러 올 수도 있고."

"어릴 때는 맨날 바다에서 놀았지."

"겨울에도?"

"겨울에는 별로 오지 않아."

"물놀이를 하지 못하는 철에는 뭘 하고 놀아?"

"작살로 물고기를 잡거나 맛을 잡아."

"맛이 뭐야?"

"십 센티미터쯤 되는 가늘고 긴 조개."

"아항."

"맛조개 잡는 거 재밌어."

"어떻게 잡는데?"

"물이 빠질 때 괭이로 모래를 깎아내듯이 파내면서 잡아."

"괭이로? 농부 같겠네?"

"그렇게 보면 그렇지."

"그래서?"

"타원형 구멍이 보이면 그게 맛 구멍이야."

"아항."

"그 구멍 속에 아이스캔디 막대로 소금을 퍼 넣어."

"소금?"

"소금단지를 허리춤에 차고 다니거든. 이렇게 막대로 퍼서."

"소금을 넣으면 맛이 죽어?"

"민달팽이랑 달라서 죽지는 않아. 얼굴을 쏙 내밀지."

"얼굴이 있어?"

"얼굴인지 머린지 모르지만 이렇게 뿅, 하고 내밀어."

나는 검지를 세워서 그 모양을 표현했다.

"그걸 붙잡는 거야?"

"아니, 처음 내밀 때는 그냥 아무 짓도 하지 않고 다시 들어가게 놔둬."

"아항."

"반드시 다시 한 번 나오거든. 두 번째 나올 때 더 많이 나와. 그럼 검지와 엄지를 그 구멍 가장자리에 대고 있다가 쏙 나왔을 때 꽉 잡고 살살 잡아당기는 거야."

"살살?"

"갑자기 확 잡아당기면 아래쪽의 다리가 찢어지거든. 그 다리가 제일 맛있어."

"찢어진 다리는 어떻게 되지?"

"모래 속에 쑥쑥 파고 들어가 도망가지. 그렇게 되면 아무리 파내도 잡을 수가 없어."

(이 맛의 '다리'를 아이들은 쭉 늘어났다 줄어들었다 하는 그 모습 때문에 대체로 '불알' 혹은 '맛불알'이라고 부르지만, 물론 그녀에게는 그런 얘기는 해 주지 못했다.)

"껍데기나 머리를 그냥 두고?" 하고 그녀는 큰 눈을 동그랗게 뜨고 묻는다.

"응."

"다리만 도망쳐서 뭘 어쩌게? 껍데기나 머리가 다시 생겨나나?"

"글쎄……."

"여름에도 있어?"

"글쎄, 있지 않을까?"

"그럼 맛 잡으러 가자. 재미있겠다."

그렇게 말하고 그녀는 힘차게 일어섰다.

다시 바구니를 들고 바다로 나가서 맛을 잡는다. 괭이도 소금단지도 없이 손으로 모래를 파서 잡자는 얘긴데, 과연 잡을 수 있을까? 하고 생각했지만, 일단 쪼그리고 앉아 열심히 주변을 온통 파 젖혔다.

그녀도 내 옆에 쪼그리고 앉아서 내가 하는 양을 지켜본다. 프로이트 선생이 보셨다면 뭐라고 한마디 할 것 같은 상징적인 광경이었는지도 모른다. 그녀가 앉은 위치에 따라서는 종종 내 시

선이 향해서는 안 되는 곳으로 향하려고 해서, 이럼 안 되지, 하며 쇠사슬로 끌리는 것을 싫어하는 개처럼 무리한 포즈로 목을 비틀고 구멍을 팠기 때문에 나중에는 허리, 팔, 손가락 끝뿐만 아니라 목까지 지끈거렸다. 목까지 아플 정도로 열심히 팠지만 맛은 잡지 못하고 대신 작은 접시조개만 세 개 잡았다.

"예쁜 조개네." 하고 그녀는 엷은 분홍빛 손바닥에 접시조개를 굴리면서 말했다.

"아직 덜 자라서 작아." 하고 나는 말했다.

"이보다 더 크게 자라?"

"이만하게 자라." 하고 나는 두 손으로 직경 십 센티미터 정도의 고리를 만들며 말했다.

"먹는 거야?"

"먹을 수는 있지만 맛은 별로 없어. 가져갈래?"

"별로 맛이 없구나." 작은 조개 세 개를 집에 가져가 봐야 마땅히 쓸 데가 없다고 생각한 탓인지, 아니면 불개미한테는 샌들로 쫓아낼 만큼 매정해도 접시조개한테는 상냥한 기질이었는지는 몰라도, 그녀는 "놓아 주자" 하고 웃으면서 말했다.

나는 접시조개를 다시 모래 속에 묻어 주었다.

그리고 다시 바다로 들어가 물을 퍼 올리는 장난을 하거나 해파리를 건져서 모래 위에 늘어놓기도 했다. "꼭 찹쌀떡 같아." 하고 그녀는 말했다. 동그란 찹쌀떡을 상자에 죽 늘어놓은 것을 연상한 것인지도 모른다.

그러다 보니 만조가 되었다.

엷은 갈색이 섞인 하얀 거품에, 늘어놓았던 해파리 찹쌀떡의 마지막 한 개가 삼켜지는 것을 보고 그녀는,

"그만 가자." 하고 말했다.

확성기에서 마유즈미 준의 〈사랑의 할렐루야〉가 흘러나오고 있었다.

할렐루야 지는 석양은

할렐루야 붙들 수 없네

하루 일과를 마친 주황색 감귤빛 태양이 이제 막 멀리 이부키섬 위로 끙, 하며 내려앉는 참이었다.

우리 집 쪽으로 가는 골목 바로 앞에서,

"그럼, 나 갈게." 하고 그녀는 말했다.

"그래." 하고 나는 트릿한 인사를 했다.

'저기까지 바래다 줄까?' 하고 말할 만한 주변머리도 용기도 당시 나에게는 없었다.

그녀는 "얼굴이 따끔따끔 쓰라려." 하고 쓴웃음을 지으며 말했다. 헤어지면서 손을 흔드는 하늘색 원피스 차림의 도모토 유키요는 '발로 첨벙첨벙 할게.' 하고 말할 때하고는 달리 왠지 정말로 어린 소녀 같았다.

이것이 내가 지금까지 살아오면서 최초이자 최후의 '해변의 데

이트'였다.

"오, 돌아왔구나." 하고 어머니가 말했다. "이게 뭐야, 얼굴이 새빨갛잖니."

"볕에 탄 거야." 하는 나.

"그 지경이 되도록 땡볕 아래 있었다니, 정말 바보 아냐? 그 애 얼굴도 이렇게 됐니?"

"응."

"둘 다 바보로구나." 하고 어머니는 즐겁게 웃었다.

저녁을 먹은 뒤 2층에서 뒹굴고 있는데 전화가 왔다. 후지오의 전화라는 어머니의 말에 나는 '아항' 하고 생각했다.

"도시락 맛있었냐?" 하고 후지오가 말했다.

"네가 그걸 어떻게 아냐? 역시 네 놈 짓이었구나?" 하고 나는 말했다.

"재밌었냐?"

"힘들었다."

"초심자니까 힘들었겠지."

"대체 어떻게 된 거야?" 하고 나는 물었다.

"어제 저녁에 도모토 유키요가 심심한지 나한테 전화를 했더라고. 이런 저런 이야기를 하다가, 고교 시절 마지막 여름방학인 만큼 좋은 추억을 만들고 싶다고 하길래, 그럼 도시락 싸 가지고 칫쿤과 바닷가에나 갔다와라, 하고 말해 주었지. 그 애, 전부터 너한테 마음이 있는 것 같았거든."

"그랬냐?"

"여자가 나서서 데이트를 청하는 걸 보면 뻔하지 뭐."

"그런가."

"어쨌거나 나한테 고맙다고 해라." 하고 후지오가 으스대며 말했다.

"어쨌거나 고맙다." 하고 나는 웃으며 말했다.

"정말이지 우리 멤버들은 하나같이 벽창호들이라 잔손질이 많이 간단 말이야."

"그런데 어째서 나한테 직접 전화하지 않았을까? 굳이 너한테 상담할 것까지도 없었을 텐데." 하고 나는 말했다.

"그걸 모르니까 너를 벽창호라고 하는 거야. 좋은 꿈 꿔라." 하고 후지오는 전화를 끊었다.

도모토 유키요가 나에게 호감을 품고 있는 것은 아무래도 확실한 것 같은데, 그것이 과연 어느 정도의 호감인지는 역시 잘 모르겠다. '사랑'이라는 말이 똥파리처럼 앵앵거리며 귓가를 날아다니지만, 아무래도 거기까지는 가지 않은 것 같다. 그렇다면 내 마음은 어떠냐, 하면 더더욱 알 수가 없다. 바닷가에서 그녀의 얼굴은 평소보다 더 귀여웠고, 안 보려고 애써도 아무래도 눈에 들어오고 마는 그 수영복 차림에는 거의 압도되고 말았다. 당장 사랑하는 것은 아니라고 해도 이런 상태에서 멋진 사랑의 싹이 쑥쑥 크는 것인지도 몰라. 나는 이상하게 들뜬 마음으로 그런 생각들을 했던 것이다. 지금 생각하면 어머니는 나의 그렇게 들뜨는 변변치 못한 점을 두고 '조심해라' 라고 말씀하신 것인지도 모른다.

어쨌거나 허리, 팔, 손가락 끝, 목 등 온몸이 아프기는 했지만 역시 즐거운 체험임에는 틀림없었다. 후지오뿐만 아니라 도모토 유키요한테도 '고맙다' 고 말하고 싶었다. 그러면서도 한편으로는 '이제 데이트는 그만 됐다.' 고 속으로 중얼거렸다. '적어도 앞으로 몇 년 동안은 필요 없어. 힘들어서 못하겠다. 당분간은 노래 속에 나오는 수많은 〈무정한 여인〉, 〈다부진 여인〉, 〈귀여운 아가씨〉를 사랑하기로 하자.'

후지오가 전화로 그렇게 말한 탓인지, 그날 밤 나는 꿈을 꾸었다. 어떤 꿈이었는지는 부끄러워서 차마 쓰지 못하겠다.

12
It's gotta Rock n' Roll Music

역시, 록 아니면 안 돼

Chuck Berry ; 〈Rock And Roll Music〉

그 하나

이틀 동안 벌이는 문화제의 첫날인 9월 29일, 더 로킹 호스맨이 출연하기로 결정되었다. 콘서트 시간은 오후 한 시부터 두 시까지 한 시간. 너무 늦지도 너무 이르지도 않은 것이, 아마도 가장 좋은 시간대일 것이다.

어떻게 이렇게 황금 시간대를 차지할 수 있었느냐 하면, 그건 결코 우연이 아니었다. 문화제 운영위원을 학생회가 맡는데 (아울러 프로그램도 전부 결정한다) 그 회장이 우리 제2경음악부의 2학년 부원이었기 때문이다.

그리고 후배 도리오 미쓰토모가 학생회장이 된 것도 역시 결코 우연이 아니다. 그렇다고 도리오 자신의 의지도 아니다. 실은 제2경음악부의 한 3학년생 선배부원의 의지였다. 이 선배는 가을 문화제 콘서트를 최대한 성공시키기 위하여 쉽게 말하면 우리 말을 잘 들어줄 사람을 학생회에 심어서 호스맨의 편의를 봐주게 하려고 "싫어요, 싫어요." 하는 도리오에게 모든 걸 체념하고 회장선거에 입후보하게끔 교묘하게 조종하고 인맥을 다각도로 움직여서, 세가 불리하다는 일반의 예상을 뒤엎고 멋지게 당선시켰던 것이다(라고 쓰면 도리오 군이 너무 가엾지만, 본인도 나중에 "좋은 경험이었다."고 말했던 것이다). 권모술수에 뛰어난 제2경음악부의 그 선배가 누구인지 말할 필요도 없을 것이다. 후지오말고 그럴 일을 할 (혹은 할 수 있는) 사람은 없었다.

여름방학이 끝나자마자 우리는 최초의, 그리고 아마도 최후의 콘서트를 준비하며 마무리 맹연습에 들어갔다. 학교에서도 하고 집에서도 했다. 콘서트 직전의 일주일은, 다른 멤버는 몰라도 나는 적어도 여덟 시간은 기타를 껴안고 살았던 것 같다. 이미 딱딱하게 굳어 있던 왼손 손가락 끝의 살갗이 다 벗겨지고 그 밑에서 다시 박피가 솟아올라 굳은살처럼 딱딱해졌다.

"우리 모두 프리츠 폰 에릭의 손처럼 되었네." 하고 베이스의 후지오가 나랑 자신의 손가락을 서로 번갈아 보면서 만족스럽게 말했다. 프리츠 폰 에릭이라는 사람은 텍사스의 댈러스를 근거지로 활약하는 유명 프로레슬러로, 그 사람의 특기가 '클로' 라 불리는 기술, 요컨대 상대방 얼굴이든 머리든 어깨든 배든 가리지 않고, 불알만 빼고는 어디든 꽉꽉 움켜잡아서 결국에는 유혈과 신음에 이르게 하는 참으로 무서운 기술인데, 그 사람 손가락 끝에 못지않을 만큼 우리 손가락 끝도 딱딱해졌을 거라고 후지오는 말했던 것이다. 기타의 귀신 시라이 세이치는 말할 것도 없고, 스틱을 휘두르는 오카시타 다쿠미의 손바닥도 걸레 없이도 걸레질을 할 수 있을 정도로 살갗이 두터워져 있었다.

우치무라 유리코와 하시마 가즈코, 그리고 저 도모토 유키요의 삼인조가 뭐든 돕고 싶다고 해서 포스터와 전단지를 만들어 달라고 부탁했다.

"너희는 감각이 뛰어나니까 전부 맡길게. 너희들 좋을 대로 멋지게 만들어 줘. 잘 부탁해." 하고 후지오는 교묘하게 추켜세우며 말했다.

우치무라는 "어머, 우리가 어떻게?", 하시마는 "어머, 우리가 할 수 있을까?", 도모토는 "어머, 어떻게 하지?" 하고 말은 하지만 사실은 자신만만했다. 짐짓 엄살을 떤 것은 사누키 여자들 특유의 저 천연덕스러운, 마음에도 없는 겸손의 포즈였던 것이다. 실제로 이들은 신이 나서 컬러 매직펜으로 정성스럽게 대형 포스터 다섯 장과 등사판 전단지를 사백 장이나 찍어 주었다. 포스터는 모두 같은 디자인으로, 모두 곱슬곱슬한 긴 머리에 비틀즈 같은 깃 없는 슈트를 입은 호스맨이 꽃밭에서 연주를 하고, 공중에서는 작은 꽃을 수놓은 몰이 몇 가닥이 드리워져 있다.

"하이고, 너무 멋지다!" 하고 오카시타는 보자마자 탄성을 올렸다. "엄청나게 멋지구나, 이거."

포스터의 인물들이 모두 입을 작게 오므린 것이 조금 걸렸지만,

나도 무척 마음에 들었다.

"나는 빡빡머리인데."하고 후지오가 말했지만, 그렇다고 불만이라는 건 아니었다. "여기에다 관 같은 걸 쓰고 수염만 기르면 영락없이 트럼프의 잭이야."

조명 감독은 시이상이다. 그는 무대 옆에서 무대 조명이나 풋라이트의 스위치를 제때 켰다 껐다 하는 일 외에, 손수 특별히 제작한 와이어리스 마이크로 좌우 스포트라이트 담당자에게 (이 두 사람 역시 시이상이 특별히 제작한 헤드폰을 쓰고 있다) 필요한 지시를 내린다. 이 스포트라이트 담당은 2학년생 기시가미와 1학년생 이와타가 맡아 주었다. 이들은 기재의 수리와 점검, 그리고 조명 연습을 몇 번씩이나 열심히 반복해 주었다.

우리는 바람을 잡기 위해 콘서트 전날, 체육관 입구 콘크리트 계단에서 세 곡 정도를 데몬스트레이션 했다.

그날은 오전 수업만 하고 오후는 문화제 준비에 전념했다.

커다란 입간판, 종이 꽃, 책상, 의자, 전시를 위한 다양한 물품을 들고 우왕좌왕하는 남녀 학생들 모습을 보면서 우리도 앰프와 드럼을 설치하고 천천히 튜닝을 했다. 굳이 천천히 한 것은 튜닝 소리를 듣고 아이들이 모이기를 기다리기 위해서였다. 즉 아이스캔디장수의 종소리나 인형극 아저씨의 딱따기 소리 같은 것이었다.

띵-, 띵-, 하고 기타가 울고 둥, 둥, 둥, 하고 베이스가 운다. 뺑-, 뺑-, 하는 것은 하모닉스 튜닝 소리다. 칭, 칭. 따닥, 따닥. 뚜구두구둥! 하고 오카시타도 가끔 심벌이나 드럼을 쳐 본다.

그 소리에 이끌려 점차 아이들이 모이자, 개중에는 "빨리 해 봐라."라든지 "녀석들, 제법 하는 것 같은데." 하는 소리가 들려온다. 웅성웅성, 시끌버끌, 와글와글.

때가 무르익었다고 생각한 시라이가 오카시타 쪽을 돌아보며 고개를 끄덕였다.

오카시타는 스틱을 마주 때려서 카운트를 먹였다.

딱(원), 딱(투), 딱(쓰리), 딱(포)－.

"잠깐." 하고 시라이가 소리쳤다. "너무 빨라, 너무 빨라."

"오카시타, 파이팅!" 하고 뒤쪽에서 보고 있던 우치무라, 하시마, 도모토 등 세 여학생이 목소리를 모아 격려한다.

다시,

따악(원), 따악(투), 따악(쓰리), 딱(포)!

시라이가 기타의 맨 아랫줄을 뮤트한 채 16분음표 속도로 트레몰로 하기 시작했다. 벤처스의 〈워크 돈 런 · 64〉였다.

내 파트는 사이드 기타여서 비교적 간단하지만, 지금까지 시라이한테 수없이 들었던 말—'리듬을 정확하게 그리고 분명하게'—을 머릿속에서 반복하면서 열심히 쳤다.

펜더 트윈 리버브 앰프를 사용하는 시라이의 기타는 멋진 음색을 뽑아내고 있었다. 그 소리를 듣고 있자니 나도 모르게 씨익, 하는 웃음이 배어나온다. 그런데 얼굴은 역시 긴장으로 딱딱하게 굳어 있어서 옆에서 보면 아마 이상하기 짝이 없는 표정을 하고 있었을 것이다. 광대뼈부터 입가까지는 한냐(일본의 전통 무극 노에 등장하는 가면으로, 두 개의 뿔이 나 있으며 질투와 고뇌의 표정을 보여 준다—옮긴이)의 얼굴처럼 되지 않았을까.

엔딩의 '좌앙~!' 소리가 끝나자, 벌써 스무 명쯤으로 불어난 구경꾼들 사이에서 일제히 박수가 터졌다. '되겠어!' 하고 나는 내심 소리쳤다. 교사 창문에서도 학생들이 얼굴을 내밀고 이쪽을 쳐다보고 있다.

"땡큐, 땡큐." 후지오가 박수에 답례하며 말했다.

"대단히 감사합니다. 그럼 보너스로 한 곡 더!"

이때 시라이는 고베야에서 빌린 에코 체인바의 스위치를 켰다(까만 소형 나무상자처럼 생긴 에코 효과 강화 장치로, 기타와 앰프의 중간에 접속한다). 다음 곡은 사운즈의 〈Mandschurian Beat〉(1963년 말에 일본에서 크게 히트함—옮긴이)이므로 에코를 최대한 살려야 한다.

우리는 이제 완전히 침착해져 있었다. 곡에 맞추어 한 여학생이 고개를 가볍게 좌우로 혹은 위아래로 흔드는 것도, 한 남학생이 발로 박자를 맞추거나 손뼉으로 박자를 넣는 것도 우리는 다 보고 있었다. 곡이 끝나자 아까보다 더 커다란 박수가 터졌다.

세 번째 곡은, 기왕 에코를 켜 놓은 김에 애스트로너츠의 〈무빙〉을 했다.—반응이 괜찮을까? 좋았어, 됐다!

내친 김에 한 곡 정도 더 하고 싶었지만, 예정대로 우리는 이것으로 자리를 접었다. 우리 둘레에는 벌써 백 명 남짓한 학생들이 모여 있었다. 바람잡이 데몬스트레이션은 성공리에 끝났다.

"땡큐, 땡큐." 하며 후지오는 손으로 박수와 휘파람을 가라앉히며 말했다. "잠깐 한 말씀 드리겠습니다! 에~, 오늘은 잠깐 맛보기로 연주한 거고, 내일 한 시부터 우리 로킹 호스맨 콘서트에 친구, 동창, 친척, 옆집 아저씨 아줌마까지 죄 모셔서 부디 빈자리 없이 꽉꽉 들어차게 왕림해 주시기를, 저희 일동은 간절히 바라 마지 않는 바입니다."

"벌써 끝이냐!" 하고 유도복을 입은 아이가 말했다. "조금만 더 해 봐라!"

"내일도 〈무빙〉 합니까?" 하고 좌우 손에 접이식 철제의자를 네 개씩 들고 있던 아이가 물었다.

"그것도 내일 직접 오셔서 확인해 주세요." 하고 후지오는 대답했다. "자, 그리고 여러분, 오늘은 연주하지 않았지만 내일은 엘레키(일렉트릭 사운드로 인스트루멘탈 넘버를 주로 연주하는 그룹을 이르는 일본식 이름—옮긴이) 넘버뿐만 아니라 비틀즈나 그밖에 보컬을 곁들인 재미난 록도 많이 합니다. 다시 말하지만, 콘서트는 내일 한 시에 시작하니까 늦지 마십시오. 됐습니까? 여러분 그럼 내일 봅시다. 잘 부탁합니다."

또다시 우레와 같은 박수소리. 역시 이런 자리에는 후지오가 능숙하다.

우리는 기자재를 부실로 옮겨 놓은 다음 각 교실을 분담하여 돌아다니며 칠판에 '로킹 호스맨 콘서트, 29일 오후 한 시에 시작, 많은 참석 바랍니다.' 라고 적었다. 1, 2, 3학년을 합치면 서른여섯 개 반이므로 꽤 힘든 일이지만, 우치무라 유리코들, 그리고 후배 부원들이 도와 주어서 생각보다 수월하게 끝났다.

그리고 세 여학생이 만들어 준 포스터를 학교 입구 게시판이나 식당, 체육관 문 등에 붙이며 돌아다녔다.

이런 일을 하고 보니 벌써 여섯 시가 지났다.

서클방을 1학년 부원에게 지키게 하고 우리는 일단 각자 집으로 돌아갔다. 저녁밥을 먹고 다시 학교에 모일 예정이다. 서클방을 지키는 것은 우리의 소중한 악기와 기자재가 전부 있기 때문인데, 자물쇠를 채워 두어도 괜찮겠지만, 아무래도 걱정이 돼서 그럴 수가 없었던 것이다. 그리고 오늘밤은 모든 멤버와 시이상이 서클방에서 잠을 자기로 되어 있다. 침낭은 친구 야기가 회장을 맡고 있는 산악부에서 다행히 빌릴 수가 있었다.

그리고 내일은 새벽 다섯 시에 일어나 체육관에서 간단한 리허설을 갖기로 했다. 물론 리허설 시간은 오늘 점심 시간에도 잠깐 가졌지만, 내용을 미리 알리고 싶지 않아서 사람들이 없는 새벽에 갖기로 한 것이다(그래서 오늘 데몬스트레이션에서 연주했던 곡은 본 콘서트의 레퍼토리에 넣지 않았다). 체육관 열쇠는 2학년생 부원인 학생회장 도리오 미쓰토모가 가지고 있고, 학생회 간부도 오늘밤은 모두 학교에서 밤을 새며 행사장 경비를 하므로 새벽에 리허설을 갖는 데는 아무런 문제가 없었다.

"엄마, 당장 밥 먹을 수 있어요?" 하고 나는 집으로 뛰어 들어가면서 말했다.

"먹을 수야 있지만, 왜 씻지도 않고 서두르니?"

"목욕은 됐어요. 나가기 전에 머리만 감을래요."

리드 보컬이 감기에 걸리면 큰일이므로 목욕은 삼가기로 했지만, 내 머리가 워낙 가늘어 떡이 잘 져서 머리만은 감는 것이다.

"나가다니, 무슨 일로 또 나가?"

"아, 오늘밤은 모두들 학교에서 밤을 새기로 했어요. 악기도 지켜야 하고 내일 새벽 다섯 시에 일어나 리허설을 해야 하거든요."

"마무리 연습이니?"

"네."

"그럼 어서 먹어라. 도시락 싸 주랴?"

"네, 싸 줘요."

어머니는 깜짝 놀랄 만큼 눈치가 빨랐다. 딴소리 해 봐야 아무 소용없다고 생각하셨거나 일생일대의 중대한 무대에 오르는 아들의 속내를 미리 살피셨는지도 모른다.

저녁밥은 카레라이스였다. 나는 가슴이 찡해서 속으로 '어머니, 감사합니다.' 하고 인사했다.

입맛은 단데도 좀처럼 넘어가지 않는 것을 아구아구 집어넣다시피 해서 두 접시를 해치우고, 물을 틀어 놓고 머리를 감은 다음 수건으로 물기를 잘 닦고 머리를 부르르 흔들어댔다. 빨리 말리기 위해서다(헤어드라이어가 없었다).

겨우 마르자 세면도구와 갈아입을 속옷과 와이셔츠(무대의상을 이 와이셔츠, 즉 교복 하복으로 통일한 것이다), 그리고 중학교 수학여행 갈 때 어머니가 사 주신 털실 배덮개를 장농에서 꺼내 보자기에 싸고, 신문에 싼 주먹밥을 받아들고는 현관을 박차고 나갔다. 서두를 필요는 별로 없는데도 몸이 애가 단 것이다.

자전거에 걸터앉았을 때 아버지가 집에 도착하셨다.

"오, 또 나가냐?"

"예."

"드디어 하는 거냐?"

"네, 드디어."

"프로그램은?"

"아, 문화제 프로그램은 제 가방 속에 있어요. 괜찮으니까 열고 보세요."

"그래?"

"그럼 다녀올게요. 오늘밤은 학교에서 자요."

"그러냐? 드디어 하는구나."

아버지 역시 눈치가 번개였다.

사이타천에 걸린 상카다리께에서 어쩐지 가슴이 꽉 막힌 듯 답답해서 일단 자전거를 세웠다. 오늘은 하루 종일 가슴이 막혔다 풀렸다 하기를 주기적으로 반복되고 있다. 노래할 때는 제발 이러지 말아야 할 텐데, 하고 생각하며 강물을 바라본다.

굴요리를 파는 지붕 씌운 배가 다리에서 십 미터쯤 앞에 떠 있다. 머리를 감아 한결 가벼워진 머리카락을 벌써 쌀쌀해진 밤바람이 흔들며 에메론 샴푸 냄새를 풍긴다. 달도 별도 밝은 것을 보면 아마 내일은 날이 쾌청할 것이다. 나는 크게 심호흡을 하고 다시 자전거를 몰았다.

서클방에는 벌써 시라이와 오카시타가 와 있었다. 방을 지키고 있던 1학년생들은 벌써 돌아간 모양이다. 시라이는 악보를 들여다보고 있었다. 완전히 너덜너덜해진 그 악보라면 더 볼 필요도 없을 텐데, 역시 뭔가 하고 있지 않고는 견딜 수가 없는 것이다. 오카시타는 새로 산 스틱의 손잡이 부분에 주머니칼로 살짝 금을 넣고 있다. 마치 비엔나소시지에 칼로 금을 넣는 것 같은 모습이다. 땀 때문에 스틱을 놓치면 안 된다면서 오카시타는 새 스틱을 사면 늘 이 짓부터 한다.

시라이가 가방에서 새 기타줄 두 세트를 꺼내 하나를 나에게 던졌다. 전에 사 달라고 부탁해 두었던 것이다.

"이걸 오늘밤에 갈아 끼워 둬." 하고 시라이는 말했다. "아침에 갈아 끼우면 연주 도중에 늘어날지도 모르니까."

"알았어." 하고 나는 대답했다. 시라이 말이 맞다.

그리고 조금 뒤 시이상이 예비 전기코드나 펜치, 납땜인두가 든 커다란 연장박스와 갈아입을 속옷을 넣은 냅색, 보자기꾸러미를 들고 왔다. 보자기꾸러미는 수제 쿠키로, 여동생 에 짱이 만들어 준 것이라고 한다(에 짱은 이제 우리 캉온지제일고등학교의 1학년이다).

여덟 시가 지났을 때 후지오가 왔다. 집에 갔다가 불사 상담을 하러 온 시주들을 만나서 늦어졌다고 한다. 후지오는 주머니에서 트로키(사탕과 약을 섞어 만든 알약—옮긴이) 상자를 꺼내어 나에게 넘겨주었다.

"목이 칼칼하다 싶으면 이걸 빨아먹어. 구강청결제도 있어."

그렇게 말하며 후지오는 보스턴백에서 작은 병을 꺼내 보였다. 이소진 가글이다.

아홉 시가 지나서 학생회장 도리오가 서클방으로 찾아왔다.

"어때요? 다들 괜찮아요?"

"응, 컨디션은 좋아." 하고 나는 대답했지만, 또 가슴이 벌렁대기 시작했다.

"누가 나랑 같이 야간순찰 하러 안 갈래요? 학교도 한밤중에는 꽤 재미난 곳이거든요." 하는 도리오.

나와 오카시타는 도리오와 서기 다카이 야에코와 함께 손전등을 들고 교내를 돌았다. 혼자였다면 으스스 했겠지만, 우리는 서로를 놀래키고 꺄악, 으악, 비명을 지르며 즐겁게 돌았다.

전시 준비를 채 끝내지 못한 서클도 있었는데, 우리는 조몬시대(일본의 신석기시대—옮긴이) 수혈식 주거를 만드는 고고학 서클을 도와 주었다.

"내일, 콘서트 잘 하세요." 하고 고고학 서클의 1학년 여학생이 우리가 자리를 뜨려고 할 때 얼굴을 새빨갛게 물들이며 말했다.

오카시타도 나도 볼을 붉히며 대답했다.

"음, 고마워. 열심히 할 테니까 너도 보러 와."

"예, 갈게요. 친구들 전부 몰고 갈 거예요. 오늘 연주 굉장히 좋았어요." 하며 그녀는 수혈식 주거 속으로 달려 들어가 버렸다.

열 시쯤 갑자기 비상벨이 울려서, 무슨 일인가 놀라서 다들 당황해서 달려 나갔는데, 부회장 이토 마사에가 점검 중에 실수로 비상버튼을 누른 것이라고 했다.

"미안해요, 플라스틱 커버가 떨어져 있는 줄 몰랐어요."

놀라서 달려온 우리들에게 울면서 사과하는 그녀의 모습이 귀엽고 애처로웠다. 물론 화를 내는 사람은 아무도 없었다. 내일은 문화제가 시작되는 날이고, 여기 모인 사람들은 모두 이 큰 행사를 성공적으로 치르겠다는 한 가지 생각밖에 없는 동지들이기 때문이다.

그 비상벨 소리 덕분에 오히려 내 가슴의 답답증이 풀린 기분이 들었다.

그리고 모두 학생회실에 모여 티백 홍차를 마시며 에 짱이 잔뜩 만들어 준 맛있는 쿠키를 먹었다. 아몬드를 얹은 것이 특히 맛있었다.

열한 시. 시라이와 나는 새 줄을 갈아 끼우고 튜닝을 했다. 그리고 (시간이 시간이므로) 앰프 없이 내일의 레퍼토리 중에서 네댓 곡을 연습했다. 오카시타는 스틱으로 바닥에 두텁게 깔아 놓은 신문지를 두드렸다. 나는 가볍게 노래도 해 보았다. 작은 목소리밖에 낼 수 없어서 고음을 제대로 부르지 못했지만, 목 컨디션은 나쁘지 않은 것 같았다.

시라이와 나는 예비 피크를 각자 두 개씩 양면테이프로 기타 궁둥이에 붙였다. 연주 중에 피크를 떨어뜨리지 않는다고 장담할 수 없기 때문이다.

우리가 악기를 서클방 양쪽에 기대어 놓고 잠을 자려고 침낭을 준비할 때 숙직을 맡은 우스다 선생님이 순찰을 돌다 오셨다(1학년 때 한 반이던 오카시타, 후지오, 나의 담임선생님이셨다).

"늬들, 여기서 잘 거냐?"

"네. 미리 허락도 받아 놓았습니다." 하고 후지오가 대답했다.

"그래? 그만 자거라. 벌써 열두 시가 다 됐다." 하는 선생님 말투가 묘하게 정겨웠다.

"예." 하는 우리들. "안녕히 주무세요."

"그래. 잘 자라." 하는 선생님.

"선생님." 하고 내가 말했다.

"왜?"

"선생님도 내일 보러 와 주세요."

"그래. 안랴케 아이들이 모처럼 화려한 무대에 오른다니 귀마개 지참하고 꼭 보러 가마." 하고 선생님은 웃으면서 말했다.

시이상이 가져온 엄청나게 큰 자명종 시계를 다섯 시에 맞추어 놓고 전등을 껐지만 잠이 올 리가 없다. 내일은 새벽부터 움직여야 하니까 빨리 자야 하는데, 하고 생각하지만 좀처럼 잠이 오지 않는다. 그러다가,

"드디어 하는구나." 하고 후지오가 불쑥 우리 아버지랑 똑같은 말을 한다.

"응." 하고 나는 대답했다.

"아, 로킹 호스맨 최초이자 최후의 무대인가." 하고 후지오는 말했다.

이것은 지난 며칠 동안이나마 내가 애써 생각하지 않으려고 했던 것이다. '최후' 라는 말. 우리는 내년 3월이면 졸업한다. 그 이후 멤버들이 어떤 길로 갈지, 나는 생각하고 싶지 않았고, 그런 것을 화제로 올리는 것도 피하고 있었다. 영원히 미루어 두고 싶은 문제였던 것이다.

"드디어 하는구나." 하고 오카시타도 같은 말을 했다. "총결산인 셈이지."

나는 잠시 후지오와 오카시타가 못마땅했다. 그런 말은 안 해도 될 텐데.

"빨리 자라." 하고 시라이가 말했다. "내일 일찍 일어나야 해."

그래, 맞아, 하고 나는 생각했다. 기왕 하는 말이면 좀 더 즐거운 얘기를 했으면 좋겠다.

내가 언제 잠이 들었는지 모르겠다. 두어 시간이나 침낭 속에서 옹색하게 뒤척이던 기억이 어렴풋한데, 분명한 기억은 없다. 아무튼 잠이 드나 싶었는데 금세 자명종 소리가 울린 느낌이었다.

세수를 하고 각자 가져온 도시락을 먹으려고 하는데 우치무라 유리코, 하시마 가즈코, 도모토 유키요, 삼인조가 샌드위치와 홍차 보온병을 들고 찾아왔다.

"와, 뭘 이런 진수성찬까지!" 하고 오카시카가 말했다.

"다 못 먹겠는걸." 하는 후지오. "나도 주먹밥을 조금 넉넉하게 가져왔는데."

"무슨 소리니, 너희들." 하는 우치무라.

"다 너희들 주려고 가져온 건 아냐." 하는 하시마.

"우리도 함께 먹을 거거든." 하는 도모토.

이래서 일식과 양식이 함께한 호화로운 아침이 되었다. 잠이 조금 부족한 느낌이지만, 온몸에서 활력이 느껴진다. 컨디션이 아주 좋다. 나는 휘파람으로 〈아이 필 파인〉을 불었다.

"칫쿤이 꼭두새벽부터 신났네." 하고 후지오가 말했다.

"드디어 그날이 왔잖냐." 하고 나는 내가 생각해도 의외다 싶을 정도로 시원시원한 기분으로 대답했다.

리허설이 끝난 뒤 우리는 세팅한 드럼이나 앰프를 다시 정리해서 무대 옆 대기실로 날랐다. 이 자리에서 오전에 영어 웅변대회와 본교 출신 역사학자의 강연이 예정되어 있다. 강연 주제는 〈전후 일본의 자본주의의 변화와 토지정책〉이란다. 시코쿠의 시골 고교생들에게 과연 흥미진진한 강연이었는지 어쨌는지는 유감스럽게도 물어 보지 않아서 나도 모르겠다.

그 둘

서로 분담해서 전단지를 전부 배포한 다음, 열한 시쯤에 모두 바자회장으로 우동을 먹으러 갔다.

교문 앞 우동집 주인이 이시카와 고에몽(16세기 말에 활약했다는 도적의 두목으로, 식솔들과 함께 사로잡혀 가마솥에 삶아 죽이는 형에 처해짐—옮긴이)이라도 삶을 수 있음직한 커다란 솥을 가져다가 교사 옆 빈터에 걸어 놓고 장작을 활활 때서 우동을 만들고 여학생이 웨이트리스를 한다. 아줌마가 아니라 제복에 앞치마를 두른 가련한 (어찌된 일인지 가련해 보인다) 여학생들이 서빙을 하기 때문인지 이 바자의 우동은 특히 맛있었다. 나는 대짜 우동을 좋아하므로 다른 해 같았으면 세 그릇은 뚝딱 해치웠을 테지만 이 날만은 한 그릇밖에 먹을 수 없었다. 시라이는 원래 입이 짧아서 역시 한 그릇으로 그쳤지만, 후지오, 시이상, 오카시타는 내 눈앞에서 세 그릇을 맛나게 뚝딱 해치웠다. 이 친구들이 부러웠다.

무대를 꾸미려면 아직 시간이 남아 있어서 우리는 천천히 교내를 돌아다니며 전시회를 두어 가지 구경한 뒤 체육관 옆을 지나 수영장 쪽으로 갔다. 체육관 옆 화장실을 지나면서, 아아, 이 벽에 기대어 후지오랑 함께 오카시타를 우격다짐으로 끌어들였지, 하는 생각을 했다. 그로부터 벌써 이 년하고도 반 년이 지났다.

수영장에는 아직도 물이 채워져 있다. 수영부가 계속 연습을 하는 모양이다. 누구인지는 모르지만 힘내라, 하고 나는 속으로 중얼거렸다.

아주 포근한 날이어서 우리는 나란히 수영장 가장자리에 앉아 맨발을 물에 담갔다. 여느 때라면 아마 살살 졸음이 왔을 게 분명하다. 수면이 한여름보다 더 눈부시게 반짝반짝 빛나는 것은 무슨 까닭일까?

"칫쿤, 얼굴이 창백해." 하고 오카시타가 말했다. "우동도 별로 안 먹고."

"한 그릇 비웠어." 하고 나는 대답했다. "아침을 조금 많이 먹었거든."

"너도 남들처럼 긴장을 하는구나." 하고 후지오가 말했다. "좋아, 내가 너를 위해서 불경을 외워 주마."

후지오는 눈을 감고 가부좌를 틀고 앉아 손가락을 깍지 끼워서 복사뼈 위에 올려놓고 경을 외기 시작했다.

옴 아모가 바이로차나 마하무드라
마니 파드마 즈바라 프라바를 타야 훔

제일 먼저 웃음을 터뜨린 것은 시이상이었다. 이어서 시라이, 오카시타도 웃기 시작하고, 덩달아 나도 웃음을 터뜨렸다. 마침내 웃음을 주체하지 못할 지경이 되었다. 원래 짧막한 경인지 다음과 같이 계속 반복하고 있었다.

……마하무드라

마니 파드마 즈바라 프라바를 타야 훔

옴 아모가 바이로차나 마하무드라……

후지오는 세 번을 반복하고 합장하였다.

"어때, 기분이 싹 풀리지?"

"너무 웃겨서 배가 아플 지경이다." 하며 시이상이 말했다.

"그건 무슨 경이냐?" 하고 오카시타가 물었다. "아무렇게나 되는 대로 읊은 거 아냐?"

"그럴 리가 있나." 하는 후지오. "이건 「광명진언」이라고 해서, 나를 비우고 일심으로 외우면 안개가 사라지듯 번뇌가 저절로 사라진다는 경이야."

"「반야심경」이라면," 하고 오카시타가 말했다. "할머니가 한때 매일 외우셔서 나도 조금은 따라서 욀 수 있는데."

"좋아, 그것도 외워 주지." 하고 후지오는 다시 눈을 감고 외기 시작했다. 그러자 오카시타도 작은 소리로 떠듬떠듬 따라 외운다.

불설마하반야바라밀다심경

관자재보살 행심반야바라밀다시

조견오온개공……

……

의반야바라밀다고 심무가애
무가애고 무유공포 원리전도몽상……

저 유명한 경도 듣고 있자니 자꾸 우스워진다. 또다시 웃음을 참지 못하고 낄낄댄다. 따라 외던 오카시타도 웃음을 터뜨렸다. 그러나 후지오는 변함없이 진지하기 짝이 없는 얼굴로 턱을 내밀고 열심히 왼다.

"아제아제 바라아제 바라승아제 모지 사바하."

독경을 마친 후지오는 다시 합장하고 수영장을 향해 깊이 절한다. 그 동안 다른 네 명은 인조 석판을 깐 풀 사이드에서 송충이들처럼 뒤엉켜서 깔깔 웃고 있었다.

겨우 웃음을 누른 시라이가 물었다.

"그 경은 무슨 내용인데?"

"그야 뭐 요컨대 '반야'가 '바라밀다'라는 거지." 하고 후지오는 말했다. 설명하는 것이 귀찮았을 것이다.

모두들 덩달아 소변을 본 다음 우리는 체육관으로 갔다. 이때가 열두 시 사십 분. 프로그램에 따르면 이제 강연이 끝날 시간이지만, 강연자는 아직도 열변을 토하는 중이다. 청중은 교사들과 오륙십 명 정도의 학생과 학부형. 양쪽에 칠팔십 개 정도의 의자가 마련되어 있어서 교사와 학부형은 거기에 앉고 학생들은 돗자리에 앉아 있다. 남는 공간이 넓어서 어린이들이 신나게 뛰어다니고 있다.

그런데 체육관의 여러 입구에는 벌써 학생들이 길게 늘어서 있었다. 우리 콘서트를 보러 온 것이 분명했다.

"됐다, 됐어, 저길 봐!" 하고 후지오가 노래하듯이 말했다.

강연은 한 시 직전에야 끝났다. 우리는 강연자가 퇴장하는 것을 확인한 뒤 즉시 막을 치고 무대 준비에 착수했다.

기타 앰프 두 대, 베이스 앰프, 그리고 고베야에서 빌린 보컬 앰프(스피커 박스가 두 대)를 마땅하게 세팅하고 마이크 스탠드 두 개를 무대 전면에 한 일 미터 간격을 두고 놓았다.

부리나케 이상의 세팅을 마친 것이 한 시 십오 분. 예정보다 상당히 늦었지만, 학교 문화제이므로 큰 문제는 아니다(사실 우리 콘서트 자체도 예정한 한 시간보다 조금 더 늘어날 예정이었다).

기타와 베이스의 튜닝을 다시 점검한다.

막 너머 객석에서 들려오는 말소리들이 점차 커진다. 끊일 새 없이 휘파람 소리가 들린다. "빨리 하자!" 하고 외치는 소리, "시라이!" "오카시타!" "칫쿤!" 하는 목소리, "원, 투, 쓰리, 포, 스님!" 하고 여럿이 소리를 모아 외치는 사람들도 있다.

마침내 튜닝 완료. 크게 심호흡을 한 시라이가 무대 옆에 서 있는 시이상에게 턱짓을 했다. 시이상도 턱짓으로 대답하고 무대 앞 객석 옆에 임시로 설치한 조명 컨트롤 부스로 달려간다.

다음 순간, 콘서트장의 조명이 전부 꺼졌다. 두꺼운 커튼으로 모든 입구와 창문을 가려 놓아서 객석도 무대도 모두 암흑에 싸인다. 앰프의 파일럿 램프만이 검은고양이의 눈처럼 빛나고 있다. 마침내 막이 열리는 동시에 그야말로 박수의 돌풍! 그 박수 소리가 소용돌이를 틀어 뭉치더니 거대한 바위처럼 무대를 향해 굴러온다. 휘파람 소리가 그 바위 주변을 튀어 오르는 불꽃처럼 느껴진다. 신기하게도 내 귀에는 그렇게 들렸다.

오카시타가 스틱으로 카운트를 매겼다.

딱(원), 딱(투), 딱(쓰리), 딱(포)!

덴데케데케데케 ~~~!

시라이의 기타가 벼락처럼 울려 퍼졌다. 오프닝은 단연코 이거야, 라고 내가 강경하게 주장한 것이었다. 애초에 나를 이 세계로 끌어들인 저주의 곡 〈파이프라인〉.

스포트라이트가 먼저 시라이와 나를, 그리고 후지오와 오카시타를 겨누어 발사된다. 스포트라이트 속에 있으면 객석이 잘 보이지 않는다. 다만 울퉁불퉁한 검은 융단에서 시퍼런 불꽃이 흔들흔들 타오르는 것처럼 보인다. 그리고 다시,

덴데케데케데케 ~~~!

무대의 천정 조명이 켜진다. 또다시 박수의 돌풍!

마지막 E마이너 코드의 스트로크를 끝내고 천장을 올려다본 나는 "와우!" 하고 소리치는 것을 참을 수 없었다. '됐다!' 라는 뜻이다.

박수가 잦아들기를 기다렸다가 후지오가 마이크 앞에 나섰다.

"여러분이 좋아하는 〈파이프라인〉이었습니다. 이어서 비틀즈 넘버-."

비틀즈라는 소리에 다시 박수. 제일 앞 열에 포진하고 있는 산악부장 야기 하지메가 커다란 입을 열리고 웃는 것이 보인다.

"무슨 곡일까요?" 하고 후지오가 웃으면서 관객의 호응을 유도한다. "그렇습니다, 〈아이 필 파인〉!"

후지오의 말이 끝나기 무섭게 앰프와 마주선 시라이가 A음을 "봄!" 하고 튕기고는 즉시 기타 볼륨을 줄였다가 현을 앰프 스피커를 향한 채 다시 볼륨을 점점 키워 갔다. 빈약한 정보를 바탕으로 시라이가 고심해서 터득한 피드백 주법이다. 이렇게 해서 들으면 귀에 익은 "보옴………… 으왕!"이 된다. 이어서 저 굴러가는 듯한 절묘한 인트로.

나는 마이크 앞으로 나서서 노래를 부르기 시작했다.

Baby's good to me, you know,
She's happy as can be, you know,
She said so!

후지오가 가세해서,

I'm in love with her and I feel fine!

목소리는 만족스럽게 나왔다. 앰프의 에코 외에도 체육관 천장의 반향이 있어서, 처음에는 조금 당황했지만 곧 내가 무슨 노래를 부르고 있는지 잘 알 수 있다. 리듬도 틀리지 않았고 가사에도 실수가 없었다.

노래가 끝나고 다시 박수, 휘파람. 나는 무대에서 볼 때 왼쪽 세 번째 열 근처에 오카시타의 할머니가 오카시타의 어머니의 시중을 받으며 바닥에 털썩 주저앉아 있는 것을 보았다. 내가 살짝 인사를 하자 할머니는 뭐라고 중얼거리며 공손하게 머리를 숙인다. 나중에 들으니 할머니가 "우리－ 다쿠미－"의 귀여운 모습을 꼭 봐야겠다고 하셔서 모셔온 것이라고 하며, 오카시타도 설마 오실까 생각하고 있었는지 조금 놀라는 모양이다. 할머니의 나이를 생각하면 꽤 시끄러운 음악일 테지만, 가는귀가 먹어서 오히려 딱 좋을지도 모른다.

"땡큐. 땡큐 베리 마치." 하고 후지오는 사누키 지방의 억양으로 영어를 말했다. "에, 이쯤에서 우리 로킹 호스맨의 맴버를 소개하겠습니다. 먼저 무대 중앙에 떡허니 앉아 힘차게 큰북을 치고 있는 친구는 칸랴(오카시타가 사는 동네)가 낳은 금세기 최고의 드러머, 3학년 8반 오카시타 다쿠미!"

갈채, 갈채. "오카시타 파이팅!" 하는 합창 소리. 그의 급우들이다.

"이어서, 에, 조금 부끄러운 듯 옆에서 기타를 치고 있는 친구가, 자, 조금 앞으로 나오세요. 정면을 보고 서서, 옳지. 이래 뵈도 이 친구는 기타의 천재요 귀신이요 악마이며, 우리의 음악적 스승인 리드 기타의 시라이 세이치, 3학년 5반! 그렇지, 허리 꺾어 인사하시고, 네, 참 잘 했어요."

갈채, 갈채, 웃음 소리. 휘익, 휘익, 하는 휘파람 소리. "시라이 오빠!" 하는 여학생들의 목소리.

"그리고, 내 옆에 버티고 서 있는 이 갓파(물 속에 산다는 어린애 모양을 한 상상의 동물—옮긴이), 얼굴은 이상해도 귀엽죠? 이 친구가 사이드 기타이며 리드 보컬이며, 어영부영 우리 로킹 호스맨 밴드의 리더까지 맡고 있는 3학년 10반, 무슨 인연인지 이 친구랑 나랑은 삼 년 내내 같은 반이군요, 칫쿤 후지와라 다케요시!"

갈채, 갈채. "칫쿤!" 하고 야기 하지메 옆옆자리에 셋이 나란히 앉은 우치무라 유리코, 하시마 가즈코, 도모토 유키요 들이 소리를 모아 성원을 보내 준다. 고마운 일이다.

"그리고 마지막으로 저는 베이스와 사이드 보컬을 맡는 한편, 무뢰한들인 로킹 호스맨의 교양을 담당하고 있는, 3학년 10반의 고오다 후지오입니다. 모쪼록 저희 로킹 호스맨의 연주를 끝나는 시간까지 너그러운 마음으로 즐겨 주시기를, 일동을 대표해서 부탁드리는 바입니다."

박수와 성원은 한층 높아지고, 우레와 같은 갈채 또 갈채. 휘익, 휘익. 우레와 같은 갈채. "파이팅, 땡중!" 하는 고약한 격려의 말도 들린다.

후지오가 시라이를 향해 턱짓을 한다. 시라이가 작은 소리로 카운트를 하다.

"원, 투, 쓰리, 포!"

러빙 스푼풀의 〈Summer In The City〉다. 이 콘서트를 위해 특별히 훈련한 명곡 중의 명곡이다.

이 곡을 마칠 즈음에는 나는 완전히 안정을 찾은 상태였다. 관객의 얼굴도 하나하나 다 보인다. 네 번째 줄 오른쪽 끝에는 시이상의 동생 에 짱이 있다. 그 비스듬한 뒤쪽에는 저 고고학 서클의 1학년 여학생. 정말로 '전부 몰고' 와 주었다. 반대쪽인 왼쪽의 세 번째 줄 근처에는 '오카시타의 첫 키스 상대' 이시카와 에미코가 있다. 중앙 일곱 번째 줄 근처에 '하얀 원피스의 아가씨' 히키치 메구미가 있었다. 오늘은 온화한 눈길로 스피츠 대신 ESS 서클회장과 함께 와 있다.

의자석을 바라보니 오른쪽 자리에는 놀랍게도 교장, 교감을 비롯하여 몇몇 교사들이 앉아 있다. 그 중에는 어제 숙직이셨던 우스다 선생님의 모습도 보인다. 약속하신 대로 '안랴케 아이들의 화려한 모습' 을 보러 와 주신 것이다. 그 옆에 우리 서클 고문인 사토 선생님. 그리고 눈을 가늘게 뜨고 그 뒤쪽을 보니 '얀랴케 아이들' 의 부모님이 싱글벙글 웃으며 이쪽을 보고 있는 것이 아닌가. 아버지가 나에게 한 손을 흔들어 보였다. 나도 모르게 고개를 꾸뻑 한다.

그리고 교사들이나 부모님의 반대편, 즉 왼쪽 의자석 세 번째 열에 시라이의 언니와 수산가공이 나란히 앉아 있다. 수산가공은 변함없이 혹은 전보다 더 행복한 눈길을 하고 있다. 두 사람의 관계가 상당히 진전된 모양이다. 그 수산가공 옆에는 그들의 친구, 웨스트 빌리지의 사장님이 양손을 메가폰처럼 모아서 우리를 향해 뭐라고 외쳤다. 무슨 소리인지 알아들을 수는 없었지만 나는 다시 꾸뻑 인사를 했다.

게다가 그 다섯 번째 열 뒤쪽에는 (이때는 정말 놀라고 말았는데) 저 '요코모리농기계의 바인더 공장장이자 잔업왕' 인 요시다 씨와 '계집질의 랜슬롯' 이토 미치타네 씨가 나란히 앉아 있었다. 미치타네 씨는 불을 붙이지 않은 담배를 물고 (틀림없이 에코일 것이다) 팔짱을 낀 채 이쪽을 보고 있다(나중에 들으니 후지오가 요시다 잔업왕 앞으로 정중한 안내장을 보냈다고 한다). 오랜만에 그리운 두 사람의 웃는 얼굴을 보니 정말로 반가웠다.

한편 네 번째로 우리는 로스 로보스의 〈블랙 이즈 블랙〉을 연주했다. 멤버들 모두가 아주 좋아하는 곡이다. 관객들도 그런 것 같았다.

그리고 피터&고든의 〈I Go To Pieces〉.

비틀즈 버전의 카피로 〈키다리 샐리〉(이 곡은 꼭 해야 한다고 시이상이 고집했다).

스윙잉 블루진스의 〈히피 히피 셰이크〉.

이쯤에서 보컬이 다소 힘이 부치므로 인스트루멘탈 넘버로 스푸트닉스의 〈Le Dernier Train De L'espace〉.

이어서 벤처스의 〈Caravan〉(시라이의 솜씨에는 모두들 정말

놀란 모양이었다).

여기서 시라이와 내가 기타 마이크를 부착한 12현과 6현 통기타로 바꾸어 메고 비틀즈의 〈아일 비 백〉.

버즈가 편곡한 밥 딜런의 명곡, 〈Mr. Tambourine Man〉.

터틀스의 〈엘리노어〉.

그리고 다시 일렉 기타로 바꾸어 리키 넬슨의 〈Hello Mary Lou〉.

벅 오웬스와 버카루스가 편곡한 〈Act Naturally〉.

그리고 시라이의 선명한 G세븐 스트로크로 이어지자 나는 노래를 시작했다.

Just let me hear some o' that Rock'n' Roll Music,

....

....

It's gotta be Rock'n' Roll Music,

If you wanna dance with me.

If you wanna dance with me!

이어서 다시 인스트루멘탈 넘버로 벤처스의 후생연금회관 라이브판에서 시라이가 완벽하게 카피한 〈Wipe out〉. 오카시타의 드럼도 대활약!

이어서 롤링 스톤즈의 〈19번째 신경쇠약〉.

그리고 라스트 넘버는 빌 헤일리와 코메츠의 〈Rock Around The Clock〉과 〈Shake, Rattle And Roll〉을 메들리로 연주했다.

"땡큐. 땡큐 베리 마치!" 하고 후지오가 소리쳤다. "감사합니다. 정말로 감사합니다. 자, 그럼 바이바이!"

이때의 박수는 정말 대단했다. 막이 내려가도 조금도 수그러들지 않는다. "앵콜, 계속해! 계속해!" 하는 남학생들의 대합창. 한편에서는 여학생들이 "시라이 오빠!"(물론 오카시타나 후지오나 내 이름을 부르는 소리도 섞여 있다).

이럴 때 박수가 잦아들면 분위기를 망치므로 만일을 위해서 1, 2학년 부원이나 우치무라 들에게 바람잡이 노릇을 해 달라고 부탁해 두었었는데, 그럴 필요는 전혀 없었던 것 같다.

다시 막을 열었다. 우리는 미리 약속한 대로 다시 자기 자리를 잡는다.

"대단히 감사합니다." 하고 후지오가 말했다. "땡큐 베리 마치. 그럼 여러분들의 앵콜에 따라 한 곡을 더 연주하겠습니다. 네네, 알겠습니다. 합니다. 지금 합니다. 하고말고요. 그럼 록 중의 록을 연주하겠습니다. 만약 수많은 록 중 딱 한 곡만 꼽으라고 하신다면 저희는 주저 없이 바로 이 곡을 꼽겠습니다." (동감이다!)

"자, 여러분, 〈조니 B. 굿〉입니다!"

몇 백 번을 들어도 질리지 않는 기타 인트로에 이어서 나는 온 정성을 다해서 노래를 시작했다. 세계 최고의 록의 명곡을.

Deep down in Louisiana, close to New Orleans,

Way back up in the woods among the evergreens,

…………

…………

Go! Johnny, Go, Go!

Johnny B. Goode!

이 곡에는 록의 모든 것이 있다. 스피드감, 가속감, 경쾌함, 선명함, 듣는 이의 몸을 뒤흔들어 버리는 싱코페이션의 파도, 그리고 유머……. 나는 한 소절 한 소절을 꼭꼭 씹어 음미하듯 기타를 치고 노래를 불렀다.

이제는 아무 것도 보이지 않았다. 파랑 빨강으로 명멸하는 빛과 파도치는 듯한 소리의 흐름 속에서 나만이, 아니 내 목소리만이 팔딱이고 있었다.

…………

Go, Go, Johnny, Go!

Go! Johnny B. Goode!

연주를 마친 우리는 객석을 향해 허리를 꺾어 인사했다. 발이 자꾸 후들후들거린다. 바지 주머니에서 손수건을 꺼내려 해도 손가락에 힘이 들어가질 않는다. 한 번, 두 번, 세 번, 막이 닫혔다 열리고, 열렸다가는 다시 닫힌다. 박수와 환호는 조금도 수그러들지 않는다. 대성공이다! 우리는 서로 악수하고 어깨나 등이나 머리나 볼을 서로 툭툭 쳤다.

무대 옆 대기실로 고문인 사토 선생님이 찾아왔다.

"아주 좋았어!" 하고 선생님은 말했다. "정말 놀랐다. 늬들, 대단해!"

오카시타가 울기 시작했다. 나도 울었다. 시라이의 눈도 빨갛다. 후지오는 말없이 가만히 천장을 올려다보고 있다.

시이상이 조명 컨트롤 부스에서 안내 방송을 했다.

"대단히 감사합니다. 이것으로 로킹 호스맨의 콘서트를 모두 마치겠습니다. 열렬한 성원, 대단히 감사합니다."

13
I wish, I wish, I wish in vain……

꿈꿔 봐야 부질없는 일이지만……

Bob Dylan ; 〈Bob Dylan' s Dream〉

문화제가 끝나고 사나흘 뒤, 호우와 함께 태풍이 몰려와 얼마 남지 않은 여름의 흔적을 깨끗하게 쓸어가 버렸다. 그리고는 곧 똑 부러지게 선명한 가을. 고토히키야마 산자락을 에두른 거망옻나무의 단풍도 예년보다 이삼 주 빨랐을 것이다.

가을이 이르면 겨울도 이르다. 남부지방인 사누키에도 11월 말에 일찌감치 첫눈이 내렸다. 그 뒤 인디언썸머가 찾아왔지만 겨울은 역시 겨울이었다. 어느새 인디언보이는 한 명도 보이지 않게 되고, 12월 중순경에는 고토히키야마 공원의 고토지케 호수의 분수가 바람에 휘날려 물가의 마른풀에 작디작은 얼음꽃이 가득 맺혀 가슴을 스산하게 만들었다.

자꾸 이런 식으로 이야기를 끌고 나가는 것은 이제 쓸 거리가 떨어진 탓인데, 이 장은 이 책의 마지막 장으로서, 덧없이 스러지듯 마무리하려는 수작인 것이다.

시라이의 언니와 수산가공의 결혼식은 5월 연휴로 잡혔다. 시라이가 시라이생선가게를 물려받는다. 언니는 시라이가 대학에 진학하기를 강력하게 희망했지만, 시라이는 이미 오래 전부터 생선장수가 되기로 작정하고 있었다. 듣기로는 고교에 입학할 즈음부터라고 한다.

"하기 싫은데 억지로 하려는 것은 아냐." 하며 이 천재 기타리스트는 말했다. "애당초 공부에는 흥미가 없었어. 생선가게를 해서 내 손으로 돈을 벌어서 진짜 펜더와 깁슨 기타를 살 거야."

대학을 간다고 해서 꼭 열심히 공부를 해야 하는 건 아니고, 아르바이트도 할 수 있지 않느냐고 설득할 수도 있었지만, 그래도 소용없었을 것이다. 일단 그렇게 정했다면 누가 뭐라고 해서 생각을 바꿀 시라이가 아니다.

오카시타는 연줄을 통해서 캉온지신용금고에 취직하기로 결정되자 자동이륜 면허를 따려고 안락케 자동차교습소에 다니기 시작했다. 스쿠터 타고 캉온지 시내를 돌아다닐 날들을 상상하며 기대에 들떠 있기 때문인지, 전보다 더 기분이 좋아 보인다. 운전학원 강사한테 호되게 야단을 맞는 눈치지만 전혀 신경 쓰지 않는다고 한다.

할머니는 당자 이상으로 기뻐하고 있다고 한다.

"우리－ 다－쿠미－가 아 글씨, 샐러리맨이 된다네. 그것도 아 글씨, 은행이랴." 하고 할머니는 이웃 노인에게 똑같은 말을 백 번도 더 했다고 한다.

시이상은 오사카대학 공학부에 지원한다고 한다. 이것도 역시 고교에 입학할 때부터 굳히고 있던 지망으로, 국어와 사회 성적만 조금 올리면 남아돌 정도로 가능한 선이라고 담임선생님이 보증했다. 시이상이라면 틀림없이 합격할 것이다.

후지오는 그의 종파와 관련이 있는 교토의 스님들 대학에 간다. 그의 성적으로 보자면 여대만 아니면 일본의 어느 대학에라도 갈 수 있지만, 국립대학 동양철학과가 아니라 어디까지나 스님들 대학에 가겠다고 한다. 즉 학자로서 연구실에서 불교를 연구하는 것이 아니라 한 사람의 승려로서 불교 내부에 몸을 두고 선각들의 종교 체험을 순례하듯 경험할 것이라고 한다. 그리고 장차 두꺼운 책을 저술하겠다고 한다. 후지오라면 정말 그런 책을 쓸 것이다.

그런데 이 몸 칫쿤은 어떠냐 하면, 어찌해야 좋은지 전혀 갈피를 잡지 못하고 있었다.

그럴 수만 있다면 영원히 고교생으로 남아서 로킹 호스맨 멤버로 활동하고 싶었다. 하지만 다른 멤버들은 다들 착실하게 자기 길을 걷기 시작했다. 나는 혼자 뒤쳐져서 공연히 우울의 바다를 표류하고 있다. 모두들 어떻게 그렇게 깨끗하게 밴드를 저버릴 수 있는지, 나는 원망스럽기만 했다.

지금까지 애써 머릿속에 꽁꽁 눌러 두었던 문제가, 청구서가 든 가방을 들고 매일 집을 찾아와서는 똑똑똑, 쾅쾅쾅, 하고 문을 두드린다.

"이봐, 너, 안에 있지? 없는 척해 봐야 소용없어. 자, 깨끗하게 결판을 짓자고. 어허, 이놈아, 안에 있으면 대답을 해. 내뺄 생각일랑은 아예 하지도 말고."

고교에 입학할 때는 막연히 장차 도쿄의 어느 대학에 진학할 거라고 생각했지만, 지금은 그것도 더없이 따분한 일처럼 생각된다. 도쿄에는 온갖 것들이 다 있으니, 록을 하고자 하면 오히려 시골에 있는 것보다 훨씬 나을지도 모른다. 대형 악기상도 있고 음반점도 있을 것이다. 수입 악보도 쉽게 구할 수 있고 다양한 콘서트도 볼 수 있을 것이다. 좋은 경쟁 상대가 될 만한 젊은 뮤지션도 많을 것이다. 그러나 로킹 호스맨은 없다. 나로서는 로킹 호스맨 없는 음악 활동이란 상상도 할 수 없었다.

문화제 공연을 끝으로 로킹 호스맨의 활동을 끝내기로 누가 결정한 것도 아닌데도 우리의 활동은 빠르게 열기를 잃어 갔다. 생선가게일 배우랴 자동차 교습소에 다니랴 대학 수험을 준비하랴 모두들 바쁜 것이다.

나는 보충수업을 빼먹고라도 매주 정기 연습에는 반드시 참석했지만, 언제나 멤버 가운데 한 명 혹은 두 명, 때로는 세 명이나 결석했다. 참석자가 나 말고는 아무도 없을 때는 불기 없는 서클방에서 주머니에 손을 찔러 넣은 채 눈을 꾹 감고 그냥 앉아 있는 일이 많았다. 후배 부원들의 열정은 우리가 문화제를 앞두고 연습할 때의 삼분의 일만큼도 안 돼 보이고, 일본 포크나 그룹사운드의 엉터리 카피를 하고 있었는데, 그나마 12월에 들어서자 얼굴도 비치지 않았다. 날이 따뜻해지면 다시 연습을 시작하겠다고 한다.

"칫쿤, 너는 공부 안 하냐?" 하고 설에 놀러 온 후지오가 말했다. "대학에 가야지?"

"별로 안 해." 하는 나.

"왜 그래. 공부해라, 너." 하는 후지오.

"어차피 해 봐야 떨어질 걸 뭐." 하고 나는 조금 앵돌아져서 말했다.

"국립? 아니면 사립?" 하는 후지오.

"어차피 국립은 포기했어."

"왜 포기해?"

"이과 과목이 날 미워하잖아."

"흐음. 그럼 사립의 어떤 학부에 지원할 건데?"

"글쎄, 역시 문학부를 지원할까 봐."

"별로야. 근데 왜 문학부를 지원하려고 하지?"

"X대 문학부는 사회 과목을 선택하지 않아도 되니까."

"사회 과목 같은 건 그냥 외우기만 하면 되잖아."

"역시 사회 과목도 나를 싫어하는 것 같아."

"그렇다면 아무튼 세 과목만 열심히 해도 되잖아."

"응."

"영어랑 국어, 그리고 수학인가?"

"응. 수 I."

"그렇다면 그럭저럭 될 것 같은데. 입시에는 막판 몰아치기 공부도 꽤 통한다구. 공부해라. 힘에 부치면 내가 도울 테니까."

"응." 하고 대답은 했지만, 어찌되든 상관없다는 기분이 강했다. 그런 내 표정을 가만히 들여다보던 후지오가 이렇게 말했다.

"이봐, 어차피 너는 대학에 가야 하잖아. 너 같이 게으르고 근성 없는 녀석은 오카시타처럼 일을 할 수 있는 것도 아니야. 시라이처럼 가업을 이을래? 너희 집 가업은 교사니까 역시 대학에 가지 않으면 안 되겠지? 부모님이 대학에 보내 준다고 하시잖아. 얼마나 고마운 일이냐. 마음잡고 한번 제대로 공부해 봐, 응? 너는 우리 밴드의 리더니까 더 확실하게 해야지."

후지오는 그 말을 남기고 집으로 돌아갔다. '그 밴드는 지금 어디에 있는데?' 하고 응수하고 싶었지만 참았다. 내가 생각해도 유치한 것 같았기 때문이다.

그래도 나는 도쿄의 형이 편지로 조언해 준 대로 일단 수험공부를 시작했다. 형의 조언은 이랬다.

이제 와서 새삼 허둥대도 소용없다. 떨어져도 내년이 있다, 내년에 떨어지면 내후년이 있다, 이렇게 생각해라. 하지만 너무 그런 식으로만 생각하는 것도 곤란해. 식칼을 들고 날뛰는 아저씨가 너를 좇아오고 있다는 기분도 마음 한쪽에서는 가지고 있어야 해. 네가 그런 뛰어난 마음가짐을 흉내 낼 수 있을까 싶지만.

✻영어

1학년부터 3학년까지의 교과서와 노트를 꼼꼼하게 다시 읽고 모든 단어, 숙어, 어법을 새 노트에 필기하고 전부 암기할 것. 전에 한번 수업에서 다뤘던 내용이니까 충분히 다 외울 수 있다. 여력이 있으면 조금 쉬운 부교재를 몇 권 읽고 장문의 흐름에 대한 감을 익히면 좋다. 지금은 두꺼운 참고서 같은 것을 새로 사는 것은 좋지 좋아.

✻국어

현대문이라면 역시 교과서와 노트를 전부 들춰보고 한자, 숙어를 새 노트에 정리해서 전부 외워라. 이제 와서 독해력을 키우려는 생각은 하지 말고. 논설문이라면 대충 훑어보는 식으로 읽어나가면 된다. 문학사도 한번 훑어보면 좋다. 고문이라면 물론 교과서를 다시 읽어야 한다. 그리고 『겐지모노가타리』는 깨끗하게 포기하고(너무 어려워서 진저리를 내면 안 되니까), 『마쿠라노소시』『쓰레즈레쿠사』『호조키』『도사닛키』『곤차모노가타리』 같은 유명한 작품을 간단히 훑어봄으로써 마음을 안정시켜라. 다만 『겐지모노가타리』 본문은 포기하더라도 해설을 잘 읽고, 줄거리나 등장인물의 이름을 최대한 머릿속에 넣어둘 것. 한문에 대해서는 역시 교과서를 재독, 삼독하고, 가에리텐(일본어와 한문은 어순이 달라, 한문을 훈독할 때 한자 왼쪽 밑에 다는 해석의 순서를 나타내는 기호—옮긴이)의 규칙이나 초보 중의 왕초보에 해당하는 문법을 한번 정리해 두는 정도 밖에는 방법이 없다. 그 정도만 해도 상당한 효과가 있을 것이다. 만점을 딸 필요는 없으니까.

재미없는 작업이라고 생각할지도 모르지만, 학문이라는 것은 어차피 재미없는 작업의 축적 같다.

✻수학

역시 수 I 교과서와 노트를 보면서 문제와 해답을 다시 한 번 직접 옮겨 적어 본다. 그리고 교과서에 나오는 문제라면 풀이 과정을 술술 써나갈 수 있도록 해 둬라. 어려운 문제집을 사 들여서 머리띠 두르고 끙끙대는 짓은 절대로 하지 마라. 그리고 다 풀고 난 문제집에서 쉬운 문제를 골라 해답을 감추고 다시 한 번 풀어 봐라. 못 풀겠으면 다시 교과서로 돌아가라.

그리고 일찍 자고 일찍 일어나도록 노력하고, 쾌식 · 쾌변 · 쾌면의 삼쾌주의를 확립해라. 너에게 록 음악은 갑자기 끊을 수 있는 것이 아닐 테니까 기분 풀이 삼아 부담 없이 듣고 부르고 하는 게 좋을 거다. 그 정도 시간은 틀림없이 있을 거야. 다만 최소한 텔레비전 정도는 자숙하는 것이 좋다. 그래 봐야 잠깐이니까.

지금까지 내가 말한 것만 지켜서 공부하면 틀림없이 합격할 거다. 괜찮아, 내가 보증하니까.

그것만 지키라니, 말이 쉽지, 사실 너무 분량이 많잖아, 하고 생각했지만, 어쩔 수가 없었다, 형을 믿고 공부를 시작했다. 결국 형이 말한 것을 전부 마치지는 못했지만, 그 즈음의 나로서는 최대한에 가까운 노력은 했다고 본다.

겨울방학이 끝나고 3학기가 시작되었다. 결석생이 꽤 눈에 뜨이게 되었다. 아무래도 학교에서 수업을 듣는 것보다 자기가 알아서 정리하는 것이 더 낫다고 생각하고 결석하는 것 같다. 그럴지도 모른다고 나도 생각하기는 했지만, 아침부터 계속 집에 틀어박혀 있으면 그야말로 식칼을 꼬나들고 날뛰는 아저씨가 뒤쫓아오는 것 같아서 나는 거의 빠지지 않고 학교에 나갔다. 그리고, 나는 얼마나 나약하단 말인가, 얼마나 외로움을 잘 타는 응석받이란 말인가, 하고 생각하며 슬퍼했다.

또 기계적으로 공부는 하고 있었지만, 도대체 무엇을 위해서 이런 짓을 하나, 대학에 들어가 본들 대체 그게 뭐란 말인가, 등등 역시 한심하고 비겁한 생각을 하는 형편이었다. 지금의 나라면 "정 그러면 수험공부 같은 것은 깨끗이 때려치우고 음악가의 길을 걷던지 어디 도제로 취직하면 되잖아."라고 일갈해 주었을 것이다. 하지만 애초에 그 시절의 나는 상당히 비정상이었다. 이를테면 비틀즈나 롤링 스톤즈의 레코드를 틀어 놓고 하염없이 눈물을 짓고 있었으니까, 이것은 아무리 봐도 정상이라고 보기 힘들다. 그러니까 당시의 나를 너무 질책하는 것도 너무 가혹하다는 생각도 든다.

어쨌든 공부는 잘 진척되지 않은 채 시간은 자꾸 흘러, 마침내 모레 아침이면 일곱 시 삼십칠 분 기차로 도쿄를 향해 캉온지 역을 떠나야 하는 단계까지 오고야 말았다.

옷가지며 이불은 벌써 도쿄 무사시사카이에 있는 형의 하숙집으로 부쳐 두었다. 이제 언제라도 출발할 수 있었다. 자, 이제 어떻게든 되겠지, 해 볼 테면 해 봐라, 라고 생각했느냐 하면, 그렇지가 못해서, 나는 그저 도망치고 싶었다. 〈Yesterday〉의 가사를 빌리면 'Now I need a place to hide away(숨어 버릴 곳이 필요해)' 였다. 입시에 대한 불안 탓인지, 도쿄의 시시한 생활을 두려워하는 기분 탓인지, 또는 나 혼자 뒤쳐져 애니멀스가 노래한 〈Outcast〉(버림받은 자)가 되어 버린 듯한 심경 탓인지는 아무래도 분명치가 않다. 어쨌든 안절부절못했다.

식은땀을 흠뻑 흘리며 새벽 다섯 시에 일어난 나는 어머니가 새로 사 준 다스타 코트를 입고 책상 서랍에서 팔천 엔을 꺼내 주머니에 꾸겨 넣고, 잠들어 있는 부모님께 아무 말도 하지 않은 채 얼떨결에 그냥 집을 나섰다.

겨울이라 아침인데도 아직 깜깜하고 몸서리가 나도록 춥다. 입김이 밤새 켜져 있던 문등을 받아서 꼭 막대기에 감기 전의 솜사탕 같다. 나는 멍한 머리로 "입김이 하야네. 입김이 하얘." 하고 혼잣말을 하며 바다 쪽으로 간다.

작년 여름, 도모토 유키요와 맛을 잡고 해파리를 늘어놓고 하던 바다는 만조였다. 중유 같은 언짢은 색깔의 파도가 처얼썩, 처얼썩, 해변을 치고 있다. '맛도 해파리도 얼어붙은 겨울바다' 라는,

하이쿠 같은 글귀가 문득 떠올랐다가 사라졌다. 고문 참고서에서 본 바쇼의 '살아서 하나로 얼어붙은 해삼이여' 라는 구절이 머릿속에 들러붙어 있기 때문이겠지.

발길을 돌려 걷다가 보니 어느새 산가바시 다리를 건너 학교 앞까지 왔다. 아무 뜻 없이 학교 주위를 한 바퀴 돌고는, 문득 이 문을 뛰어넘으면 유쾌해질 거라는 생각이 들어서 실제로 타고 넘어 보았지만 별로 유쾌하지도 않았다.

물을 뺀 수영장 가장자리에 잠시 앉아 있자니 후지오가 외던 「반야심경」이 귓가에 살아났다. 오늘은 그다지 귀한 경처럼 느껴지지도 않았다.

체육관을 한 바퀴 돈다. 어느 문이나 꿈쩍도 하지 않는다. 안을 들여다보지만 두터운 검은 커튼이 빈틈없이 드리워져 있어서 아무것도 보이지 않는다. 딱 한 군데 틈이 있어서 "어디 보자." 하면서 들여다본다(무엇 때문에 '어디 보자.' 라고 했는지 나도 잘 모른다). 검은 것이 보인다. 희미한 외부의 빛을 반사하여 반짝이는 것이 있다. 등에 손잡이 같은 것이 달려 있다. 별 것은 아니고 체조에 쓰는 안마다. 객쩍게 안마 같은 거나 들여다보다니, 차라리 말의 사체를 보는 것이 낫겠다.

화장실 옆을 지나 본관 쪽으로 향한다. 이 벽에 기대어 후지오와 함께 오카시타를 설득했었지. 그때의 벽은 뜨거웠지만 오늘은 너무나도 차디차 보인다. 하긴 당연한 일이다.

본관 입구의 문은, 운이 좋다고 해야 할지, 밀어 보니 열려서 안으로 들어가 계단을 올라간다. 점차 밝아져 왔다. 빛 때문인지 벽이며 바닥이 다 먼지투성이로 보인다. 이렇게 지저분한 곳에서 삼 년이나 있었단 말인가.

4층 서클방 앞에 선다. 문에는 커다란 자물쇠가 매달려 있다. 열쇠는 신임 회장이 된 2학년생 고미 마코토에게 넘겨주었다. "따라서 나는 들어갈 수 없어." 하고 정말로 소리내어 두 번 말했다. "따라서 나는 들어갈 수 없어."

나는 어느샌가 울고 있었다. 틀림없이 보기 흉한 얼굴을 하고 있겠지, 하는 생각에 스스로에게 화가 났다. 화가 난 덕분에 눈물은 그쳤지만, 계속 "끅" "끅" 하는 소리가 목에서 새어나와 잠시 멈추지를 않았다.

캉온지역에서 아와이케다 행 차표를 끊었다. 벌써 역에는 일터로 가는 아저씨나 기차 통학 고교생 모습이 보였다.

어느새 잠이 들었는지, 아니면 눈을 감고 생각하고 있었는지 잘 기억나지는 않지만, 퍼뜩 정신이 들어 반사적으로 뛰어내리고 보니 그곳이 아와이케다역이었다.

이야 행 버스를 탄다. "정말 탈 거야?" 하는 목소리가 머릿속에서 들려서, "정말 탈 거야!" 하고 나도 모르게 소리내어 대답하고는 제일 뒷좌석에 깊숙이 앉았다. 차는 삼십 분 정도 지나서야 출발했다. 손님은 아저씨와 아줌마 일행과 나밖에 없었다.

버스는 승천하는 기나긴 용의 등을 기어가듯, 산허리를 뚫고 닦은 길을 삐걱삐걱 소리를 내며 달렸다. 오늘은 왠지 멀미가 나지 않는다. 멀미가 대순가, 하고 생각하고 있었기 때문일까? 이따금 승객이 타고 내린다. 승객이 나밖에 없을 때도 있다.

겨울 산길의 온통 어두운 녹색 풍경도 나쁘지 않군, 하고 생각했다. 성치 않은 정신 상태인데다 뿌루퉁해 있었던 것인지도 모른다.

이야계곡에 도착. 가게들 가운데 문을 연 곳은 하나도 없었다. 예전의 찻집은 그대로였지만 덧문까지 단단히 닫혀 있다. 주변을 어슬렁어슬렁 돌아다녀 보지만 아저씨도 아줌마도 통 볼 수가 없다. 이야계곡 꼭대기의 하얀 냇물과 역시 하얀 잔설, 그리고 주변의 어두운 녹색과 냇가의 둥근 돌들만 보일 뿐이다.

그날 텐트를 쳤던 냇물 가운데 모래톱으로 건너가 볼까 생각하다가 그만두었다. 물이 너무 차가울 것 같았기 때문이고, 그만한 분별은 남아 있었던 모양이다.

물가의 큰 바위에 앉아 한 시간 조금 못 되게 그 모래톱을 바라보고 있었다. 우리들의 연주가 환청으로 살아나지는 않을까 기대했던 것이다. 왠지 연주 소리가 들리는 듯한 기분이 드는 순간, 등 뒤의 둑방길을 한 아저씨가 체인과 체인커버가 스쳐서 귀에 거스르는 소리를 내는 자전거를 타고 지나가는 통에, 곧 되살아날 것 같았던 환청이 뚝 끊기고 말았다. 아저씨는 연신 몸을 틀어 내 쪽을 힐끔힐끔 쳐다보았다. 막 고개를 쳐들던 즐거운 기분도 싹 사라지고, 그런 눈길로 받으니 앉아 있기가 가시방석이다.

돌아가는 버스를 탔다.

이제 무엇을 하거나 어디를 가고 싶은 기분도 들지 않았다. 앞좌석 등받이에 얹은 두 손등에 이마를 대고 밖을 보지 않았다. 버스가 흔들리면 딱딱 이빨 부딪히는 소리가 났다. 조금쯤 깨진들 대수랴.

기차로 갈아타고도 마찬가지였다. 등받이와 차체가 직각으로 만나는 구석에 머리를 기댄 채 내내 눈을 감고 있었다. 다도쓰에서 기차를 갈아탄 뒤에도 마찬가지였다. 볼 만한 것은 아무것도 없다. 이야계곡에도 니시사누키에도.

어느새 잠이 들었다(오늘은 내내 '어느새' 뿐이다). 그리고 꿈을 꾸었다. 해변의 데이트가 있던 날 꾸었던, 남한테 말하기 곤란한 즐거운 꿈은 아니었다.

섬뜩한 웃음을 짓는 아미타불 같은 얼굴의 거대한 괴인이, 나도 아직 얼굴도 본 적이 없는 나의 연인을 가로채어 안라케 해변에서 초승달 같은 배를 타고 도망치는, 저 고교 입학 직전에 꾸었던 꿈의 자매편 같은 것이었다.

"이봐라, 이놈." 아미타불 얼굴의 괴인은 내 얼굴을 보고 껄껄 웃었다. "따라올 테면 따라와 봐라."

그렇게 말하고 거대한 괴인은 손을 다시 칼처럼 옆으로 획 휘둘렀다.

덜컹!

커다란 소리를 내며 기차가 멈추었다. 사누키 사투리가 진한 안내 방송에 따르면 정지 신호를 만났다고 한다.

십 분쯤 뒤 캉온지역에 도착했다. 벌써 땅거미가 지고 있다. 무슨 하루가 이렇담. 내가 자초한 일이지만.

개찰구를 나온 순간, 빙글빙글 웃고 있는 네 명의 남학생의 모습이 눈에 들어왔다.

"돌아왔냐." 하고 시라이가 상냥하게 말했다.

"안 추웠냐." 하고 오카시타가 말했다.

"감기는 안 걸렸냐?" 하고 후지오가 말했다. "올해는 바보들도 감기는 안 걸리지만."

"정말로 긴 산책이었구나." 하고 시이상이 말했다.

"너희들, 여기서 뭐하냐?" 하고 나는 어안이 벙벙해서 물었다.

"기다리고 있었지." 하는 후지오. "네가 돌아오기를."

"왜? 내가 여기로 돌아올 줄 어떻게 알았지?"

"네 모습이 아침부터 보이지 않는데, 혹시 우리 집에 와 있지 않느냐고, 너희 어머니께서 전화를 하셨거든." 하는 시라이.

"그리고 시라이가 나한테 전화를 했지." 하는 후지오. "시이상네 집에도 오카시타네 집에도 가지 않았다는 것을 알게 됐고."

"그래?" 하는 나.

"일단 학교에도 알려 두어야 하겠다 생각하고 등교를 해 보니 목격자가 있더군." 하고 시이상이 말한다.

"목격자?"

"응." 하는 오카시타. "하시마 가즈코가, 네가 학교 담을 넘어서 역 쪽으로 걸어가는 것을 보았대."

"그리고," 하고 시라이가 이어받았다. "역에서 네가 '아와이케다' 라고 말하고 표를 끊는 것을 기차 통학생 아쓰다가 보았대. 그 녀석, 가와노에(에히메현의 한 도시)에 살거든. 못 봤어?"

"어, 몰랐는데."

"그 말을 들으니 금방 감이 오더라." 하고 후지오는 말했다. "칫쿤이란 놈, 로킹 호스맨의 유적지를 순례하고 다니는구나, 하고."

"그래서 여기서 기다리고 있던 거야." 하는 시이상.

"기다리다니, 내가 언제 돌아올 줄 알고?" 하고 나는 말했다. "어쩌면 돌아오지 않았을지도 모르는데."

"아니, 반드시 오늘 중으로 돌아올 줄 알았다." 하고 후지오는 말했다. "너한테는 애초에 가출할 만한 기질 같은 게 없으니까."

"미안하게 됐군." 나는 한심한 마음에 쓴웃음을 지었다.

"미안할 거 없어." 하고 후지오는 말했다. "가출할 만한 녀석이었으면 벌써 오래 전에 포기했을 거야."

"근데 왜 기다린 거야?" 하고 나는 물었다. "내가 어린애도 아니고."

"너한테 종신 밴드 리더라는 칭호를 수여하기 위해서지." 하고 시라이가 말했다.

"종신 밴드 리더?"

"그래." 하고 오카시타가 말했다. "만장일치로 결정한 거야."

후지오가 앞주머니에서 두 번 접은 루스리프 노트 용지를 꺼내어 낭독했다.

"에 -, 후지와라 칫쿤 귀하 -"

"칫쿤이라니!"

"그래. 후지와라 칫쿤 귀하. 귀하는 여기 록에 미친 작자들을 이끌고 밴드 리더의 직책을 훌륭하게 완수했습니다. 우리가 더 바랄 수 없이 의미 있는 고교 생활을 보낼 수 있었던 것, 그리고 오늘날의 찬란한 영광이 로킹 호스맨에게 드리워진 것은 전부 귀하의 상궤를 벗어난 열의와 흥분의 결정체라는 것을 이에 인정하고, 귀하를 우리 로킹 호스맨의 종신 밴드 리더로 임명하는 바입니다. 1968년, 성 발렌타인데이. 명예 멤버 다니구치 시이상, 평멤버 시라이 세이치, 아카시의 -, 아니, 다시, 오카시타 다쿠미, 고오다 후지오."

나는 울음을 터뜨리고 말았다. 눈물을 훔치지도 않고 그냥 울었다. 꺼이꺼이 울었다.

"애고, 콧물이 대롱대롱 매달렸네." 하고 후지오가 밑에서 내 얼굴을 들여다보면서 말했다. 나는 울면서 웃음을 터뜨렸다.

"고맙다……, 고마워!"

나는 끅끅 느끼며 간신히 말했다.

"고마워할 것 없어." 하고 시이상이 말했다. "기념품이 없어서 미안."

시라이가 내 어깨를 토닥이고 오카시타는 머리를 쓰다듬어 주었다.

"내가 늬들한테 너무 투정만 부렸구나." 하고 나는 멋을 줄 모르는 눈물을 다스타 코트 자락으로 훔치며 말했다. "부끄럽다. 정말 구제할 길이 없는 응석받이야, 나는."

"투정부려도 돼." 하고 후지오가 따뜻하게 말했다. "투정부리고 싶을 때는 투정부려도 돼. 허구헌 날 절차탁마만 하다가는 서로가 다 닳아서 없어져 버릴 거야."

"알았다." 나는 고개를 주억거렸다. "고맙다. 하지만 모처럼 종신 밴드 리더라고 해도 호스맨은 사실상 해산했잖아."

"대학에 들어가면," 하고 시라이는 말했다. "여름방학 겨울방학도 있고, 봄방학도 있잖아."

"방학 때 돌아오면 다시 함께 록을 할 수 있어." 하는 오카시타.

"너는 도쿄에서 원하는 대로 음악 활동을 해라." 하는 시이상. "온갖 사람들한테서 온갖 것들을 흡수하라고."

"노래도 만들어라." 하고 후지오는 말했다. "지금이야 작사 작곡은 힘들더라도, 분명히 재미있는 걸 만들 수 있다고 전부터 생각하고 있었어. 언젠가 좋은 노래를 지어서 들려 주라. 내가 반주할 테니까."

"어쨌거나 대학에 들어가고 난 다음의 얘기잖아." 하고 나는 말했다. "하지만 먼저 재수를 하게 될 판인걸."

"prescription의 뜻은?" 하고 후지오가 불쑥 물었다.

"……어, 처방전 아니냐?"

"좋아, 그럼 『탐닉』을 쓴 작가는?"

"이와노 아와나리."

"'유유낙낙'(唯唯諾諾, 무엇이든 시키는 대로 함—옮긴이)을 한자로 쓸 수 있냐?"

나는 허공에 손가락으로 쓰면서 말했다. "응……쓸 수 있을 것 같은데."

"$6x^2+7x-3$을 인수분해 하라." 하고 이번에는 시이상이 말했다. "암산으로."

"아-, 잠깐만. 음-, 이 삼은 육이니까, ……$(3x-1)(2x+3)$인가?"

"어디 보자." 하는 시이상. 잠시 허공을 노려보다가, "맞았어. 대단한데."

"열심히 공부했구나. 합격할 거야, 넌." 하는 후지오.

"대단해!" 하고 오카시타는 추켜 주었다.

"열심히 해라." 하고 시라이와 시이상이 말했다.

다음날 아침, 나는 크게 숨을 들이마시고 일곱 시 삼십칠 분발 급행열차에 올라탔다. 보스턴백 안에는 국 · 영 · 수 교과서와 함께 너덜너덜해진 필사본 악보집이 있었다.

조금 열어 놓은 창문으로 들어오는 차가운 바람에 달아오른 볼을 식히면서 나는 기도했다.

"앞으로 살아가면서 어떤 일이 있을지 모르지만, 사랑스러운 노래들아, 부디 나를 지켜 주라!"

옮긴이의 글

이 작품을 우리말로 옮기는 내내 즐거웠습니다. 몇 번을 읽어도 그때마다 터지는 웃음. 전편에 깔린 노스탤지어가 유머를 따뜻하게 감싸고 있습니다.

대목대목 등장하는 노래들도 큰 즐거움입니다. 번역할 때 배경음악으로 틀어 놓고 그 시절 분위기를 만끽할 수 있었기 때문이죠. 옮긴이보다 한 세대 앞선 시대인지라 제목만으로는 얼른 어떤 노래인지 감이 오지 않았지만, 막상 찾아서 들어 보니 무척 낯익은 곡들이더군요. 여기 등장하는 일본 노래들도 '뽕끼'가 다분한 것이 언젠가 들었던 노래 같다는 느낌입니다.

생각해 보면 참으로 특이한 소설입니다. 성장기, 질풍노도의 시기를 그린 작품이라면 갈등, 아픔, 상실 따위의 성장통이 곳곳에 그려지게 마련일 텐데, 이 소설에서는 그런 모습을 찾아볼 수 없습니다. 일본의 여느 현대 소설들과는 사뭇 다르지요. 다만, 딱할 정도로 촌스럽고 건강한 청춘이 있습니다. 줄거리도 단순하고 복

선도 보이지 않습니다. 그럼에도 불구하고 이 작품이 가벼운 통속소설의 혐의를 벗을 수 있었던 것은 포복절도의 일화로 능숙하게 묘사되는 캐릭터와 풍경, 그리고 전편에 흐르는 노스탤지어의 힘이겠지요.

어느 학교에나 칫쿤처럼 일단 일을 벌이고 봐야 직성이 풀리는 선머슴도 있고, 후지오와 같은 잡기의 대가도 있었습니다. 그래서 독자들은 자연스레 자신의 그 시절을 떠올리게 됩니다. 시대가 다르고 나라가 다르다는 것은 신기할 정도로 장애가 되지 않습니다. 앞뒤 재지 않고 첫사랑 록 음악에 홀딱 빠져 버리는 칫쿤들의 모습은 그래서 매우 낯이 익습니다.

여드름이 돋을 즈음이면 누구나 어느 순간 큐피드의 화살을 맞게 되지요. 그 대상이 팝송이든 영화든, 한 동네 사는 여학생이든, 무구한 순정을 바치던 한 시절이 있었습니다. 이윽고 여드름이 자취를 감추고 대입이든 취업이든 원서를 쓸 즈음이면 큐피드의 화살도 약발을 다하지요. 하지만 그 화살 자국은 마음의 고향으로 평생 지워지지 않습니다.

킬킬 웃으며 읽다가 소설 끄트머리에서 칫쿤과 함께 눈물을 흘렸다면, 그것은 아마 당신이 한동안 잊고 지내던 순정 때문이겠지요.

번역을 하면서 못내 아쉬웠던 점이 있습니다. 등장인물들이 구사하는 구수한 시코쿠 사투리입니다. 이 소설을 영화로 만들 때

(이 소설은 1992년 일본에서 영화화되었습니다), 시코쿠 사투리를 그대로 살린다는 조건 아래 영화 판권을 넘겼을 정도로, 작가는 고향 사투리에 강한 애착을 보입니다. 사투리는 이 소설의 색깔을 입히는 중요한 역할을 합니다. 사투리와 팝송의 극명한 대조 자체가 은근한 해학이기도 하고요. 하지만 한국어판에서는 애석하게도 그런 토속적인 사투리를 살릴 수 없었습니다. 애초에 사투리는 '번역' 이란 벽을 넘기 힘들지요, 영.

그리고 이 소설에는 두 가지 판본이 존재한다는 말씀도 드려야겠군요. 작자는 무명 시절에 1,600매로 이 소설을 씁니다. 하지만 무명 작가의 장편소설을 출판해 줄 출판사 찾기가 힘들겠다고 판단하고 '분게이 문학상' 에 응모합니다. 분게이상의 출품 조건은 원고 800매 안쪽이어야 한다는 것. 이에 애초의 원고를 절반으로 줄여서 출품했고, 덕분에 더 짜임새 있는 작품이 되었지요. 이 판본이 분게이상과 나오키상을 수상하게 됩니다. 분게이상의 800매 규정이 없었다면 오늘날의 작가도 있을 수 없었겠지요. 글쓰기에서 문장을 정제하는 것이 얼마나 중요한지를 보여 주는 실례라고 하겠습니다. 참고로, 1,600매짜리 원본은 1995년에 따로 단행본으로 출간되었습니다.

후일담 한 가지.

록밴드가 전부인 칫쿤이 혼돈 속에서 도쿄행 열차에 몸을 실은

지 이십여 년 뒤, 이 소설이 나오키상을 수상합니다. 수상이 결정되자 로킹 호스맨이 '재결성' 되어 축하 공연을 합니다. 그 뒤 이 아저씨들 밴드는 매년 십 회 이상 라이브 공연을 하고 있습니다. 이 소설이 회고조로 흐르지 않는다는 점이 다시 짚어지는 대목입니다. 작가에게는 현재진행형 이야기였던 셈이지요.

번역 작업은 한참 전에 끝났지만 역자의 노트북컴퓨터에서는 여전히 벤처스가 흘러나오고 있습니다. 귀에 익은 곡들이지만, 덕분에 새삼 따뜻한 마음으로 듣게 되었습니다. 덴데케데케데케로 표현된 트레몰로 글리산도가 들릴 때마다 웃음이 비어져 나오는군요. 이 플레이즈를 천계로 받아들일 수 있는 것이 청춘의 힘이겠지요.

아, 그리고 마지막 선물, 로킹 호스맨 밴드의 홈페이지 주소는 www.sound.jp/h-orsemen/입니다. 여기에 방문하시면 로킹 호스맨의 동영상도 몇 편 볼 수 있습니다.

수동에서 벤처스의 〈파이프라인〉을 들으며

옮긴이

청춘, 덴데케 데케 데케~

1판 1쇄 펴낸날 2005년 1월 10일
1판 15쇄 펴낸날 2020년 4월 17일

지은이 아시하라 스나오
옮긴이 이규원
펴낸이 정종호
펴낸곳 (주)청어람미디어

편집 박세희
디자인 김세은
마케팅 황효선
제작·관리 정수진
인쇄·제본 한영문화사

등록 1998년 12월 8일 제22-1469호
주소 03908 서울시 마포구 월드컵북로 375, 402호(상암동)
이메일 chungaram@naver.com
블로그 chungarammedia.com
전화 02)3143-4006~8
팩스 02)3143-4003

ISBN 978-89-89722-59-5 03830
잘못된 책은 서점에서 바꾸어 드립니다. 값은 뒤표지에 있습니다.